大鱼文化传媒　大鱼文学

温澜时夏

析伽 著

贵州出版集团
贵州人民出版社

图书在版编目（CIP）数据

温澜时夏 / 析伽著. -- 贵阳：贵州人民出版社，
2016.5（2020.3重印）
ISBN 978-7-221-13228-4

Ⅰ.①温… Ⅱ.①析… Ⅲ.①长篇小说－中国－当代
Ⅳ.①I247.5

中国版本图书馆CIP数据核字(2016)第116809号

温澜时夏

析伽 著

出 版 人	苏　桦
出版统筹	陈继光
选题策划	欧雅婷
责任编辑	潘　乐
流程编辑	潘　媛
装帧设计	刘　艳
封面绘制	饼干Bingan
出版发行	贵州人民出版社（贵阳市观山湖区会展东路SOHO办公区A座 邮编：550081）
印　　刷	三河市华东印刷有限公司
开　　本	880×1230毫米　1/32
字　　数	220千
印　　张	9
版　　次	2016年7月第1版
印　　次	2016年7月第1次印刷
	2020年3月第2次印刷
书　　号	ISBN 978-7-221-13228-4
定　　价	45.00元

目录

contents

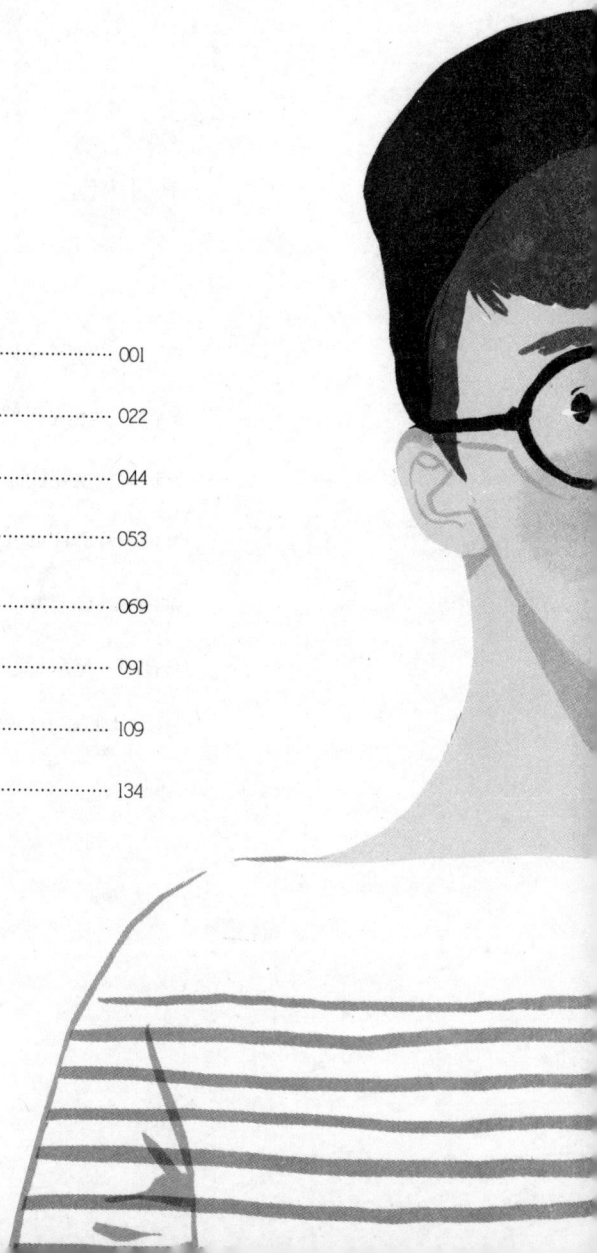

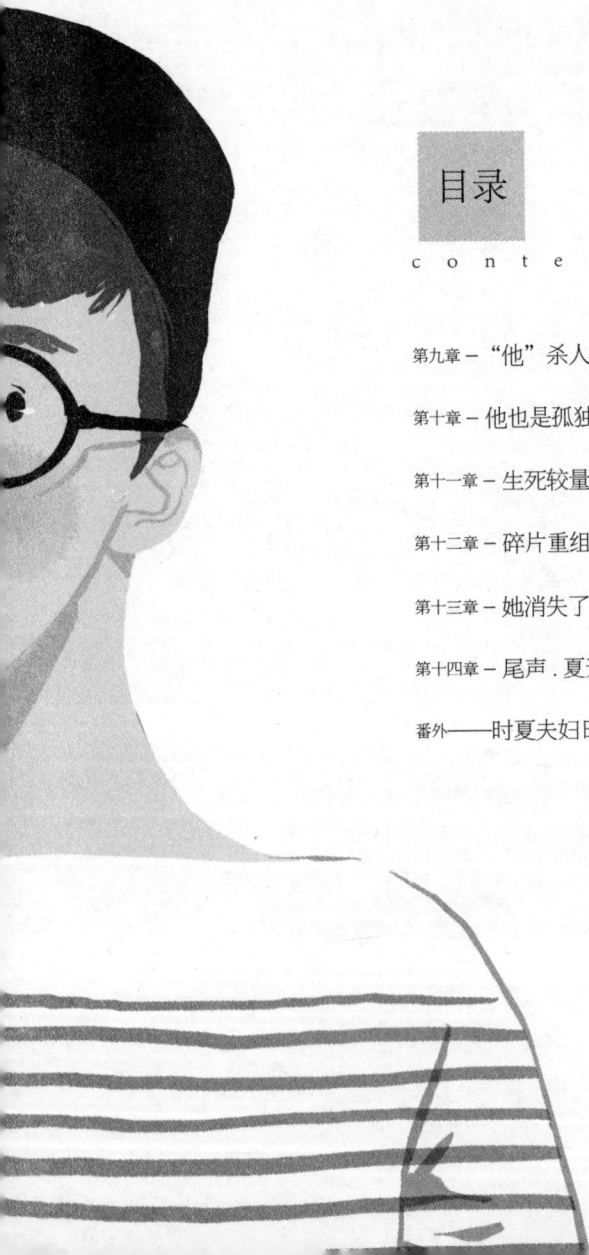

目录

c o n t e n t s

陆医生

<1>

凌晨，空无一人的施工区。酒鬼哼着小曲摇晃着身体，悠闲自得地穿梭于这未完成的建筑群中。

他手舞足蹈，仰头便闷下一口酒，只是一个瞬间脚底踩空，凌空的身体便直直掉进了下水道。手中的空酒瓶子随之甩出去，哐当作响。他吃痛地坐起，摸摸摔得生疼的屁股，骂骂咧咧地扶着墙面想要起来。

可他刚踏出一步却又被绊了一脚，摔了个狗吃屎。拍在地面上的脸沾满了下水道的污渍与腥臭的气味。这次他骂了个爽，回头望究竟是什么绊倒他时，却在看见的刹那惊声尖叫。

在这漆黑阴冷的下水道，一具婴儿的尸体孤零零地裸躺在那里，通体苍白……

婴儿的肚子已经被酒鬼踩得凹陷了下去。

新生儿样子可怖，紧闭着双眸，抿着唇瓣，似乎在强烈表达什么，但无人看见，无人听见。他本该是天使，却坠入了阿鼻地狱。

"头儿，你脸色不太好。"

命案现场，刑侦大队的祝队长望着担架上盖着白布的小小尸体受到了冲击。他虽办过案子无数，却总也无法在面对命案的时候镇定自若。

祝则清摆摆手，转过身却见随同的女民警已经在偷偷哭泣了，刚成为准妈妈的她想必是更加难受了。

沉重的心情让祝则清顿感疲乏，接二连三的案子已经让他将近一个月没有回家好好睡觉了。此刻，他竟有些眩晕感。

"这案子很棘手。"

有什么声音从身边传来，这像是自己的声音又像是幻听，让祝则清除了皱眉紧闭双眸别无选择。他弯腰双手撑在大腿上，努力地使自己保持清醒。

"这案子确实棘手。"

罢了，他站直身子对身边的同事说："你们整理完现场先回局里，我去找个人。"

"好。"同事小吴露出狐疑的神色，但看着祝则清仍旧铁青的面容，没有追问什么。

只是随着他离开的脚步，小吴好像看见了地上的影子有些摇晃。

某市综合医院，精神科。

陆修时穿着白大褂，坐在椅子上，头也不抬地翻看着手中的病例。修长的手指轻触着文件的边缘，翻一页后慢条斯理地写着字。

对面坐着一个愁眉不展的人，他静静地看着陆修时工作，时不时地发出轻微的叹息。

他的坐立不安，总算是让陆修时暂时放下笔，抬起头。

"修时，我觉得这次的案子有点奇怪。"祝则清跷起的二郎腿放下，认真地说。

"奇怪到你什么都还没有开始查就觉得棘手？"陆修时微微扬起头，修长的十指交叠在一起，不紧不慢地问。

祝则清耷拉着脑袋，不知道这种莫名的无助感从哪里来，只能落败地单手捂着眼对他说："救救我宕机的脑子。"

"自救。"陆医生合上文件夹放一边，随手又拿起了另外一份病例。刚看到封面，他便轻蹙起了眉头。

"你可是我们局里的法医精神科顾问啊，你要对百姓负责，对全天下苍生负责。"祝则清起身越过桌面，大手覆盖住了陆修时正在看的病例，强行转移他的注意力。

陆修时往后一靠，轻描淡写道："我不记得有这回事。"

于是，祝则清只能苦口婆心地将几年前发生的案子像讲评书一般给陆修时回忆了下。

当时那个案子排查一个多月没有任何进展，祝则清不过是在饭桌上浅谈了几句，这位陆医生就给他画了张嫌疑犯的心理画像。不出意外地，犯人被抓住了。

陆修时对这个案子倒是有点记忆，他说："即便事实如此，也和我是你们局的法医精神科顾问没有关系。"

祝则清都快抓狂了，无可奈何地说："大哥，前年五月份开始你就是局里的顾问了。你偏不去领聘书，直接放了我们领导鸽子。现在那'法医精神科顾问'的聘书还在局里供着。你抽时间过去领一下呗，实在不行我给你送过来啊。"

陆修时打量着他这种"皇上不急太监急"的德性，淡定地提醒了句："犯罪心理画像是从观察到的总体行为模式出发，得出的若干详尽的结论。这和我们精神科医生看病的程序刚好相反。但你现在什么信息都没有，你让我救你什么？"

说完，他又看了眼祝则清，从祝则清进门到现在，脸色依然没有变好，像是承受了巨大的压力，但苦于不能说。

祝则清略微颓废地坐回椅子上，心不在焉地说："任队的人三天前也在查一起命案，毫无头绪。到现在连死者的身份都还没有确定，我这儿又死了个两个月大的婴儿……"

"三天前也有命案？"陆修时忽然关心起了另外一起案子，眉目中流露出异样的神色。

祝则清点点头。

陆修时不忍心看着这位与自己有二十年交情的朋友日渐消瘦，便回归正题提醒道："短时间内案件频发，这本身就是个疑点。"

"你别告诉我这看起来没什么关联的案子会是系列案件。我告诉你，我们市里要是出了个连环杀人犯，我今年都别想休假了。"祝则清无奈地说了句大实话。

"是不是连环杀人案我不知道，短时间内出现两条人命，应该不会有这样变态的巧合。"陆修时抬手看了下时间，就下了逐客令，"我还有很多病人等着诊断。"

祝则清对此讨好地笑笑，刚想亲昵地搂过哥们的肩膀，却被他张口拦下。

"以后无关我们精神科专业知识范围内的问题请不要来咨询我。如果你非要来，那就买下我的时间。"

这话让祝则清的手尴尬地停在了半空中，但他仍旧笑嘻嘻，同陆修时并肩站着，使出浑身解数讨好道："没办法，谁让你是我们三个人中最聪明的呢。"

这三个人中的第三个就是他们从小到大的好朋友徐嘉澍，一个年轻有为的律师。此刻，他应该正抱着家中的娇妻做着美梦吧。

面对好友给戴高帽的行为，陆修时表示爷不吃这一套，他相当不屑道："我不会高兴于这种既定事实的。"

虽然嘴上这么说，但千穿万穿，马屁不穿。对陆医生，这一套也相当有效。

"哎，你新买的钢笔为什么笔帽上刻着一个'夏'字？相较于夏天，你明明更喜欢冷冰冰的冬天。"临走时，祝则清望着陆修时胸口上那支钢笔提出了疑问。

陆修时捏捏鼻梁，感觉难以启齿，但他还是冷漠地说："不关你的事。"

没过一会儿，两个大忙人便一前一后地离开了办公室。祝则清自然是回局里同组里人分析案情，只愿没日没夜地工作，能不辱使命。

"陆医生，这是廖医生负责的病人的病例。现在有一个病人晚上做了个梦正在闹腾着呢。"

陆修时刚走出办公室这条走廊，迎面就被护士给截住了。他伸手接过，单手理了下左手的袖口，说："这就过去。"

　　小护士跟在高大帅气的陆医生后面心里暗爽：最讨厌上夜班了，但是能和陆医生一起上夜班，简直不能更幸福了。

　　今天本来不是陆修时主值的，可是科室里那个35岁的廖医生终于向他谈了十年恋爱的女友求婚成功，正忙着庆祝。陆修时不好意思坏了人家兴致，只好答应代班。

　　于是当陆修时见到廖医生手下的第一个病人的时候，他才想起廖医生对他的叮嘱——"别的病人都好说，只是要小心那个马美丽，这姑娘病得很特别。"

　　等到他想起这个重要叮嘱的时候，这个"病得很特别"的马美丽姑娘已经快速冲上来抱住他，嘟着嘴巴求亲亲了。

　　"这位医生你长得和我的老师好像，真的好像！他很久都没有来看我了，是不是不喜欢我了？"

　　事情发生得突然，也就在开门的一瞬间，陆修时就被这个足有120斤的姑娘给扑倒在了病床上。

　　周围尽是护士的"放开陆医生，让我来"的壮志雄心，只有陆修时脑子在飞速转着——马美丽，19岁，患有恋爱妄想症，十年如一日暗恋着只有在主席台上见过一面的教导处的老师，后暗中不断骚扰老师，影响了其正常的教学生活，无奈之下被父母送到了医院。

　　"我想你的老师更帅。"被重重压着的陆修时好不容易抽出一只手来，也不知道该放在哪里，但他记住了马美丽的幻想对象。

　　马美丽笑着看着陆修时，脸上浮现一丝红晕。她说："毕业后他说会娶我，要我在这里等着。"

　　"所以你现在这样，他知道了会不高兴。"陆修时脸上依旧是淡淡的微笑，似乎不介意对方的粗鲁袭击。

　　话一出，马美丽立马松开他，起身乖乖站在了一边，对着空气扭捏着，好像想要让上帝闭上眼睛，不要让这一切被老师知道。

　　"我没有病。"马美丽坐在病床上，望着穿着白大褂的陆修时正常地说。

　　陆修时拉拉被压皱的白大褂，右手拿出钢笔，在病例上划拉了几个字：

睡眠质量不好，伴随着梦魇，妄想持续。

写完后，他将笔插回口袋，看向马美丽说："这个时间点上，好姑娘都应该睡觉了。你觉得呢？"

马美丽打量着陆修时，许久才将信将疑地躺下，由着护士替她盖上被子。

安抚好病人之后，陆修时和随同的护士退出了病房，隔着玻璃看着里面的情况。

"陆医生真有你的，平常要是廖医生，这马美丽非得要得到她老师的good night kiss 才睡觉。你说廖医生上哪里给她找 kiss！"小护士佩服地说。

此刻叹了口气的陆修时终于感受到了胸腔的那种压力感，忍不住咳嗽了几声。

"去看看下一个病人。"陆修时看了眼入睡的马美丽后，冷淡地说了这么一句。

马美丽只是个平凡的学生，事已至此，能说的也只剩可惜。但他想总有人会治好她的"病"。

等陆修时再次回到办公室的时候，已经是早上六点四十分了，他闭上眼睛疲乏地松了一口气。

"以后再给别人代班，我就自尽。"陆修时扯扯领口，发毒誓。

正在做短暂的休憩，突然护士开门而入，紧张道："陆医生，不好了！有个病人逃出去了！"

医院附近的站牌，6 路公交车上下来一个皱着眉头打电话的姑娘，长发披肩，模样清秀可人，声音动听，却夹杂着怒气。

"好端端地走在路上，为什么非要踹旁边的树一脚？它怎么你了？"

好友石晓晓义正词严地回答道："那大树挡着老娘的发财路了！"

顾槿夏无言，只能询问了她在住院部的具体位置，挂了电话就加快了脚步。

刚拐弯走进了医院的一条回廊，从草丛里忽然窜出来一个衣冠不整的男人，他穿着不合身的保安制服，满嘴腥臭地挡着顾槿夏的去路。

顾槿夏当即就被那臭味熏得屏住了呼吸，想要绕道，却不想眼前这个奇怪的人是成心不让她过去。

"你，你……"他一步就挨到了顾槿夏身边，嘴巴一张一闭，臭味就漫了过来。他笑嘻嘻地看着顾槿夏说，"你嘴巴好臭哦。"

本来屏住呼吸的顾槿夏听到这话愣神了，忙哈了一口气，随后面无表情道："是你嘴巴臭。"

"嘿嘿，你嘴巴臭。来，我亲亲你就不臭了。"他说着伸出双手一把掐住了顾槿夏的双肩，大脸凑了过去。

"啊！"顾槿夏身子不断往后仰想要挣脱，奈何此时她才知道男女之间力量的悬殊。挣脱无望之后，她才意识到这人可能是精神病人，只能服软，"救命啊！"

眼看那糙汉子伸着舌头就要把大嘴巴凑上来的时候，一只指骨分明修长有力的手唰地挡在了她的嘴巴前，于是糙汉子的嘴巴就这样没有防备地贴上了这漂亮的手掌心。

顾槿夏愣神，只看着一时间，好几个医生护士都出现在了这条回廊上，纷纷上前架住了这糙汉。

顾槿夏获救后，看了眼挡在自己身前的穿着白大褂的医生的背影，想着这医院的医生个子挺高啊。

"不好意思，吓到你了吧？"

有其他医生在和她道歉，顾槿夏也只是尴尬地摇摇头，没有被吓到，只是长见识了。

本想对出手相救的医生说句谢谢，可是石晓晓又打来电话催，顾槿夏只能边接电话边对着此刻才看向自己的医生匆忙点了点头，然后头也不回地离开了。

"陆医生，你的手……要不要洗洗？"小护士担心地看向陆修时略微湿湿的手心，小心翼翼地问。

陆修时浑身打了个寒噤，二话不说，走路都差点带起了灰尘，白大褂简直就跟要飞一起来一样。

洁癖和强迫症其实没差，较真起来的时候可以要人命啊。

顾槿夏在住院部见到躺在病床上啃着苹果，脚上打着石膏，悠闲得跟个大爷似的石晓晓时，吐了口气说："你好好休息吧。"

"你别刚来就要走啊，再陪我坐会儿嘛。"石晓晓撒娇道，"这一天到晚住院身上都快长痱子了。"

顾槿夏冷淡地拒绝："你的网店不要我管了是吗？最近遇上一个难缠的买家，给了差评还死活不肯改回来。糟糕的是我还把自己定制的钢笔给贱卖出去了，心疼得我寝食难安。"

"顾槿夏，你赶紧回去给那个买家打电话！强烈要求改好评！现在是和谐社会，给好评人人有责，他这样还能不能愉快的你买我卖啦？"

网店是石晓晓的心头肉，大学里就在运营着，说起来她还真是个成功的创业者。其实到了现在，顾槿夏也没有搞清楚石晓晓到底在卖些什么东西。

因为看起来，她好像什么都卖，就像哆啦A梦的口袋一样，要什么有什么。

可惜那个口袋里没有能让顾槿夏找到工作的法宝。

< 2 >

"案子有进展了，你在哪儿？"

过了下班点才迟迟回家的陆修时刚进门就接到了祝则清的电话，这个时候他还没来得及换拖鞋。

"天大的进展我也不想知道。"

"我马上来你家接你。"

"……"

陆修时仰天深深地叹了口气，听不懂人话的祝警官真是让人心塞。

想着，他幽怨地望了眼自己的手心，那黏乎乎的触感似乎还停留在皮肤上，一想到这个，他身上立刻起了鸡皮疙瘩，甩下鞋子，就奔到卫生间洗起了今天第二十五次的手。

后来被强制接到局里的陆修时一路上也没有说话，任凭祝则清一个人在那里陶醉地分析案情。

"任队那组查的无名尸的案子之前一直没有消息，直到今天早上一个叫赵晓娜的女人来报案说自己的孩子不见了，正哭着呢，一眼看见窗口贴着的认尸通告，哭得更厉害了，说那是她老公。你说巧不巧！"显然，祝则清也在感叹无巧不成书，同时竟还觉得有些可笑。

陆修时仍然冷着一张脸，反问了一句："然后呢？"

祝则清一边开车一边详细分析："那具无名尸体，虽然留了全尸，但是能辨认身份的指纹、牙齿甚至面貌全部都毁掉了。我们发到公安网上的协查通告也丝毫没有进展，这说明了什么？"祝则清有些兴奋，还卖起了关子。

陆修时瞟了他一眼，道："说明你们无能。"

"哎你……"祝则清听到这回答，就像是被泼了盆冷水，方向盘都打歪了，车子便歪歪扭扭开了几米。

"好好开车。"陆修时双手环胸，直视前方，语调不紧不慢。

祝则清调整了姿势，乖乖地握着方向盘，继续那个话题。他说："因为死者身上没有能表明身份的东西，所以我们发布的协查通告无非是死者身上的衣物。"

"嗯。"陆修时半响才做出回应，"赵晓娜根本不是凭借衣物来辨认尸体的，而是你们公布的死者体貌特征。"

"你怎么知道？"

"如果仅凭衣物能辨认尸体，那你们的悬赏通告就白发了。显然你们公布的某个特征是只有赵晓娜才知道的。"陆修时捏捏鼻梁，一晚上的加班劳累已经让他很难保持清醒。

祝则清肯定地点点头，继而又补充了一句："两个月大的婴儿经过确认，DNA的匹配证实是赵晓娜的孩子，也就是说任队查的案子和我查的案子现在已经变成一个案子了。"

听到这样的消息，陆修时并未表露出惊讶，现实中很多故事都有令人瞠目结舌的能力，他只是更早的学会接受而已。

"法医那边有消息了吗？"陆修时的重点在于两名死者的死亡时间，

尽管父亲先于儿子发现，但不代表先于儿子死亡。

"还没，罗蔓还在实验室化验呢。"说话间，车子已经驶进了公安局大门。"下班这么晚，你一定没来得及吃早饭吧？等会儿中饭点心我请了。"祝则清主动想要弥补陆修时心里的"创伤"，但他知道陆医生是绝对瞧不上这简单的一顿饭的。

陆修时的大长腿一迈下车，走红毯的即视感扑面而来，威严肃穆的公安局都显得奢华了起来。

"我不吃警察请的饭。"果然，陆爷拒绝得很干脆。

祝则清挠挠后脑勺，上前佯装热情地搂住陆修时的肩膀戏谑："哎呀，兄弟请你吃的又不是牢饭，怕什么？"

陆修时甚是嫌弃地拍掉祝则清放在自己肩上的爪子，径直朝着办公大楼走去。

"你们怎么才来？"推开小会议室的门，里面一个戴着金丝框眼镜、气质儒雅的西装男开口就质问，"我发现你们两个现在是比佛都难请。一个个电话都忙音，害得我跑完医院跑警局，你们是不是觉得我闲得慌？"

陆修时无语地扭头看了眼同样无语的祝则清，转身就要走，被祝则清一把拦下抓住将其往里推。

"徐嘉澍，我们还在办案。"祝则清也汗颜，当时真想把这个大律师从办公室扔出去。

陆修时这会儿已经坐了下来，他望着徐嘉澍，打量了一番，忍不住嘲笑道："啊，事务所漂亮女助理被傅玲珑辞退了，你气不过，心里想着要招一个更漂亮的。于是，玲珑把你扫地出门了？"

"徐律师，你是有家室的人，就不能收敛一点？"祝则清也忍不住边调侃边拉开椅子坐下，手上已经不知道什么时候多了几个文件夹。

徐嘉澍无法反驳，因为他们又猜对了。但是，这个怎么能当着他们的面承认呢？就算是一起穿着开裆裤长大的小伙伴也不行。

"我只是想说事务所刚搬进了新大楼，我也印刷了新名片，顺便想招一名新助理。你们两个要是有什么合适的人选，可以推荐给我，一定优先录取。"

"没有。"陆修时边从徐嘉澍手里接过那张镶了金边的名片，边第一时间拒绝道，"都快奔三的人了内心还是这么幼稚，企图用这样的方式彰显自己的身份地位，金色什的最庸俗了。"

徐嘉澍苦笑，无力地捏着鼻梁，投降道："没有比较中肯的评价吗？"嘴上虽这么说，其实内心早在嘶吼了，陆修时别用你那诡异的心理学来扭曲我正经的本性！

"字体用的是宋体，说明你还是规矩的人。但下面却留着私人微信号，我猜你果然还是想招一个漂亮的女助理。"陆修时狡黠地笑着，食指和中指夹着那张名片把玩着。

碍于陆修时毫无争议的言论压迫，徐嘉澍高举双手放弃无意义的挣扎。一边的祝则清自然是笑而不语，他们三个就数陆修时心思澄明，看人比谁都透彻。

"好了大律师，不如出去想想我们午饭吃什么。"嬉笑过后，祝则清又严肃了起来，真正想说的话是"徐嘉澍你小子快走，别妨碍我和陆爷探讨案情"。

徐嘉澍抿抿嘴巴，瞧了眼望着他就等着他滚蛋的陆修时一眼，破罐子破摔道："行行行，你们是一家人，就我是外人。"

"相较而言，警察和医生的关系要好过警察和律师的关系。"陆修时面不改色地再插了一刀。

徐嘉澍感觉头有些晕，话也懒得和他们说了，扶着额头就晃晃悠悠地开门走了。

"喏，你先看看，这是任队他们当时在现场拍的照片。"徐嘉澍一走，祝则清就把文件夹推到了陆修时的跟前。

陆修时翻开看，映入眼帘的就是一张死者的照片——死者面部已经被锐器划得面无全非，皮开肉绽，再加上抛尸时，死者从高处坠落，脑浆迸裂，头骨凹陷，直接没了半张脸。死者的双手有被火烧的痕迹，牙齿也是被一颗颗拔光了。

"凶手挺有耐心,手段也残忍。"陆修时看完这些照片给出的第一反应,紧接着他又说,"死者身上的捆绑痕迹说明凶手对死者还进行了囚禁折磨。胃里提取的这些是……"

陆修时这会儿才觉得事情有些不可思议。

祝则清知道他看到了重要的部分,也说:"这算不算是重大发现?"

死者胃里居然有女性分娩时剥落的胎盘,这么说凶手逼着死者吃了胎盘?不仅有胎盘,胃里还有没有消化完的鱼肉……

"是不是很奇怪?凶手既喂他吃了胎盘又喂他吃了鱼肉,这算是几个意思?"显然,这是祝则清没办法搞清楚的问题,"优待被害者?真是新鲜。"

陆修时此刻也不明白这两者间的关系,又不想过于想象,使得案件更加离奇。

"发现尸体的地方是辖区小县城一个村子的后山。说起来凶手要运输尸体一定会需要交通工具,后山那个位置如果不是清明扫墓几乎鲜有人进入,据说那里有野猪。曾经也有几户人家住在后山附近,后来都搬出来了。"

"也就是说,凶手对那块地方非常熟悉或者是说那个地方对他有着特殊的意义。"陆修时思路清晰地说道。

祝则清懊恼地抓抓头发,双手摊开:"但是后山不可能有摄像头啊。而且辖区内就差这个村没有安装摄像头了,一户户去排查时间和人力都耗费太多。"

听到这里,陆修时前后抖动了下肩膀,劳作了一晚上,肌肉僵硬得厉害。他说:"如果凶手长时间居住在那里,或者现在还生活在那里,一定会留下蛛丝马迹的。"

祝则清眼前一亮,有些兴冲冲地拿笔在笔记本上写下了下一步要做的事情。他碎碎念道:"等到法医那边出了结果我就打电话给你。"

陆修时扶额,一脸拒绝:"我不想知道。"

与此同时,徐嘉澍回来了,他也是懂得掐时间。针对自己点了陆修时爱吃的菜的行为,他本来想邀功,结果刚想开口,就听见陆修时的手机振动了起来。

按照一般常理，这个点上要么是医院打来了电话，要么就是骚扰电话。

可是当陆修时看到这相同的号码第三十八次出现在自己手机上的瞬间，那不同寻常的眼神被徐嘉澍意外地捕捉到，他即刻就否定了之前的二选一。

< 3 >

"Winter 先生，不好意思，我又打电话来占用您的时间了。"

接到这个号码三天以来打来的第三十八通电话，陆修时甚至都忘记皱眉头了。

自从陆修时某天突发奇想逛了下淘宝，还用"Winter"注册了一个新用户，逛了半天觉得不能白逛，因此淘了一支他点开图片后第一眼就看中的宝蓝色外壳的钢笔。结果到货的第二天，他发现这支钢笔的笔帽上面刻着别人的名字！

第一次淘宝带来的生疏感以及不愉快的经历让陆修时爽快地给了卖家差评。

于是电话里这个声音柔软细腻的女孩子便开启了闹钟模式，不放过任何一个他休息的时间给他打电话。

而陆修时每每接到这个电话都觉得自己的三观被刷新了，都说富贵不能淫，贫贱不能移，可这姑娘为了区区一条好评，就对自己百般讨好，低声下气。

但即便讨厌，陆修时也没有半点不想接人家电话的意思。

"如果你不介意，我的手机快没有话费了。"陆修时抿了口桌上粗糙的清茶淡然道，视线仍集中在眼前的案卷上，似乎没有时间和她继续纠缠。

"这就给您去充话费！"

电话进行到五秒钟的时候戛然而止。片刻之后，便有短信进来提示他话费到账了。

此时，陆修时索性望着手机，轻叹了口气。为了区区一支二手钢笔就倒贴了一百块话费，这样做生意会不会太亏了？

最后又实在是忍不住为这位姑娘担心了起来。不过话说回来，怎么碰上了这姑娘，他的脸皮还跟着厚起来了？

　　他无语地摇摇头，视线悠悠地落在了那支他随身携带的钢笔上，笔头盖上刻着一个醒目的"夏"字。

　　"女人？"没等徐嘉澍伸长脖子八卦的询问，祝则清倒是一脸激动的样子追问道。

　　陆修时收起手机，瞥了他们两个一眼，推开椅子，冷冷道："案子回头再说，先去吃饭。"

　　中午用餐期间，祝则清几乎只扒了两口饭就又被局里的电话召唤了回去。

　　时间其实已然是下午两点三十分了。

　　只剩下陆修时和徐嘉澍两人，徐嘉澍不免觉得寂寞，忍不住探寻起了陆修时当时接的那个莫名其妙的电话。

　　陆修时当时觉得这奇葩的事情他头一回遇见，说与徐嘉澍听也无妨，便简单地陈述了一遍。

　　听完这个淘宝客服的小故事，徐嘉澍的表情是震惊的。

　　见此，陆修时扯了下嘴角，双手摊开，面无表情地说："果然，连你也觉得不可思议。像她这样的智商，到底是怎么活到现在的？"

　　徐嘉澍吃饭的动作进行到了一半便停下，作为一名思维严谨的律师，他显然是捕捉到了什么不同寻常的内容。于是，他打量着陆修时，语气不急不缓："什么时候谈论起别人来了，而且还真的是个女人？"

　　"嗯？"陆修时挑了下眉，拖长了尾音。

　　"没什么。"徐嘉澍摇摇头浅笑，但脸上狐疑的神色依旧分明。他故装欣慰道，"很高兴看到了你人性化的一面。"

　　陆修时不屑地后仰了下身子，冷冰冰道："对于医生而言，你这样的夸奖等同于侮辱。"

　　僵硬的语气一如往常，令巧舌如簧的徐大律师只能撇撇嘴无力地反击道："你想想为什么你们医院精神科总有收不完的病人，还有三年五载出不了院的，多半是因为你。"

言外之意就是，那些患了精神病的患者一定是因为陆修时太没有人情味儿以至于没办法痊愈甚至遭受身心二次打击。

陆修时轻哼，嘴角却带笑。他索性同徐嘉澍对视道："你刚刚那句话不仅对我的名誉造成严重影响还连带着影响了我们医院的声誉，我是不是可以告你诽谤？"

犀利的眼神没有半点像是在开玩笑，徐嘉澍咽了下嘴，自然地避开陆修时的眼睛，装作听不懂的样子。

大概只有少数人知道，徐嘉澍之所以学法律完全是被陆修时逼的，因为小时候的陆修时就已经是这个模样了，睿智、骄傲，还不屑于人情世故，和同龄人完全不在一个层次上。

所以那个时候，徐嘉澍觉得陆修时是孤独的。但，男人要是长了一张像他这么精致的脸，那孤独也是活该。

两个人有一搭没一搭地聊着，因为中午那会儿看了祝则清给的那些照片，陆修时吃饭都没什么胃口，可徐嘉澍却吃猪大肠吃得津津有味。

那场面，陆修时可以恶心一万遍。

"你是回家还是？"

吃完饭后，徐嘉澍首先问道。毕竟陆修时是被祝则清"押着"来了局里，肯定没开车。

陆修时打开车门，坐进了副驾驶的位置，有气无力道："先回家。"

徐嘉澍上了车，听到他这样回答，满脸的不可思议，系上安全带之后问："先回家？你接下来还要去哪儿？则清不是说你都快一天一夜没睡觉了，你还有精力出去野？"

"回家，然后开车去医院。"说这话的时候，陆修时已经微微合上了双眼。脑子里这会儿装的全部都是祝则清负责的案子，这世上他最不爱麻烦事，却又多管闲事。

"你可别累垮了。"徐嘉澍难能可贵地说了句人话，结果第二句就是，"要是连你也累垮了，谁来帮我对付傅玲珑啊！我可不想睡办公室！"

"你就活该睡一辈子办公室。"陆修时依旧闭着眼睛，语气没有嘲讽，也不带笑意，只有疲乏。

"这话我还是原封不动地还给你吧。毕竟我是有家室的人，不像你和则清，打一辈子光棍。"徐嘉澍不服气地反驳。

不过话说回来，陆修时这样的男人根本不缺女人喜欢，但是用他自己的话来说就是"天才不需要别人喜欢"。

车子一路从黄昏驶向了夜晚。

停车之前，陆修时还在小憩着，到了目的地一停车他就醒了。这睡眠质量绝对是要早衰的啊。

陆修时困顿地揉揉自己的太阳穴，打开车门就下去了。徐嘉澍也没着急着走，也下了车，想着叮嘱他多喝口水。

陆修时站在自家门口，还没有开门，电话又响了起来，还是那个号码，还是那个熟悉的声音。

"你的名字。"陆修时对着这第三十九通的电话，唐突地问了对方这样的一个问题。

但三秒钟之后，通话被他冷淡地掐断了。

"怎么一脸不高兴的样子？"徐嘉澍有些幸灾乐祸，他看着陆修时的黑脸，非常肯定那通电话的来访者是谁。于是阴阳怪气地试探道，"你该不会是'声控'吧？"

陆修时没有出声，随手就摁了密码开了门，心不在焉的样子一目了然。

"不是'声控'，你怎么会对一个素未谋面的女孩子动了心思？"陆修时越是沉默，越代表这其中有事。徐嘉澍不依不饶，"现在做淘宝客服的年龄跨度很大的。你别一不小心就被冠上了'勾引未成年少女'的罪名。不过，你可以请我帮你打官司，不仅稳赢，我还可以给你打八折。"

这边陆修时不为所动，轻描淡写地反问了一句："《中华人民共和国刑法》里头有这样罪名吗？"

徐嘉澍差点咬到了自己的舌头。

停顿了半会儿，陆修时又悠悠地问了一句："你真的要招漂亮的女助理？"

"当然！"徐嘉澍又立马来了兴致，反正都被他猜中心思，遮遮掩掩也没有那个必要。于是又靠近了他一点，讪笑说，"给你打电话求改好评的这姑娘就不错。有责任心、耐心，面对你这样蛮横无理的买家也能心平气和，我很欣赏。要不，你把她号码给我，我去把她从淘宝客服的深渊中给解救出来。"

听到这个，陆修时倒是出人意料地皱了下眉头。进了门之后，他迅速地掏出手机拨通了一个号码。

"徐嘉澍他说还要招一个貌美如花的女助理。"

跟在身后的徐嘉澍一脸"你在给谁打电话呢"的白痴表情。

走到客厅中央的时候，陆修时毫无征兆地停住了脚步，转身就把自己的手机扔给了徐嘉澍。

"要招什么样的女助理？身高多少，体重多少，什么学历，腿比我长？长得比我漂亮？"电话里头霎时就传来了女人清脆响亮的质问声。

徐嘉澍暗叫一声不好。这个在外面叱咤风云的大律师，其实是个典型的妻管严。

"玲珑，这事我可以解释。"徐嘉澍双手握着手机，弱弱地说。

他这才明白陆修时的用心，这个世上比女人还可怕的生物就只有不动声色耍心机的陆医生了！

客厅另一边已经喝着玻璃杯里的水的陆修时笑而不语，一饮而尽之后，他重新回到玄关处，穿上鞋拿起鞋柜上的车钥匙，拍了拍徐嘉澍的肩膀说："再见。"完了，还不忘抽回自己的手机。

"陆医生，大人有大量，不如替我收完尸再走啊！"徐嘉澍欲哭无泪地做最后的求助。

外面清冷的空气让陆修时忍不住打了个寒噤，他拿出手机将最近通话的号码存为了"Summer"，冷笑着瞟了眼徐嘉澍，想着："鬼才会把号码给你。"

随后，陆修时将他一把推出门外之后，自己开着车便扬长而去，不做片刻停留。

< 4 >

"我的名字？"

入夜，走在大街上的顾槿夏忽而听到手机里传来这个低沉又有些专横无理的卖家的声音后，她抬头看了看皎洁的月亮，不确定地回了一句："S……Summer？"

随后，电话就被无情地挂断了。

站在人行道中央的顾槿夏顿时觉得错愕，却也只能把手机慢慢地放回了口袋里，郁闷地嘀咕："要不是在给石晓晓'打工'，这样难缠的买家我可以骂上三天三夜。"

本来想着都帮买家充话费了，这下总能好好说上几句了。可是，买家实在是太难缠。

自言自语期间，顾槿夏拎着水果篮子再次走进了医院的住院部。

顾槿夏和卧病在床腿上打着石膏的石晓晓你一言我一句，你一块西瓜我一块西瓜，很快就到了医院熄灯的时间了，探病的时间总是过得飞快。

从医院大门走出来，顾槿夏搁在包包里头的手机就聒噪地响个不停，她掏了半天没有掏到手机，索性就拉开包包的袋子，恨不能将脑袋都埋进去一起找。

此时，一辆轿车已经打了转向灯朝她这边开来，很明显是要开进医院里头。但旁边是拥堵的人群，也不知道是谁从身后用力地推了顾槿夏一把，让她一个趔趄跪倒在了地上。

顾槿夏那时候的感觉是，完了，她可能要被撞成井盖了……

于是，迎面而来的车子和灯光，让顾槿夏绝望地闭上了眼睛。出人意料的是刹车声不仅不刺耳，反而还显得有些温和。

车子稳稳地停在了她跟前，什么事情都没有发生。车门打开，下来一位姿态高贵的长腿西装男，他踱步来到顾槿夏身边，先是居高临下打量了她一番，好像是在凭着肉眼确定她的身体状况。

双方沉默了一会儿，顾槿夏没敢抬头看对方的样子，首要原因是她觉得跪倒在地上的自己很丢脸。

西装男伸手向西装内口袋，期间的动作有略微的迟疑，但他还是拿出了一张镶着金丝边的名片屈尊弯腰递给顾槿夏，轻启唇道："有什么问题可以随时打这个电话。"

顾槿夏有一瞬间怔住了，这男人的声音是不是在哪儿听到过？纵使脑子里有过片刻的疑惑，她所做的也不过是伸手接过那张有些闪瞎眼的名片，然后望着那双指甲平整、修长干净的手出神。

"不介意的话，我要开车进去了。"沉吟了会儿，头顶上的男人开腔道。

呃，开车了不起咯？她又没有打算碰瓷，怎么连扶都不扶一下？心里面所有不满的最后全部化成了一个简单的"哦"字。

顾槿夏从地上慢悠悠地爬起来，拍拍沾了灰尘的裤子，认怂地退步到了一边。

陆修时转身时用余光瞄了眼那姑娘，想着：肯定没撞到，否则她现在应该扑到他的车前盖上哭个没完了。

车子顺溜地开进了医院。就当轮子滚动起来的时候，顾槿夏听见了心惊肉跳的碎裂声。

"我的手机！"车子碾过，顾槿夏望着地上那面目全非的机身，灵魂出窍。

倒是陆修时煞有介事地望了眼后视镜那个失魂落魄的背影，思忖着刚刚车子开进来的时候是不是碾碎了一块石头？

停好车，陆修时却朝着妇产科走去。这个科室基本上和他没什么关系，除非他负责的病人刚好是个孕妇，但这个概率实在是太低了。

所以当他走上妇产科的楼梯时，路过的医生和护士都对他报以了谜之微笑，对此陆修时也只能回报一个尴尬的点头。

"陆医生，什么风把你吹来了？"妇产科的郝医生是个留学归来的女学霸，对陆修时也算是情有独钟，但她和所有喜欢陆修时的女人一样，对他选择远观。

陆修时见郝医生主动找自己搭话，便也开门见山道："我就想了解一

020 温 澜 时 夏

下一般你们是怎么处理胎盘的。"

啊？好不容易来趟妇产科，问的居然还是这种问题。郝医生望着陆修时一本正经的模样，觉得自己果然还是无法理解世外高人脑内的构造。

"有什么问题吗？"见郝医生不开腔，陆修时望了下四周，确定没什么奇怪的人在围观或者偷听，他又问了句。

郝医生摘下口罩，摆摆手说："只是觉得奇怪，你怎么会想到要问这样的问题。"

陆修时只是笑笑，没做回答。

"一般来说，胎盘会由医院处理并及时保存，因为胎盘还有一定的药用价值。"郝医生边说边把陆修时往办公室领。

"那第二种情况呢？"陆修时问。

郝医生的脚步停在了办公室门口，她转身朝向陆修时，语气平静没有什么波澜："还有就是现在也有很多人选择将胎盘带回家，是真的很多人都这么做的。"

陆修时垂眼思考了会儿，便抬头说："嗯，谢谢。"既然胎盘的处理并没有什么特别的规定，那么这条也就算不上是什么线索了。

"陆医生！"

郝医生见陆修时转身要走，也不知道怎么心急就又喊住了他。

陆修时回头看她，等着她说下文。

郝医生怔忡了会儿，又笑着摇摇头说："没事。今天你不上班，想必是特地回来一趟，那回去路上注意安全。"

陆修时并没有意识到女人欲言又止、口是心非的目的是什么，反正他就是如平常一般，点点头便离开了。

"如果是这样，那被喂食的胎盘是凶手花钱买来的还是……"陆修时站在停车位旁，脑子里想着这些，都忘记了要开车门。"就目前的情况来说，嫌疑人的性别都还不能确定，更别说是动机了。不过，一旦确认死者的身份，社会关系也会浮出水面，到时候再做推算吧。"

想到这里，陆修时终于决定回家洗澡睡觉了。

隔天，一觉睡到自然醒的陆修时刚睁眼就接到了徐嘉澍气势汹汹的来电。

"你是不是用我的名片做坏事了？"电话那头，是一大清早就底气十足的徐大律师的声音，语气里强烈表达了他对陆修时的不满。

陆修时睡眼惺忪，声音低沉且冰冷："你觉得你那闷骚的名片能做什么坏事？"

"陆修时，我现在正式告诉你，你'肇事逃逸'了！"

陆修时揉眼睛的动作迟疑了会儿，最后似有若无地笑了下说："徐律师，讲话要有证据。"

那边徐嘉澍早就气急败坏了，他有气无力，一点不像是叱咤在法庭上战无不胜的律师样，语重心长道："昨晚你是不是把一姑娘的手机给葬送了？不仅没有好好善后，而且还赖我头上来了。"

手机？陆修时望着一尘不染的天花板，细细地回想了一下，眉毛一挑，似乎是明白了。但他漫不经心道："所以呢，你有赔她一部新手机吗？"

"你自己赔！"

不管三七二十一，徐嘉澍怒吼了一句后果断地挂断了电话。

陆修时拿开手机，扔在了一边，再正常不过地翻了个身。

凭他对徐嘉澍的了解，这家伙一定早就把那个女孩子妥善地处理好了，更何况区区一部手机。

前一秒钟还像疯狗一样掐断电话的徐嘉澍，下一秒又变回了温尔儒雅的律师，架在鼻梁上的那副眼镜更是提升了他作为律师内敛的性格与沉静的气质。

"徐律师，和杨老板已经约好时间了。"办公室的门被叩开，即将要离职的舒助理最后一次履行她作为助理的义务，脸上带着暖暖的笑意。

徐嘉澍托了托眼镜，起身拎起了公文包道："走吧。"

随后，办公室的门被轻轻带上。被徐嘉澍搁置在办公桌上的便笺条上工工整整地写着一个女孩子的名字以及对方的联系方式。

在那个名字后面，他还特意备注了一个信息，那就是"声音好听"。

第 二 章
遇见终是缘

<1>

医院住院部，半个小时前。

"啥，手机被碾碎了？"

石晓晓见到昨晚刚来看过自己的顾槿夏大早上又来的时候，恬不知耻地在心里感动着，没想到小夏是这么爱她。

结果，一听她的来意之后，石晓晓当即在心里打了一厢情愿的自己一个巴掌。

顾槿夏点点头，很是惋惜地说："嗯，粉身碎骨。"

"你就是太好说话了，换作我早就扑到人家前车盖上哭个稀巴烂了，更何况你还说那是辆豪车。"石晓晓撇撇嘴，数落顾槿夏的心软。说着，咬了一口苹果，嘎吱嘎吱地嚼着，边吃边出主意，"依我之见，你应该合理并且合法地维护自己的利益。"

顾槿夏眯着眼睛，一脸的拒绝。一部手机而已，而且就她那部手机现在市场价估计只要八九百了。

"顾槿夏同学，你现在是刚毕业的应届毕业生。一穷二白，还找不到工作。请问，还有什么比敲诈更简单粗暴能获取利益的方法？"石晓晓振振有词，且字字珠玑。

"敲诈……"顾槿夏无意义地重复了下这个词，望着腿上打着石膏还优哉游哉啃苹果的石晓晓说了一句，"你是想简单粗暴地把我送进看守所吧？"

石晓晓赔着笑，一只手推搡着她说："哎，不要沮丧嘛。用我的手机给那个人打个电话，这是合理的要求啊。开得起豪车的人哪会在乎那三千、四千的。"

顾槿夏一听这个，不知为什么眼眸亮亮的，她看起来有些喜出望外："其实我好想要一部新上市的手机。"

望着顾槿夏那蠢蠢欲动的小心思，石晓晓干笑。看看，是个凡人就一定会有数不清的欲望啊，清心寡欲的顾槿夏也不例外。

于是在石晓晓的唆使下，顾槿夏尝试着拨通了名片上印着"徐嘉澍"名字的人的电话，其实在拨通之前，顾槿夏心里想的是另一件事。

既然是律师事务所的律师，那么他们或许需要一个法学专业毕业的助理或是实习生。

顾槿夏还就是法学专业毕业，只是遗憾的是她在学校期间生了一场大病，错过了大学里最后一次司法考试。这也是她到现在也没办法找到工作的原因。

她这么想着的时候，电话接通了。

"喂，你好。"

电话那头响起的声音，顾槿夏很陌生，但是不得不承认，这声音充满了男性的魅力，温和且不张扬。

"你好，我叫顾槿夏。关于昨晚你把我手机碾碎一事，今天我想正式提出合理赔偿的要求。至少我希望你还没有忘记自己昨晚做的事情。"

听了顾槿夏不紧不慢且底气十足的话之后，石晓晓当即给她竖起了大拇指。别看顾槿夏这个人平常走的是婉约美女的路线，一旦认真起来还真的是杀人于无形呢。

当顾槿夏作了简单的陈述之后，电话那头的人沉默了许久。不知道是在回忆呢，还是在试图给自己开脱。反正很久没声音之后，顾槿夏差点以为那边信号断了。

"啊，对不起。"半晌之后，对方终于有了回应。声音依旧亲和，他说，"你方便把昨晚发生的事情给我重复一遍吗？"

就这样，顾槿夏开启了回忆模式，将昨晚发生的那点小事情完完整整地叙述了一遍，就连对方没有将摔倒的她扶起来的细节都讲得有声有色。

实际上，顾槿夏对这个颇为在意，没有绅士风度的男人做错事情后的期望除了赔钱就只剩下赔钱了。

顾槿夏在讲完最后一个语气词的时候，听到对方低声咒骂了一句"×××我跟你没完"。

"这样吧，我们定个时间，见个面，我把手机赔给你。"对方在面对她的时候，语气平静、心态平稳，"打这个电话就能联系到你是吗？"

"不是。"顾槿夏说着，然后把自己原本的号码报给了对方，"在你赔我一部价值能够被我接受的手机之前，我会暂时用我奶奶用过的手机。"

石晓晓冷不丁地挑眉，奶奶的手机……

"好，那就这样。"对方也欣然接受，在挂断之前又煞有介事地补问了几个问题，统统都是围绕着顾槿夏提出来的。

顾槿夏也没有犹豫，如实地告诉了他。结束对话之后，顾槿夏把手机还给了石晓晓，吐了口气说："怨气发泄完了，我就先走了。"

"敢情在这里住院的我是你天然的吐槽垃圾桶啊！"石晓晓不满地低声喊道。

顾槿夏回身一脸歉意说："等我赚大钱再来报恩。"

这句承诺换来了石晓晓的一个大白眼。

< 2 >

已经三天了。

陆修时在上班期间，组织会议的时候意外扶额叹息，眼睛一瞬不瞬地盯着桌面上的手机。

"哼。"

听到陆修时冷不丁地发出了既不屑又不耐烦的声音，主持会议的主任都吓得停了下来。刚想询问陆修时自己有哪个地方讲得不对，陆修时的手机就振动了起来。

他拿起手机，唰地就推开椅子，大跨步地走到了会议室外面的走廊上。

会议室一阵喧哗啊。

"说。"可惜来电的不是心心念念的 Summer，而是阴魂不散的祝警官。

"一个好消息，一个坏消息，你想听哪个？"

陆修时实在是懒得搭理，冷淡道："我挂了。"

"陆爷！等一下！"祝则清忙扯着嗓子喊，"罗蔓已经把尸检结果告诉我了，第一个死者魏奇明窒息而死，他的儿子也是窒息而死，只是手段不一样。还有根据赵晓娜的口供，魏奇明和孩子在死之前就已经失踪了。"

既然丈夫和孩子一起失踪，为什么她现在才报案？陆修时脑子里的信息一下子跃然而出，对着电话那头有些兴奋的祝则清说："详细的晚上再说。"随后就挂了电话。

祝则清只好回头对法医罗蔓说："小罗，下次带你见见这个陆医生，我觉得你们一定很有话聊。"

年纪和陆修时相仿的罗蔓只是害羞地低头一笑，轻声说："很久之前在一个案子上我们见过，只是他应该不记得我了。"

"哦？"祝则清惊讶了下，随即余光看见罗蔓脸上那少女般的笑容，心里感叹陆医生可真是命犯桃花啊。

罗蔓见祝则清露出一脸"姑娘春天要到了"的戏谑表情，忙岔开话题说："魏奇明脖子上有一圈很明显的勒痕，根据勒痕的形状，初步估计是皮带，而且有可能是女士皮带，而小孩是用枕头之类捂死的。"

"女式皮带？"祝则清皱皱眉，随后同罗蔓一起再次看起了尸体，老实说这尸体已经没什么好看了的。

"两名死者的死亡时间基本一致，但确切地说孩子先于父亲死亡。虽然魏奇明身上伤痕很多，但手臂上的防御伤是最新的。"罗蔓抬起死者的手臂，指了指皮肤表面。

"孩子先于父亲死亡，父亲到最后才有防御伤，这会不会是父亲目睹了孩子的死亡，开始反抗了呢？"疑问太多，祝则清也只能放在脑子里想。

罗蔓见他如此，又提醒道："魏奇明的身型不像是一般人能制伏得了。要反抗的话一开始就会有，所以我在想是不是凶手拿孩子要挟了他，使他顺从。"

祝则清摇摇头，这事还得找死者家属赵晓娜先问个清楚。

罗蔓耸肩，摘下口罩和手套，对祝则清说："要一起吃饭吗？"

"好。"祝则清答应，但随后又突然想起今天怎么回事，一个个都急着挂他电话。陆修时挂电话他能理解，反正陆爷向来这样。但是，徐嘉澍他就不能理解了，这家伙有什么好忙的？

事实上——

街角某个安静的咖啡馆里，徐嘉澍戴着那斯文的眼镜，右手端着咖啡，仪表堂堂。那视线悠悠向窗外看着，俨然一副喝下午茶的样儿。

"顾小姐，请坐。"不一会儿徐嘉澍就看见门口进来一个翩翩姑娘，他摁住领带起身，相当绅士地为正是为他前来的顾槿夏拉开了椅子，伺候她坐下。

眉清目秀、气质颇佳的姑娘朝他微微颔首，坐下之后，她便注视着对面的徐嘉澍。

这是大白天，她看得清徐嘉澍的面貌，但总感觉他散发的气质和碾碎她手机的那个人不太一样。

不仅如此，那个"肇事者"的气场显然比眼前这个徐嘉澍要骇人一点。

"你，难道是那个人的律师？"出于心里的疑惑，顾槿夏首先脱口而出。

徐嘉澍在这方面显得游刃有余，他不紧不慢翻着菜单，想要为面前的这位女士先点一杯咖啡。听到她提出疑问，他也照样不动声色。他打了个清脆的响指之后，对来的服务员说："给这位小姐来一杯拿铁。"

服务员笑着点头，刚想下去之前却听到顾槿夏说了一句："不好意思，白开水就行。"

徐嘉澍有些诧异地看了顾槿夏一眼，后对着服务员点头，示意白开水就白开水吧。待服务员离开之后，他神情悠悠地打量着初次见面的顾槿夏，微微一笑说："人和声音一样，都挺让人印象深刻的。"

顾槿夏略微皱眉，这文质彬彬的人说话为什么有着一股调情的味道？她轻咳了下，一本正经地说："我知道碾碎我手机的人不是你。但如果你一样可以解决这件事情，我也不会再追究。"

"哈哈！"徐嘉澍没有征兆地笑了起来，他看着顾槿夏的眼睛亮亮的。随后又神色一敛，摆出一副"我确实是来谈判"的架势，说了句，"我愿意分月赔偿你的损失。"

啥，分月？一部几千块钱的手机要分月才能付清？顾槿夏脑子上方瞬间出现了六个点，忍不住无望地想，看来这私下调解要失败了。

"哦，不不。"徐嘉澍从她有些石化的表情里猜透了她的心思，笑着解释道，"我的意思是如果你不介意，我想聘你为我的助理。你专业法学出身，成绩也还优异，更何况你还是个美人，做我的助理绰绰有余。"

顾槿夏陡然间恢复了常态，挺直了脊背，直视着徐嘉澍的眼睛，万分认真道："助理应该是你的私人请求，这不应该拿来作为赔偿我手机的交换条件。"

徐嘉澍轻轻挑眉，这女人逻辑思维清晰，很是分得清眼下他们谈论的首要问题。既然如此，这姑娘他还真的要定了。他启唇，不动声色道："所以？"

"我接受。"顾槿夏这时才端起眼前的白开水小小地抿了一口，露出了愉悦的神色，"如果你把合同带来的话。"

"能和你一起工作，荣幸至极。"说话间，徐嘉澍真的从随身的公文包里取出了打印好的一式两份的合同，将其慢慢地推到了顾槿夏的面前，顺便也把自己的笔递了过去。

顾槿夏认真地阅读了下合同的内容，确认无误之后，在乙方那一栏签上了自己的大名。她感叹，终于可以不用去饭店洗碗了，终于有稍微体面的工作了！

稍后，徐嘉澍也签上自己的名字，他扣好西装的纽扣，起身朝顾槿夏伸出了手，和颜悦色道："谢谢你愿意成为我们事务所的一员。"

"以后请老板多多指教。"顾槿夏握住了徐嘉澍的手，完全一副新人要进入职场的姿态。她心底的那种跃跃欲试全然跳动在了眼睛里。

徐嘉澍笑了下，收回手，似是想起什么对她说："不过你在跟着我工作的期间可能会遇上一些奇怪的人，你把他们当外星人看待就行。"

"这是什么意思？"顾槿夏不解。

"就是不要把他们当人看的意思。"徐律师说话间，笑得格外灿烂。

忙碌一天终于到了晚上，难得一下子能同时约到陆修时和祝则清两个大忙人的徐嘉澍果断请好朋友上酒店吃大餐。

面对着无事献殷勤的徐律师，陆修时和祝则清开口就是面无表情的一句："你下午是不是在背后说我坏话了？"

这一质问立马吓得徐嘉澍摇头否定。

陆修时察言观色了一番，对徐嘉澍说："则清在这里，你也敢撒谎。"

"陆医生好眼力。"祝则清淡然地回了一句，完了端起茶杯喝了口茶，算是润润喉，这一整天他几乎没有时间坐下来好好地喝过一口水。

徐嘉澍这下子不干了，郑重其事地对他们两位说："请不要在工作之外的时间里显摆任何与工作有关的理论知识和经验。我请你们吃饭，只是想告诉你们一声，我招到新助理了，还是个大美女。没别的，就是很满意。"

结果，祝则清笑了，本来因为疲乏绷着的脸瞬间张开了。他扭头看着陆修时，以一种特别外露的幸灾乐祸的口气问道："这事必须得向徐太太汇报啊。"

"傅玲珑无条件地相信警察。"陆修时正襟危坐，给出了肯定的答案。

徐嘉澍当即扶额，不得已，他阻止了祝则清掏手机的动作，谄媚道："大家兄弟一场，相煎何太急啊。我只是想强调这个新来的助理长得真的很漂亮，而且理论知识过硬。我这完完全全是在给你们两个单身汉谋福利啊！"

"哼！"陆修时一脸的不屑，漂亮的女人这个世上多了去了，根本没有什么特别的。

"哦？"但是对于处在高风险行业的祝则清来说，有这样不费吹灰之力找女朋友的好事简直太赞了。他脸上的笑意比之前进来的时候更浓了，笑呵呵地问，"那姑娘叫什么名字，芳龄多少？"

"流氓。"徐嘉澍一看祝则清上钩了，低笑了下，而后如实说，"顾槿夏，刚从法学院毕业，情感经历至今还是一张白纸。"

祝则清露出一脸满意的表情，点点头道："我喜欢白纸。"

"嗨！"许久不开口的陆修时忍不住补充道，"你只是喜欢在白纸上乱涂乱画而已。"

"陆医生，请不要对一个人民警察秽语相向，我那个叫涂鸦的艺术。"祝则清呵呵笑着，端起茶杯同意见相同的徐嘉澍碰杯，两个人还真是心心相惜啊。

陆修时侧了个身表示不想再参与这种低俗的谈论中，选择一个人喝白开水。

"对了，那姑娘有意思的地方在于和你起了一个差不多的英文名。"同祝则清聊了会儿之后，徐嘉澍把话题转移到了陆修时身上。"你不是叫Winter 吗？"

"那是淘宝用户名，不是我的英文名。我的英文名叫 Aaron。"陆修时一字一句说得掷地有声，眼神也是万分嫌弃地盯着徐嘉澍。

"一个意思。"祝则清不拘小节地摆摆手道。

陆修时则无声地抗议祝则清的随便。

徐嘉澍虽然赞同祝则清的说法，但碍于陆修时的臭脸，他只好作罢。再次将话题回到那个助理的身上，他说："她的英文名叫 Summer。"

"Summer？好名字啊，一听就感觉这姑娘热情洋溢，活泼开朗。"祝则清在从徐嘉澍嘴里知道助理是个美女之后，对其的溢美之词就不断从嘴里涌现出来。

陆修时沉默，眼眸深沉。

过了几分钟之后，菜渐渐地端了上来。在徐嘉澍和祝则清大快朵颐的时候，陆修时忽然放下筷子，凝望着徐嘉澍，神情认真严肃道："她的手机号码是多少？"

结果，徐嘉澍当场喷了一口红酒。

"修时在短时间内居然问一个素未谋面的女孩子的号码还真是少见啊。"祝则清一边小心注视着埋头研究号码的陆修时，一边同徐嘉澍嘀咕。

徐嘉澍也悄声回应："可能是因为彼此取英文名的品位差不多，心心相惜吧。"

"我去，那我不是没戏了？"祝则清小声地抗议，"你干吗这么听话把号码给他啊？"

"要不然你拿枪指着我，我帮你把号码从他那里抢回来。"徐嘉澍眼神暗淡，显然是放弃了和陆修时正面冲突的机会。

祝则清撇撇嘴，双手搁置脑后，也投降道："我要是带枪了，还用得着你动手？不过既然陆爷看上了，就给他吧。你懂的，我有时候也不得不屈服在他的淫威之下啊。"

"唉，同是天涯沦落人啊。"

在陆修时捣腾手机的时候，殊不知那边的两个人已经瞬间结成了同盟的关系。他只知道，在他往手机的拨号键盘上输入刚拿到手的号码后，Summer 这个名字便跃然而出了。

"还真是你。"陆修时望着这个自己前不久刚存进去的号码喃喃自语，想着她怎么还真的被徐嘉澍从淘宝的深渊里给解救了出来呢。这一切，还不都是他"咎由自取"？

但是，嘴角又不由自主地向上翘起。

"有点意思。"半晌过后，他重新拿起筷子，嘴角带笑，声音很轻却意外温柔，不知道是讲给小伙伴听还是说给他自己听。

反正徐嘉澍和祝则清都心知肚明，陆医生这难得一见的笑意绝对不是因为兄弟之情才表露出来的。

< 3 >

酒足饭饱之后，祝则清也没有打招呼就带着陆修时和徐嘉澍到了当时的案发现场。

这是一个比较偏僻的建筑工地，因为施工队内部出现了问题，导致工程停滞，附近也没安装摄像头，唯一有可能成为目击证人的就是当晚喝醉酒不小心掉进下水道的酒鬼。

可惜，他掉进去的时候孩子已经死了。

"哦，孩子的尸体就在你踩着的井盖下面。"祝则清冷不丁地指着徐嘉澍的脚下，惺惺作态地提醒道。

"哇哇哇！"徐嘉澍立即像个被耍的猴子一样上蹿下跳了起来，一边大呼小叫的，一边认怂地躲在了陆修时的身后。

祝则清鄙视地冷哼了一声，继而环顾四周。这地方简直就是天然的抛尸场所，前不着村后不着店。

陆修时万般嫌弃地推开徐嘉澍，望向祝则清一本正经地说："死者的母亲在孩子才两个月点大的时候失踪不见，为什么没有马上报警？"

祝则清朝陆修时走来，脚踩在石子上发出了摩擦的声音，那些碎石子硌得他脚心生疼。

他说："赵晓娜称孩子和魏奇明一起不见的当天是接到魏奇明的电话说抱孩子去公园逛逛，她当时身体还没有恢复很好，就答应了。"

"只是去公园逛逛，有必要打电话通知吗？事情要么是这样，当时的情况就是赵晓娜不在孩子身边，也就是说她很有可能不在家。"徐嘉澍怕归怕，但分析起案件来思路也丝毫不受环境影响。

陆修时微微蹙眉，琢磨着他们两个人的话，最后只是轻声道："这理由听起来没问题。"

"对啊，父亲带孩子去公园逛确实没问题啊。如果魏奇明并没有打过电话，那么赵晓娜就是在说谎。可现在孩子和丈夫都死了，她还能隐瞒什么？除非她就是凶手。"祝则清显然也是怀疑过，但是没能找到合理的解释。最后得出的结论不过也是试图寻找作案动机。

陆修时轻吐了口气，微仰头，看着漫天的星星，缓缓道："听起来没有问题，这个就是问题。"

"什么？"祝则清和徐嘉澍异口同声，脸上的神情是匪夷所思的。

陆修时看向他们，解释道："魏奇明抱着两个月大的孩子去逛公园。'抱'这个词难道不是问题吗？一般来说，父母要带婴儿出门，都会准备婴儿车，一是方便出行，二是保护孩子。他抱着孩子出门证明距离他要去的目的地用时很短，或者说他根本不是走着去的。"

"嗯，那我就去查查魏奇明家附近的公园，有没有人目击到他和孩子。"祝则清点头细细思考着，"顺便调取赵晓娜和魏奇明的通话记录。"

徐嘉澍单手握拳支着下巴，在这两个分析案情的人面前，他忽然想到什么，忍不住就在这样不合时宜的场合下提了出来。

"哥们，我有种预感。如果赵晓娜真有什么问题，我觉得她在被你传话的时候一定会要求找律师。万一找上我了怎么办？"

对此，陆修时和祝则清倒还真的一下子把注意力转移到了徐嘉澍身上。陆修时眯着眼睛不说话，倒是祝则清先是惊讶了一下，后又耸耸肩说："反正你也不是第一次做我嫌疑人的辩护律师了。"

徐嘉澍顿时语塞，埋头掐指算了一会儿，点头承认道："好像真的有那么几次。"

祝则清懒得理徐嘉澍，又同陆修时认真道："罗蔓化验出来的结果我已经都告诉你了。对此你有什么看法吗？"

三个人边说边往大路方向走去，陆修时只是平静地说："弑子这样的事情并不是没有，但我先保留意见。就凶手的杀人手段，显然凶手对魏奇明有着私人恩怨，孩子从失踪开始都有很好地喂奶，一直到死的那天。也就是说那天肯定发生了什么事情使得凶手崩溃，杀了孩子。凶手的冲动在于他随手拿起枕头导致孩子窒息身亡。"

祝则清点点头，确实既然已经囚禁数日，不断折磨，那应该有更好的处理尸体的方法。

"还有。"陆修时停下脚步，望向祝则清的眼睛深邃起来，"我想凶手应该是个女人。"

"你用你的第三只眼睛看见了？"徐嘉澍怀疑地问，"男女毕竟力量悬殊，杀了一个男人和一个小孩呢！我由始至终都相信女人应该和我家玲珑一样善良。"

祝则清表现得并没有徐嘉澍那么惊讶，因为他也怀疑是女人干的。但他的怀疑是来自于罗蔓所说的"女士皮带"，但这点他并没有和陆修时提过。

"下水道是污秽之地，所有不干净的东西都有可能被冲进下水道，也包括流产后的……"陆修时说这话的时候，语气清冷，就像这深夜给人带来寒毛直竖的感觉。

徐嘉澍瞪大了双眼，显然是猜到了他想要表达的东西。但他实在是说不出口。

"你推测凶手是做过人流手术的女人。"但祝则清就这样不轻不重地直白地说了出来。

陆修时点头。

"可能只是凑巧，这也太那个了一点……"徐嘉澍回避着这样一个令人不舒服的答案。

"如果这个推理成立，那凶手把孩子放进下水道就是在祭奠她死去的孩子了。"

祝则清说完，三人纷纷回头望着那个处于黑暗的下水道。此时，那里就像是一个异度空间，深不见底，可怖至极。

"而且凶手只是抓走了魏奇明和孩子，并没有对赵晓娜下手。也就是说在这个家庭中，她最有可能是想扮演赵晓娜的角色。"陆修时回头，正视着马上就光明的大路口，缓缓道，"以上是我目前的看法，但赵晓娜身上也有疑点，不能排除她的嫌疑，也要确保她的安全。"

"嗯。"祝则清终究还是叹了口气。

夜已深，三个人脸上的表情就像是冻住一般，带着对这个世界的质疑、不解以及愤懑。

但正因为如此，他们才想要努力地让世界更加澄澈。

< 4 >

第二天，日出东方。这个被徐嘉澍连哄带骗聘进来的新助理顾槿夏已

经准备完毕。穿上职业装的她立马从应届毕业生菜鸟华丽变身为干练精英，一头卷烫发，白衬衫搭配着西装，既优雅又不失清新。

当她出现在律师事务所大门的时候，怀揣着第一天正式上班的激动心情，她想到的第一件事情居然是拿出手机拍照。但转念一想，老年手机好像在这个时刻不太方便拿出来啊。

走进写字楼大厅，顾槿夏乘上了右手边的电梯，一路畅通无阻地到了事务所所在的楼层。出了电梯，她再次整理了下自己的着装，呼了一口气，暗暗给自己加油。在她抬脚准备推开那玻璃门进去的时候，耳边却传来了——

"早上好。"徐嘉澍的声音。

顾槿夏一个激灵，连忙转身对着自己的Boss，手忙脚乱地问候了句："早上好，徐律师。"

今天的徐嘉澍依旧是西装革履，身姿笔挺，再加上举手投足之间的儒雅，也的确算得上是个英俊的男人。

和昨晚那个被祝则清一句话就吓个半死的判若两人。

他看着有些紧张的顾槿夏，笑着鼓励道："上班第一天，你可以先适应下环境。"顿了顿之后，注视着她的眼睛补充了一句，"很漂亮。"

"嗯，谢谢。"顾槿夏回答着，硬着头皮跟在了徐嘉澍后面走进了事务所。她想着，自己昨天在谈判的时候还一本正经像模像样的，今天简直就是人模狗样嘛。

到了徐嘉澍的办公室后，顾槿夏站在办公室中央一点的地方，快速地环顾了下四周，而后又陷入了坐立不安的状态。她瞥了眼徐嘉澍，只见他已经淡定地在脱西装外套了。

"关于你的手机……"徐嘉澍刚坐下，猛然间想起这个重要的问题，刚开口却听见从顾槿夏身上传来震耳欲聋的"135********"的语音来电的声音。

怎么说呢，这个声音响彻在这偌大的办公室里头，听得徐嘉澍整个人都不好了……

顾槿夏窘迫至极，却麻利地从包里掏出手机果断干脆地往墙角使劲一砸，那动作一气呵成，没有半点拖泥带水。

然后，声音戛然而止。

"徐律师，我的手机怎么了？"顾槿夏若无其事，撩了下耳边的发丝，嘴角带笑地问。

徐嘉澍惊于顾槿夏刚刚的举动，视线落在那粉身碎骨的老年手机上，弱弱地说了句："亲娘啊，手机和你是多大仇啊。"

"刚刚手滑。"顾槿夏这会儿也收起了笑，视线移到了窗外。心里忍不住叹气，这下子又要给奶奶买部新的了。

"喏，这是你的新手机。"徐嘉澍忍俊不禁，还是照计划从包里将新手机拿了出来，放在桌面上，"快去看看，你的手机卡有没有砸烂。"

一看是新手机，顾槿夏立马来了精神，兴奋地上前摸着新手机："老板，你会读心术吗，怎么知道我心里想着的就是这一款？"

徐嘉澍呵呵地笑，心里嘀咕了一句："某人会而已。"

但是，他没有说出来，只是仍旧那副亲切的模样，说道："你的办公室就在外面那间，桌上红色那部是内线电话，白色是外线。在这里上班，最重要的是要学会保密。"

"明白。"顾槿夏郑重地点点头，"那我先出去了。"

徐嘉澍看着她，笑着点头说好。

等到顾槿夏找到自己的办公桌坐下，往手机里插上手机卡，再开机的时候，立马就显示收到了一条短信。

短信内容是："你再不打我电话，我要去写第二条差评了。"

此时此刻，陆修时盯着手机屏幕上那条来自Summer的短信整整一天了，今天正好排班轮到他休息。结果，他就一动不动地卧在床上，看着手机屏幕亮起来又暗下去，亮起来又暗下去。

"嘀，什么叫'不好意思，刚上班有些忙，我过会儿就给您打过去'？"陆修时百无聊赖地重复了下短信的内容，不耐烦地将手机甩在了被子上，一脸不爽。

时间就从早上的八九点一直到了傍晚五点，那个说要打电话过来的人是不是死了？抱着这种消极的念头，陆修时从床上坐起来，重新捡起手机，直接拨通了徐嘉澍的电话。

"在哪儿？"陆修时开门见山地问了一句。

这个点上，刚把车开到家的徐嘉澍疑惑并如实地回答："在家啊，怎么……"话音刚落，那头的陆修时就直接撂了电话，留着徐嘉澍一个人嘴角抽搐，不知所措。

随后，家里的大门就打开了，玲珑一身长裙，精致典雅，应该是刚拍完画报回家。一见到徐嘉澍，便浅浅地笑着上前："听说你招了个新助理？"

"呵呵，夫人真是消息灵通啊。"徐嘉澍嘴上应付着，心里哆嗦着。

"嗯，不过想听你再仔仔细细地说一遍。关于那个漂亮、年轻的助理的事情……"傅玲珑边说着边把徐嘉澍一把拽进了房内。

这边不知徐嘉澍疾苦的陆修时只关心自己想要知道的事情。徐嘉澍既然已经到了家，证明顾槿夏也早就下班了。那么，既然如此，她还没有打电话过来的原因到底是什么。

突然陆修时脑子里"叮"了一声，他挑眉。

她该不是把他忘了吧？

< 5 >

"陆医生，你好。"法医室，罗蔓在两年后再次见到这个大名鼎鼎的陆医生时，居然露出了鲜有的怯生生的表情。

这天，陆修时利用中午休息的时间随着祝则清来到法医室想要再次同法医聊聊案情，看看还有什么收获。

"嗯，好久不见，罗法医。"陆修时含蓄地笑笑，有礼貌地同她打招呼。

有些出人意料，陆修时居然还记得她。罗蔓此刻那少女般的红晕已经泛上了脸颊，羞怯地笑说："确实，好久不见。"

祝则清在一旁都快看不下去了，一个大姑娘家平常面对尸体的时候都面不改色的，这会儿看见个陆修时就羞成这副模样，恨不得挖个洞钻进去。

"行了行了，别在这扭扭捏捏的。不知道的还以为我带着修时来和你相亲呢。"罢了，祝则清装作不经意地开起了玩笑，余光一直在观察着罗蔓的反应。

罗蔓着实惊了下，忙抽出橡胶手套戴上，那种贴着皮肤的质感让她稍微从陆修时身上收回了神。

陆修时不知情况，只是睥睨了祝则清一眼，没有作声，毕竟这是他的地盘，还是给他留点面子。

趁着这空当，罗蔓转身就从摆着各种精密仪器的桌子上翻出了几张纸递给了祝则清，眼睛却若有似无地停留在陆修时的身上。

"当时验出魏奇明胃里有胎盘还有消化完的鱼肉和卡在喉咙里的一根细小的鱼刺。我不知道这个结果对你们有没有帮助，魏奇明吃下去的应该是鲈鱼。"罗蔓在讲到这样的细节之后略微不安地看了眼陆修时，怕被他否决又或是紧张于他给的肯定。

祝则清吃了一惊，上前问道："这你都知道是鲈鱼啊？你是从那根鱼刺上化验出来的吗？验了鲈鱼的 DNA？"

这滑稽尴尬的问题罗蔓也想忽视，但一眼瞥见陆修时，发现他的目光不偏不倚地落在自己身上，瞬间有种必须要解释的感觉。

"我在他胃里提取到了轻微的毒素，只有一点点。那是鲈鱼鱼肝里才会有的，一般人都会将鱼肝这些摘洗干净。不过这个毒可以用芦根汁解。"罗蔓不紧不慢地说着。

陆修时点点头，随后对依然有些呆愣的祝则清继续解释说："鲈鱼是引入物种，以肉食性为主，营养价值很高。它能补肝肾，治胎动不安，产后少乳症……"

胎动不安？陆修时忽而对自己话中突然产生的奇怪感觉有些诧异。

祝则清"哦"了声，明白地说："这鲈鱼对男女都是好东西啊。看来凶手只是想让魏奇明吃下这鲈鱼。"

"原来陆医生都知道啊。"罗蔓感叹道，心想，果然，这样年轻有为长得又帅的男人什么都知道。

"但是为什么是鲈鱼呢？"祝则清喃喃道，心中尽是疑惑。

是啊，为什么偏偏是鲈鱼呢？陆修时也在思考这个问题，与此同时，他的手机提示有短消息。他拿出来一看，便对祝则清说："先送我回医院。"

"噢，好的。"祝则清应答着，随后把单子放回了桌子上，对罗蔓说了声谢谢便匆匆和陆修时走了。

来到停车场，陆修时脸上的神情有明显的变化。刚刚手机里收到的那条短信写着——"已指派 Summer 前往医院完成任务。"

发件人：徐嘉澍。

医院，精神科。

"不好意思，我想请问一下陆医生在哪个办公室？"

正好路过的杨医生听到后，抬起手象征性地指了下陆修时所在的办公室。

顾槿夏顺着杨医生手指的方向，点头道了谢后朝着那条走廊一步步地走去。

小护士望着翩翩而去的顾槿夏，狐疑地问慢悠悠走过来的杨医生："陆医生中午才出去，怎么这么快就回来了？"

"就你八卦。"杨医生笑着轻打了下小护士的头，笑着说，"陆医生看起来心情很好。"

"在这里哪有心情好的时候。"小护士撇撇嘴，话语里尽是遗憾之情，"听说陆医生还没有交过女朋友，你说这是不是职业问题？"

杨佳笑着轻声说了一句："恐怕是某个女人的问题吧。"

这云里雾里的话更令小护士摸不着头脑了。

此时，顾槿夏已经站在"高级精神科医生"的门前，忍不住猛吸了一口气。这几个字产生的巨大压力让顾槿夏有点呼吸急促，她整理了下自己脸上的表情，抬手叩响了办公室的门。

"请进。"门内传来的声音低沉，充满磁性。

这时，顾槿夏的左眼皮突兀地一跳，这声音的辨识度这么高，她好像在哪里听过。思考这些的时候，她已经握住门把，轻轻打开了房门。

"你好，陆医生，这是徐律师让我给您送来的。"进门之后，顾槿夏看见一个没有穿着白大褂，只是一身休闲装束，优雅坐在办公椅上的男人。

她上前，脸上漾着笑意如是说了一句，而后正视了对方的脸。

只一眼，顾槿夏几乎怔住了。

"坐。"陆修时用语简单，没有明显的情感，只是示意她坐在他的对面的位置上。

顾槿夏脊背僵硬，意识到自己赤裸裸表达垂涎美色的眼神过于明显，忙敛住神色，顺从地坐在了舒服的椅子上。此刻，她的心脏还跳得飞快。

"这是徐律师让我给您带的……"

"我知道。"陆修时不客气地打断了对方的说辞，从她进门到现在，他就一瞬不瞬地盯着人家姑娘看，似是要把她的前世今生都看透。

或许是陆修时的眼神过于强烈、炙热，令顾槿夏一时间没了话也没好意思抬头再与他对视。她只是低头盯着自己的手指，眉宇间好像在思考如何脱身。

"年龄。"半晌过后，陆修时突然拿起笔开始问起了问题。

顾槿夏不知何故，面对着突发状况，同时出于对医生的本能反应，她老实巴交地回答："二十三。"

"职业。"

"呃，律师助理。"

"有无性经历？"

啥？顾槿夏怔忡，但对方一本正经的语气以及相当有医生威严的模样还是让她选择如实回答问题。

"无。"她几乎是缩着脑袋，咬牙切齿地说出了这个字。

对此，陆修时无征兆地笑了下，听不出是嘲讽还是善意，总之这个笑极为短暂。但是这些都不妨碍他继续往下问。

"婚否。"

"否。"

"有无交往对象？"

"无……"这一连串的问题让顾槿夏总算有了点反应，她抬头对上陆修时澄澈的双眸，奇怪地反问，"陆医生，你问的问题顺序不太对吧。我既然没有性经历，自然就不会有男朋友，更何况是结婚了。"

陆修时停下写字，双手交叉也看向顾槿夏，神情悠然，挑眉道："在我看来，这样的顺序正合我意。不过我得纠正你一下，关于有无交往对象这个问题。"

"这个有什么要纠正的？"顾槿夏蹙眉，困惑不解。

"不是'无'。"陆修时站起身，绕过堆满病例的桌子，站在顾槿夏的身侧，双手滑入裤袋，气质高贵不容侵犯，却一字一句道，"是'暂时无'。"

脑子里顿时"叮"的一声，让顾槿夏全身起了鸡皮疙瘩，她局促地站起身，把手里的袋子递给陆修时，顺便拉了同他的距离，慌乱地说："这个，徐律师说要亲手交到您的手上。"

陆修时看着她惊慌失措的表情，就这样不动神色地站着，眼睛亮亮的。在他看来，从顾槿夏进门的那一刻起，他心里就滋生出了一个念头。

有些疯狂，但好像合情合理。

见陆修时无动于衷，顾槿夏便拉过他的手，把东西直接往他手里一塞，就火速地转身想要逃离了现场。

"最后一个问题。"陆修时在背后叫住了她。

顾槿夏早已手握门把，却鬼使神差地再次愣住，她警惕地只是转了半个身子，望着不远处神情冷冽、倨傲英挺的陆修时。

"你的名字。"他微扬起下巴，似乎对这个问题有些执着。

总算是个正常的问题了，顾槿夏松了口气，浅笑道："顾槿夏。顾盼的顾，木槿的槿，夏天的夏。"

她的笑，恍若惊鸿一瞥。被锁住目光的陆修时一时间难以抽离，就这样目不转睛地再次盯着人家姑娘看了起来。

"那 Summer 也是你的名字吗？"陆修时沉吟了好一会儿，缓缓道。

"算……"顾槿夏迟疑了，这个英文名是当时为了应付那个坏脾气的买家随口胡诌的，不过顺水推舟她就拿来当英文名了。既然如此，顾槿夏便笑道，"算艺名。"

看来这个女人完全不想认真和他对话，陆修时眼眸一沉，索性上前。他走到她跟前时，左手抵住了她身后的门，将她圈在了自己可控制的范围内，面色冷峻，居高临下道："给你一秒钟的时间，重新回答下这个问题。"

现在是什么情况啊？顾槿夏被如此近距离的接触给吓傻了，头顶上方那双锐利的眼眸一直戳着她的头盖骨。

但是，更加不科学的事情是顾槿夏居然屈服于这种淫威之下，交代了这个名字的由来以及它目前的性质。

听完顾槿夏可怜兮兮的陈述之后，陆修时低低地"哦"了一声，语气显而易见的满足。尤其是在听到顾槿夏说"Summer"是为了那位"Winter先生"而取的话后，陆修时心情愉快了不少。

"看来那个Winter先生对你意义非凡啊。"末了，陆修时在顾槿夏不知道的情况下自夸了起来。

顾槿夏别开脸，极力想要与陆医生保持距离。她硬生生地说："等他改回好评，我就把他拉黑。"

什么……陆修时顿时黑脸。

"没什么事的话，我就先回去了。"顾槿夏见陆修时有些走神，便又立马开溜。这次陆修时倒是没有阻拦，只是驻足在原地听着办公室的门响亮地关上后，立即焦躁地扶额，表情相当懊悔！

因为连着几天没有接到顾槿夏的电话，让他神经抽风一样讨巧地去改了好评。这样的举动和小孩子做了点家务就向爸妈讨零花钱的行为简直一模一样，贻笑大方啊！

早知道改了好评的下场会被拉黑，给他充一百次话费他也不干啊！陆修时在心里低吼了不知多少次"Shit"，最后无力地瘫坐在办公椅上，神情黯然，一副无力回天的颓废样。

顾槿夏匆匆地从办公室向外走，她急切又不知所措的背影看起来仍旧那么清新脱俗。

可她却很清晰地感觉到身后有双阴冷的目光在那走廊拐角，不动声色又阴森森地注视着她。

她想回头，但那股躲在暗处的力量却将她的好奇硬生生地转为了害怕。

顾槿夏头也不回地快步离开，那怪异的目光或许是某个病人，或许是自己被陆修时吓傻后的错觉。

傍晚的时候，徐嘉澍和另外一个律师从法院回来，开庭审理的结果看来是他们想要的，脸上的神情都比较轻松愉悦。

"槿夏，你到我办公室来一趟。"路过顾槿夏办公桌的徐嘉澍轻敲了下她的桌面，轻描淡写地对她说了一句。

顾槿夏起身，拉拉衣服，随着徐嘉澍走进了办公室。

"见到陆修时陆医生了吗？"刚一坐下，徐嘉澍还没有放下公文包就先抛出了这么一个问题。

"嗯，把东西亲自交到了他的手上。"原来他叫陆修时，名字和人一样，冰冷古怪，难以描测。顾槿夏对着自己心里的结论，微微点头。

徐嘉澍见她的表情，有点八卦地笑着问："觉得他怎么样？"

"那个我无意冒犯，陆医生是不是有很严重的职业病？他问了我好多奇怪的问题。"顾槿夏声音很轻，本来想着把他对她做过的事情都一一说出来，但又觉得这不免有些小题大做了，更何况医生问那些个人的基本问题好像没什么不对的。

"哈哈！"徐嘉澍倒是毫无顾忌地大笑了出来，他点点头，认真道，"他就是我和你说过的不要当作人来看的对象之一。"

"之一？"顾槿夏震惊，"这么说这样的人还有很多？"

徐嘉澍喝了口放在桌面上早已冷却的茶，润润喉说："以后你慢慢都会见识到的，但幸好你已经见过最厉害的了。顺便和你说一声，陆医生是我从小到大的好朋友，如果他对你做了什么奇怪的事情，我先代他向你道歉。"

顾槿夏干笑了声，敢情她那会儿是在说徐律师好朋友的坏话？

"哦，还有一件事。"徐嘉澍不经意间又提起了另外一件事，"你的新手机就是陆医生买的。"

"为什么？"顾槿夏提出疑问时，眼睛都瞪得老大的，这又是什么情况？

徐嘉澍面无表情，云淡风轻道："因为那天就是他撞的你啊。"

顾槿夏："……"

出来混总是要还的。

原来是你

<1>

清晨第一缕阳光斜斜地照射在卧室床上，徐嘉澍半裸着身子抱着娇妻傅玲珑赖着床。

不过，这样恩爱的早晨也仅仅维持了十分钟。

"陆爷，你这样属于私闯民宅，你信不信我报警让祝则清抓你。"说这话的时候，徐嘉澍身上还是披着丝滑的灰色调的睡衣，一副没睡醒又不得不面对陆修时的煎熬模样。

"嗯，我就是私闯。"陆修时悠闲得像是坐在自家客厅的沙发上，一身裁剪修身的西装让他看起来无比精神。他十指交叉，双手置于大腿上，气定神闲地说，"谁让你家房门密码设置得就跟 123 一样的简单？"

徐嘉澍这才使劲眨眨惺忪的睡眼，强装精神地伸了个懒腰，一脸无辜地反问道："怪我咯？"

"怪则清。"陆修时面无表情地回应，"你每设一次新密码，他都能第一时间破译出来。"

"他是不是有病啊？"徐嘉澍心里的不满顿时大爆发，"所以这次的密码也是他告诉你的？"

陆修时不屑地冷笑道："首先，则清那不是病，那是职业习惯，这个习惯会跟着他进坟墓的；其次，不是他告诉我的密码，是你告诉我的。"

"嘀，那我一定是疯了。"徐嘉澍无力地一手拍在了自己脸上，立马回想起那天改密码的情形。

当时陆修时就在自己身旁，目不转睛地看着他改密码的。算了算了，和陆修时争辩无疑是挖坑把自己埋了，还不如聊点眼下实际性的问题。

"你到底来干什么？现在是七点三十分，我只给你半个小时的时间陈述，我还要上班。"

陆修时听到这话脸上的表情依然没有任何改变，反倒更加风轻云淡了起来，他低沉的嗓音无论在什么时刻都充满着魅力。他说："第一眼看见就很心动的感觉，你们称之为什么？"

徐嘉澍没有半点犹豫，脱口而出："一见钟情。"

"哦，是。"陆修时笑着点点头。

徐嘉澍瞥了眼陆修时的神情，激动道："陆爷你这是在告诉我你有一见钟情的对象了？苍天！男的还是女的？！"

这时，陆修时才敛起神色，久久不语，似乎是在确定自己所产生的情感。半晌过后，他才缓缓道："我现在还不肯定，但对她很好奇。"

回忆见面那刻的场景，陆修时手上也难得地出现了小动作，交叠的双手中左手大拇指缓慢地摩挲着右手的大拇指。

"你一见钟情的对象是谁？是我还是则清？"徐嘉澍对陆修时一见钟情的对象非常在意。陆修时不是正常人，所以不能按照一般人的逻辑思维去揣摩他的心思。

万一，他真的喜欢男人……哈哈，怎么可能！

陆修时双眼炯炯有神，像是要把某个信息直接传递到徐嘉澍那无可救药的大脑里去。

片刻之后，他瞥了眼徐嘉澍瞠目结舌的模样，补了一句："我会好奇，必然是对她有所需求。"

什么？徐嘉澍怔忡，大白天的陆修时难道在做春梦？

"你的样子看起来好像得了失语症。"陆修时把沙发上放着的一个小靠枕直直地扔到了对方的脸上，然后又说道，"我昨晚梦见她了。"

徐嘉澍大脑内对于陆修时所说的"她"的真实个体仍有些保留，因为就陆修时本身来说，这发生一见钟情的概率和奢望长生不老的想法几乎是一样的。

"你大白天帮则清查案工作，看的是尸体、精神病，晚上居然还有闲情逸致做春梦？还有，这个解梦你不是应该求助于弗洛伊德吗？"徐嘉澍讪笑，后支支吾吾，"我还剩点时间还要和玲珑进行造人计划，你不要耽误我们。"

就在此时，陆修时起身，随手拉了拉衣襟，双手插入裤袋，翘起嘴角不明所以地笑道："既然如此，就带我去见见她。徐律师，离你上班还有四十分钟。"

吼，居然是个女人，还是他事务所的女人！

"你就为了想见一个女人，大清早来妨碍我未来的孩子出世？你还有没有人性啊？"徐嘉澍大怒，同样起身，声音不受控制地上扬。

陆修时倒是泰然处之，瞟了眼二楼的某个房间，淡然道："不然我上去替你征求下傅玲珑的意见。"

"Stop！请陆爷坐在这里等我十分钟！"说完，徐嘉澍就迅速消失了。

想不通，这个男人的脑子里装的是什么，无论白天黑夜他几乎都在工作，未曾停歇，也未曾被感情的事情困扰。可此刻，他却神清气爽地想要见到某个女人。

或许他身上蕴藏着特别的能量。

陆修时一个人站在偌大的客厅里，忽而笑了下。那天顾槿夏虽然是被他"设计"来到医院给他送衣服的，可在等待她到来的时刻却异常煎熬难耐，尽管那不过只相隔了短短的两分钟。

但，在顾槿夏叩门而进，嘴角带着浅笑出现的刹那，陆修时凝望着她，似乎刹那间明白自己心情好的原因。

早上上班时间，陆修时准时出现在了徐嘉澍的办公室里，霸占着律师的座椅，只为等她来。

"徐律师，不好意思，我来晚……了？"

她着急地出现，精神看起来不太好，却在第一时间来办公室道了歉。

"顾小姐，约会的时候你才能说'不好意思，来晚了'。以你现在的立场，你应该说'对不起，我迟到了'。"

陆修时气宇轩昂地坐在徐嘉澍的办公椅上，微仰着下巴，对着站在那里毕恭毕敬说话的顾槿夏理直气壮地冷嘲热讽了一番。

而作为办公室的主人，徐嘉澍只是双手环胸，哭笑不得地站在办公桌旁，袖手旁观。

此时脑子有些凌乱的顾槿夏一瞬不瞬地凝望着陆修时这位不速之客，她同他不熟，却总是觉得他身上有什么能让人目光停滞不动的魅力。她还没回过神，竟忍不住咳嗽了起来。

"感冒了？"徐嘉澍见状，关切地询问。

陆修时挑眉看向徐嘉澍，一脸"有你什么事"的嫌弃表情，自己倒是利索地站起了身子。

"可能是吧。"顾槿夏有些窘迫地回答，看了眼朝自己步步逼近的陆修时，忙后退了几步，慌忙对徐嘉澍说，"老板我请半个小时假去买药吃！"

眼看顾槿夏又想要逃走，陆修时伸手就拉住了她的手臂，将她固定在自己身边，不管顾槿夏怎么挣扎都不肯放手。他自管自地回头对徐嘉澍冷淡地交代了一句："作为医生，我绝对有义务带一个病人去医院。"

徐嘉澍略显为难地瞟了眼朝他使劲摇头的顾槿夏，再忐忑地看了看眼神锐利，不由得任何人反抗的陆修时。

他心想着，这平常都风轻云淡的陆修时到他这里来吃什么飞醋啊？还性情大变的。这摆明着来他事务所抢人的啊！

但是，他妥协了，笑着说："槿夏，没事，我给你半天假。这个有病就要去医院，我们陆修时可是高级医生，由他带你去我放心。"

顾槿夏一听自己的老板都松口了，手足无措地说："可他是神经科的，跟我感冒没关系啊！"

"是精神科。"陆修时毫不留情地纠正道，"看来你脑子也有点问题。"

于是不管三七二十一就将顾槿夏给拎了出去。

才短短几分钟，事情已荒唐至此，留下徐嘉澍一个人扶额，无可奈何。

〈2〉

"不用上医院，去药店配点药就可以。"被强制塞进车里的顾槿夏还是坚持拒绝，但手却老实地系上了安全带。不管怎么说，这辆车差点撞了她，还要了她手机的命。

陆修时看了她一眼，感冒不是什么大事，一般来说就算吃药也可以很快解决感冒问题，只是生病的是顾槿夏。

"为什么感冒？"许久，手握方向盘的陆修时冷不丁地发问，"徐嘉澍虐待你，让你加班到了深夜，还是你穿得太暴露？"

顾槿夏听完，脑子反应很快，回应道："你们精神科医生想象力都这么丰富吗？"

陆修时手握着方向盘，看了眼顾槿夏，认真道："你身上还有沐浴露的香味，昨晚应该洗了澡。最近的天气用热水洗澡并不容易得感冒，所以你昨晚应该用了冷水。"

"你……"顾槿夏忙抬手护在自己的胸前，身子离得陆修时好远，但与此同时又感叹，"猜得好准。"

陆修时看到她的反应，笑了下。她没骂他变态，看样子对他的态度应该是不讨厌。

"陆医生，你慢点开，我这点感冒不着急。"车速莫名地加快，令顾槿夏有点担心，想着这陆医生文质彬彬的应该不是个急性子。

待到车子渐渐地驶进医院内，顾槿夏才松了口气，扭头看着驾驶座上的陆修时，抿抿嘴说："估计要收到罚单了。"

陆修时不以为意，只是淡淡地解释说："不赶时间的话，专家就下班了。"

"一点感冒不用看专家吧？"顾槿夏有点哭笑不得，这医生是认真的吗？还是说——"难道精神科医生不懂平常人生的病吗？"

陆修时吸了口气，本来是做好理论解释的准备。但看着顾槿夏笑意盈盈的样子，他只是说了两个字："下车。"

"哦。"顾槿夏拎起包，摸不透这医生一下冷一下热的脸，乖乖地下车。

下了车后，顾槿夏拗不过一定要陪着她看病的陆修时，只好放任他为自己排队挂号，甚至还付了钱的行为。

"陆医生，你女朋友生病了？"里面帮忙挂号的女护士见来人是鼎鼎大名的精神科医生，立马振奋，却在接过他递过来的身份证之后，傻了眼。于是，便多嘴问了句。

陆修时在拿过顾槿夏的身份证后，对证件照上只有十六岁的顾槿夏忍俊不禁。听到护士这么问，他也饶有兴致地回了句："漂亮吧？"

身旁的顾槿夏闻声抬手便打了陆修时一下，急切道："不要说多余的话！"

小护士看着两个人如此亲密的互动，笑着把身份证和病历递了出来，说："漂亮，和陆医生很配呢。"

这话说出来，陆修时倒是起了一身的鸡皮疙瘩，假装不动声色地拿过病历道了声"谢谢"后拽着顾槿夏往二楼走去。

于是，短时间内，有关于性格倨傲坚持独身主义的陆医生恋爱的消息便顷刻传遍了整个医院。

待到顾槿夏看完病出来，陆修时又不知道什么时候不见了。只记得他好像走开接了通电话后就没再回来过，对此，顾槿夏心里表示一万个"yes"！

"您的医药费陆医生已经帮您付了，您只需要去那边拿药就行。"

当顾槿夏准备付款拿药的时候，被窗口的医生告知了这样一个事实。心里稍稍有些意外，这个陆修时看起来不像是热心的人啊。她拿完药再次路过那个窗口，便又追问了一句："那这些药多少钱呢？"

里头的医生笑得有些尴尬，这事陆医生可没有说要保密，于是就如实地报了个价。听到这个价之后，顾槿夏震惊了，专家看病果然是费钱啊。

或许是看见顾槿夏面露难色，医生主动解释："您既然是陆医生的女朋友，那么自然给的都是最好的。"

原来最好的就等于最贵的，这些不成文的规定都是哪里来的。半响之后，她好像意识到一个更为严重的问题，便对里头对她万般打量的女医生澄清道："我不是他女朋友。"

说完，顾槿夏就独自走出了门诊大厅。可想而知，里面的医生、护士又开始了一场不可避免的骚动。

本想直接回事务所的顾槿夏却在介于门诊部与住院部两幢大楼的空地上接到了石晓晓的电话。电话里头，石晓晓先是充分表达了对顾槿夏的思念，紧接着就说她已经出院了，现在能拄着拐杖走路了。

"我觉得你还是适合坐轮椅。"顾槿夏边和她说话边往外走，回事务所的那趟 6 路公交车正好会停在医院这个点，且公交车站牌就在医院大门的左手边，于是她便走到站牌下等车。

"话说，我回家看了下，你说的那个什么 Winter 早就改了好评啊，就上次你来看我的前一天。"末了，石晓晓爆出了个惊人的消息。

顾槿夏愣了下，隐约觉得这事有点不靠谱。她便怀疑道："不可能吧。我最近还联系过他，求着他改好评，可他还是一如既往的不肯啊。"

"我说，槿夏，他不会是想追求你吧？"电话那头，石晓晓阴阳怪气地单刀直入，她奸笑道，"啧啧，我们家槿夏真的是到处招桃花啊。"

"不和你说了，我打电话确认一下。"顾槿夏说完就挂了石晓晓的电话，从通讯录里翻出了备注为"Winter"的号码，想也不想便摁下了拨号键。

此刻，精神科正汇集着几个高级医生对今天刚送来的一个病人进行诊断分析，三四个人围坐在一张白色的带着弧形设计感的桌子前，看着前方在白色板上用签字笔写下疑点的陆医生，一个个表情认真且凝重。

"目前为止，我们还没有更多更有价值的信息来准确分析病人出现的行为。以上，也不过是就我们所见到的得出的结论。下一步，你们尽量找他的家属交谈一下，我有时间也会进行实地调查。"

"不好意思，我接个电话。"总结性的话说完之后，手机正巧响了起来。陆修时对同僚交代了一句后便接起电话走到了与这间会议室只有一面玻璃之隔的办公室内。

"Winter 先生，我是那个淘宝客服。"

陆修时尽管疲乏，却轻声应答："我知道。"其实他这个时候想问她有没有好好地回到事务所。但，仔细一想她似乎还不知道"他"就是陆修时。

"你都改回好评了，为什么还总是接我的电话？"顾槿夏颇有微词，想着给一个陌生人打电话的时间她都可以给爸妈撒个娇了，实在是不划算。

陆修时听到这个，瞬间冷淡道："用你送的一百块话费和你打电话，你不乐意？"

"也……也不是不乐意……"就是觉得很奇怪好吗！哪有一个买家借着不改好评愣是和一个卖家坚持通话半个多月的呀！顾槿夏实在是不能理解，但也找不到话反驳他这么"友好"的反问。

陆修时索性拉了把椅子坐下，再度轻描淡写地问道："听说你要把我拉黑名单？"

"没有啊，你听谁说……"终于上了公交车的顾槿夏，刷完公交卡之后脑子里突然好像有什么信息跳了出来。待她走到后面找位置坐下之后，猛然醒悟过来，惊讶不已，"你是，你是陆医生？"

"恭喜你答对了。"陆修时向后倾了下身子，感觉甚是满意。他缓缓道，"回去记得按时吃药，你这点小毛病不出两三天就会好的。"

顾槿夏突然觉得不好意思，陆修时的声音总是给人以强烈的错觉，那种错觉就是他其实很温柔。于是她只能压低声音责怪道："既然是小毛病，你干吗给我买那么贵的药？"

"首先，药不是我开的，但贵是一定的；其次，钱是我付的，你紧张什么？"

"我会还你的。"

"你家热水器坏了的话，要不要来我家洗？"

"……"

等了一秒钟得到的回应居然是电话挂断的嘟嘟声，陆修时还有些舍不得放下。

居然敢挂他的电话？他头一次邀请一个女人来他家里洗澡，居然就这样被无情拒绝了？

　　陆修时这么想着的时候，脸上又恢复了不愉快的神色。才站起身，他又接到了祝则清那个浑蛋的电话。

　　"陆爷，交警队告诉我，你车被拍了。"

　　"那又怎样？"陆医生现在很不高兴，语气也异常冰冷。

　　祝则清一听语气不对，便干咳了声，继续讨好道："那是我帮你先垫了罚单的钱呢还是我卖个人情，这次就让交警队先放过你呢？"

　　"你觉得怎么做会让我勉为其难地继续帮你查案呢？"陆修时还是冷冰冰的。

　　"陆爷，你的心思我懂。我现在就去教育一下那些看走眼的小伙伴，真是不懂事。我们陆爷的豪车上怎么可能载着女人，一定是他们看错了！"

　　然后，陆修时直接撂了电话。

灯火阑珊处

< 1 >

下班时间是五点半，却因为临时送进来的有着攻击性倾向的精神病人而晚了一个多小时。

等到陆修时回到办公室脱下白大褂才看到放在办公室桌面上的手机已经显示了无数个未接来电以及短信息。他大致看了眼，便立马抓起衣架上的外套往医院外走去。

其间，他对自己桌面上摆放的物品陡然心存疑惑，却又说不出具体奇怪在哪里。只是一个转身，他又似乎忘了这种从心底里滋生出来的不和谐感。

陆修时驱车前往祝则清发到他手机上的定位地址，本来约好一同前往死者魏奇明的家里，找赵晓娜探个虚实，顺便来个里应外合。

但祝则清这个急性子并没有等他便自己一个人来了，按理他应该再带上一个同事，可毕竟已经到了下班的时间。

陆修时下车，先是环顾了下魏奇明家的周围。这是个小镇里头的别墅区，附近仍旧有未装修的空房子，门前已经长满了杂草，就连道路也界限不清。

魏奇明的家就在这别墅区的最后面一排，后面是空旷石子地，目前处于闲置状态。

有几个隔壁邻居正好晚饭过后出来散步，路过魏奇明的家，也是一副惋惜的表情。看到陆修时站在那里，竟然想当然地觉得他是警察。

　　"警察同志，凶手抓到没有啊？"一个剪着短头发的约莫五十岁的妇女满脸恐慌地问道，"我们住在这附近都要吓死了，治安这么不好，多加强夜间巡逻啊！"

　　旁边另外一个大妈也说："他们一家人好端端怎么会遇到这样的事情？太可怕了！你说小娜一个人多可怜！"

　　这些大妈也倒是懂得多。陆修时想着来都来了，不如帮祝则清做个调查好了。

　　"魏奇明为人怎么样？"他问。

　　短头发的大妈叹了声，开始了喋喋不休的模式："他人可好了，总拿些家里的菜啊、鱼啊给我们吃。可听老婆话了呢，今年才生了个儿子，可高兴了。"

　　"是呢，他人啊好得没话说。还爱钓鱼，钓上来的鱼也是分给邻居吃，说是小娜不爱吃。你看看，多好的人。"

　　"是啊是啊。"

　　两个大妈你一言我一语，聊得可欢了。

　　陆修时点点头，又问了句："他平常去哪儿钓鱼？"

　　"这我们就不知道了。我们都是孩子买了房子在这儿，所以过来住，认识他们的时间也不长，也就半年。"

　　"不过，我听另一个邻居说，他们啊本来都想搬家了，说是有了孩子想要回到乡下住，让爸妈也一起照顾。你说，突然就出了这种事，老人家该多难过啊。"

　　陆修时也没有打断她们，听完只是说了声："谢谢。"后就转身走向了那打开的大门。

　　搬家？陆修时浅浅地勾起嘴角。这里的房子明明也是新房，为什么突然想到要搬家？搬家这个念头真的是孩子生了之后产生的吗？

　　"哦，介绍一下，这位是我们局里的法医精神科顾问，陆医生。因为一点事情耽误，来晚了。"

陆修时前脚刚踏进去，里屋坐着的祝则清马上站起来给一边脸上带着淡淡忧愁的赵晓娜介绍道。

陆修时听到"法医精神科顾问"这几个字的时候眉毛抖了抖，想着还是去向局长要点薪水才是。

"噢。"赵晓娜点点头，拉开椅子让陆修时坐下，"我给你倒杯茶。"

"不用了。"陆修时摆手，只是同祝则清坐在了一起。他看了眼身旁的祝警官，似乎已经问了很多问题。

"有些事情还是想当面找你了解一下。"陆修时单刀直入，说话间细细观察着赵晓娜的反应以及肢体语言。

她坐在他们的对面，身子靠后，左手慢慢地搓着右臂，没有看陆修时，说话的时候也似乎在强忍着悲伤。

"该说的我都已经向祝警官说了……"她轻轻地说着，却抑制不住泪水，赵晓娜应该哭了无数次了吧。

祝则清看着她哭得伤心，抽了几张纸巾递了过去。然后又看了陆修时一眼，意思是"狠话就你问吧"。

"魏奇明和孩子失踪那天，你在哪儿？"

"我去医院做检查，生完孩子之后身体一直都不好。"赵晓娜擦擦眼泪说，"我有病例本可以拿给你看看。"

回答得挺溜，都不带思考的。陆修时点头说："不介意的话就拿给我看看吧。"

赵晓娜短暂地愣了下，起身就走到客厅的电视机旁，蹲下拉开旁边茶几的抽屉，将病例交给了陆修时。

"你能再重复下魏奇明打给你最后一通电话的内容吗？"陆修时翻了下病例，合上，继续问。

"他说他抱孩子去公园逛逛，别担心。"说这话时，赵晓娜还是声音颤抖，哭腔严重。

"哪个公园？"

"就家附近这个公园吧。"赵晓娜回答这个的时候有点迟疑，似乎是不确定目的地。

"之后就再也没有联系上了是吗?"

面对着陆修时的步步追问,赵晓娜都是边抹眼泪边回答:"嗯,到了晚上打电话也打不通,我有点急。但又听说人失踪不到二十四小时不能报警。"

祝则清此时又递过去一张纸巾,补了一句:"你难道不知道孩子失踪不需要等二十四小时吗?可以直接报警。"

赵晓娜接过纸巾的手悬在了半空中,最后还是接过了纸巾,抹了把眼泪。

陆修时起身把病例交还给她,说:"今天已经不早了,我们就先走了。"

赵晓娜也起身,随着他们走了两步之后,陆修时却突然回身,看着旁边的餐桌问:"听说你不爱吃鱼?"

"啊?嗯,是的。因为小时候被鱼刺卡过喉咙,怕了。"赵晓娜眼睛眨了眨,看了下自己摩挲着的手指,说。

"魏奇明钓鱼喜欢去水库还是别人家承包的鱼塘?"

赵晓娜听到这个问题的时候,突然后退扶住了一边的椅子,身子摇摇晃晃的,脸色很不好。她闭着双眼抱歉地说:"不好意思,突然有点头晕,耳朵也嗡嗡的,这几天老是这样。"

"那你早点休息。"陆修时没再继续问,和祝则清一起走出了门。

到了外面,见到那两个大妈还在唠嗑,身边又多了些另外的老头老太,似乎在争辩着什么。

"她会吃的,怀孕的时候魏奇明给她熬过鱼汤的。我看见她倒垃圾的时候有鱼骨呢。"一个干瘦的老头子斩钉截铁地说道。

短发大妈摇摇头说:"女人怀孕的时候嘴巴很刁的,口味也会变奇怪啊。你说是不是?"

旁边的大妈随声附和:"就是就是。"

陆修时这会儿没再搭理,和祝则清一前一后上了车,驶出了这个地方。

车上,陆修时单手握着方向盘,看着前方道路对祝则清说:"鱼。"

"什么,什么鱼?"祝则清不解地反问。

057

"魏奇明胃里的鲈鱼与他爱钓鱼的事实之间可能有联系。而且赵晓娜并不是不爱吃鱼，我在她饭桌上看见了还没擦干净的几根细小的鱼刺。你去查查魏奇明生前经常去钓鱼的地方，爱钓鱼的人总是需要发烧友的。"

祝则清拿出工作日记将陆修时说的记录了下来，他侧了下身子又说："对于你最后提出的问题，我觉得赵晓娜在回避。"

"太过于巧合的东西都存在疑点。"陆修时也认同，"偏偏在那个时候眩晕，她病历上可没有写'疑似眩晕症'这几个字。"

到了十字路口，陆修时打了方向盘。祝则清则对着工作笔记上那几个罗列出来的疑点愁眉不展。

< 2 >

街道两旁，路灯已点亮，形形色色的路人也已渐渐地隐入黑夜，彼此都看不清身上的色彩。

时间即逝，稍不注意，就过了饭点的时间。陆修时抬起手腕看了下时间，对着眉宇间很是焦灼的祝则清提议道："找个地方先填饱肚子。"

祝则清站直身子，长叹了一口气，望着手上记录走访的小册子不甘地说："我回局里开个会。"

陆修时四下张望了会儿后，轻描淡写地说："先吃饭。"

"你去吃吧，我实在是没什么胃口。"祝则清说着面带愁容又急切地想要四处奔波。

陆修时一把抓住了他的外套后衣领，脸色一沉，不管不顾地拽着祝则清道："给我滚去吃饭！"

两个人推推搡搡地来到附近一家比较简单干净的餐馆，刚准备抬脚进去，陆修时忽而站定在门口，目不斜视地盯着不远处一个靓丽的身影出神。

"怎么了？"祝则清见陆修时神色严肃，马上打起了十二分的精神，顺着他的目光追随了过去。

只见一个扎着马尾，穿着简约格子衬衫，搭配一条淡蓝色的牛仔裤，长相清新脱俗的姑娘驻立在街边一侧，身旁立着一个行李箱，两眼仔细地审视着墙上贴的各种房屋出租的信息。

"陆爷你……"祝则清在知道陆修时看见什么之后，甚为吃惊。这个平时比他还禁欲的精神科医生居然当街欣赏起了美女？！

陆修时扫了眼他脸上惊诧的表情，冷淡地说了一句："我在看一个女人，"停顿了一下后，他似是低低地笑了，"而且我还要过去和她说话。"

"陆爷，你控制住自己！"祝则清边调笑着，边跟着他走了上去。

"想好要到我家来洗澡了？"陆修时走过去，不动声色地站定在她身旁，之后不假思索地脱口而出这样一句话。

这话犹如晴天霹雳，把毫无心理准备的顾槿夏愣是吓得后退了两步，在见到来人是陆修时之后，她捂着胸口的手感受到了心脏更为剧烈地跳动。

一旁的祝则清吓得也不比顾槿夏轻，他微张着嘴，压根没想到陆修时会如此语出惊人啊。他细细打量着姑娘的表情，看起来除了有点害羞之外，并没有怎么惊慌失措。

顾槿夏手搭在行李箱的拉杆上，注视着陆修时反问："你怎么在这儿？"

"顾小姐，我作为打招呼的问题你还没有回答。"陆修时面不改色，从容淡定地再次发起了进攻。他瞥了眼那行李箱，挑眉道，"只是洗个澡，这阵势也大了点吧。"

"当然不是！"顾槿夏被陆修时淡定的样子急红了脸，只能暗暗捏着拳头表示抗议。

陆修时看着她的样子，自然地伸手接过了她的行李箱，转身对身后云里雾里的祝则清说："这顿我请。"

"啊，我没意见。"祝则清挠挠头，可疑地回望着顾槿夏。最后还是拖住陆修时奇怪地问了句，"你什么时候有这么漂亮的病人了？"

听到这样的结论，陆修时深深佩服这位警官的逻辑推理能力，视线直直落在顾槿夏身上，心里有好多个回答百转千回，但最后他还是如实地回了三个字："她不是。"

本来不想参与到他们的讨论中间去，可这明摆着已经对她造成了恶劣的影响，于是顾槿夏闷闷地出声道："我看起来像精神不正常的吗？"

祝则清急忙将食指往回指向自己，承认道："我……我不正常。"

于是，顾槿夏在陆修时挟持了她的行李箱后不得不跟着他们两个进了餐馆，推辞不下，她只好坐在了陆修时旁边的位置，然后看着两个大忙人用餐。

"你们还没有吃晚饭吗？"顾槿夏吃惊于他们的饭量，有些尴尬地问。她自己倒是吃完泡面出来的。

陆修时吃得不紧不慢，时不时还关心下顾槿夏需不需要吃点什么。眼下听见顾槿夏好奇地提出问题，他拿纸巾轻擦了下嘴唇，对着顾槿夏说："你先告诉我，你大晚上拎着行李要去哪儿。"

"不关你的事。"顾槿夏几乎是脱口而出，并没有考虑什么，即使旁边坐着医生和警察。

"嗯？"他语气平淡，却让听着的人感受到了莫名的压力。

顾槿夏突然有点懊恼，总不能把她被骗的事情一五一十地都说出来吧。肯定会被这个变态医生给笑死的，说什么都不能坦白。

"嚯，这年头居然还有在陆医生面前酝酿谎话的人啊。"这时候，一直埋头吃饭的祝则清冷不丁地放了冷箭。

于是——

"我今天才知道自己被无良的房东给骗了，交了三千押金也全部被卷走。原来我认为的房东不是真的房东，他也只是个租客，合同也是伪造的。他把我骗进去之后，又接连骗了好几个，于是那个狭窄的房间里头现在住着七个倒霉鬼等着骗子房东出现还他们钱。我因为不堪重负，只能搬出来了……"顾槿夏碍于祝则清的大实话，紧张到一口气把话给说完了，完了直接把放在陆修时面前的一杯水一鼓作气地喝了下去。

陆修时听后，注视着顾槿夏的眼神变得有些异样。奇怪于自己内心的小波动，他假装平静地问道："报警了吗？"

"嗯，也已经做过笔录了。但那个骗子是外地的，估计早就不知道逃到哪里去了吧。"顾槿夏无不遗憾地说。

随后，陆修时指指眼睛发光的祝则清说："他是警察，有什么消息可以让他告诉你。不过，等他告诉你的话，估计应该是出命案了。"

顾槿夏："……"

祝则清听见好哥们终于介绍了自己，兴奋道："虽然我主要负责一些重大案件，但是我也会帮你留心的。对了，你电话多少，叫什么名字？"

顾槿夏怔了下，想着祝则清这样的职业习惯和陆修时的职业习惯简直如出一辙啊。上来就先摸底细，好在上次陆修时没有顺便摸下她祖宗十八代的底细。

"我叫顾槿夏，号码是……"在这个世界上，唯有医生和警察提出的问题让她没法无视。为什么她会一次性碰上两个分别从事这两项骇人职业的人？

"有消息你打我电话就可以了。"这时，陆修时出其不意地打断了顾槿夏的话。

祝则清狐疑地瞄了眼陆修时，那极力克制又显而易见的私心完全写在了脸上。等等，这姑娘刚刚说她叫什么名字？

"你难道是徐嘉澍的新助理？"祝则清猛然间回忆起来，震惊地问道。

顾槿夏点点头，看着祝则清吃惊的样子有些不解。但此时此刻，她也意外地想起了什么，恍然大悟道："噢，原来你们就是徐律师说的非人类。"

"什么？"轮到陆修时和祝则清异口同声了。

然后，顾槿夏又一五一十地交代了。没办法，谁叫对面坐着的就是警察！这场景，要是她后面是一堵墙，墙上再贴上几个"坦白从宽，抗拒从严"的字，直接就成了审讯室了！

听罢，陆修时和祝则清交换了下眼神，祝则清立马双手握拳，捏着手指关节嘎啦嘎啦作响。他平静地说："我等会儿去掐断他脖子。"

"嗯，弄干净点。"陆修时起身付完钱，相当配合地来了一句。

"OK。"

这让一旁无辜的顾槿夏被吓得彻底石化。

饭后，祝则清没有回家，还是固执地打车回了局里。顾槿夏则莫名其妙地再次坐上了陆修时的车，她双手不安地抓着安全带，偏头问正准备开车的陆修时："我们去哪儿？"

"安顿你的地方。"说着，陆修时就踩了油门，渐渐地驶向了旁边的大道上。

一路上顾槿夏的心思显然在别的地方，这个陆医生明明长着一张拒人于千里之外的脸，为什么感觉好像对她有点热心过头了？

会不会遇上了什么传说当中的变态医生，想要拿她做人体试验？

想到后面，她觉得越来越恐怖，越来越瘆得慌。以至于，陆修时说"到了"，顾槿夏还愣在副驾驶位上，胆战心惊。

"我没有任何不良癖好。"陆修时见她一脸担惊受怕，唯恐自己一口吃了她的表情，非常不乐意地做了个保证。

第一时间得到了一个口头保证，顾槿夏安心了不少。于是望着这有些偏远，但房子看起来又特别高大上的地方，她忍不住问道："这是哪儿？"

"我家。"

"……你骗人！"

被骗进了他家房门的顾槿夏亦步亦趋跟在陆修时的身后。客厅的灯被打开，陆修时把行李一放，就开始随手脱衣服。

顾槿夏还来不及惊诧这房子的奢华，就被陆修时毫无顾忌的举动给吓一大跳，她此刻还站在玄关处，却惊慌失措地背过身去。

"要不然我还是去找找别的地方吧。"顾槿夏面红耳赤，不知道在紧张什么。她支支吾吾地问，"这附近有什么酒店、宾馆之类的吗？"

"床上的被褥和枕套都是新换的，睡衣我想你自己带了。浴室里的毛巾在镜子边的柜子里，洗漱用品在洗手台的下面。"陆修时压根没有听见她说的话，又折回来站在她身后，简单地交代了几句。

顾槿夏心怦怦地跳着，难以抑制地紧张。她窘迫地回过身，看见陆修时只是脱了件外套，身上还穿着件衬衣，只是解开了最上面的两个扣子，健康性感的胸膛若隐若现……

"我现在要去洗澡。"陆修时说话间，意外地发现这个本来害羞的女孩子此刻正不受控制地盯着他的胸膛看。于是他上前弹了下她的额头说，"卧室在那儿。"

这一亲昵的动作令顾槿夏彻彻底底地慌了手脚。她立马绕开陆修时，退到客厅中央，一把拉过自己的行李箱像是抓住了救命稻草。

"在哪儿？"她硬着头皮问，心里只想着快点把羞红脸的自己藏起来。

陆修时仰着下巴，抬手随意地指了下。于是，顾槿夏便迫不及待地绕过那个开放式的书房，噔噔地往尽头走去。

刚走进去没几秒，顾槿夏又憋红着脸跑出来，神色慌乱，语无伦次道："那不是……我不能……你……"

还在浴室门口徘徊的陆修时看着顾槿夏极度没有安全感的样子，便宽慰道："我晚上要去医院，有事情没有解决。今晚你一个人睡。"

一个人睡？顾槿夏陡然间精神了，安心地展露笑容道："陆医生还要回去工作啊，真是辛苦呢。没事，我一个人睡完全没关系。"

陆修时盯着她，像是想要再多说什么，但短暂的皱眉之后，他放弃了，自顾自地进入浴室洗澡了。

顾槿夏耸耸肩，不知为何觉得有些庆幸。这卧室显然是陆修时的，床是简单的黑白色调，卧室里摆放的东西很少，就连电视都没有。

等到陆修时洗完澡出来，裹着浴巾的他直接打开门走进了卧室，迎接他的是酣睡中的顾槿夏。她歪躺在床上，枕着手臂，缩着脚，像只被遗弃的猫咪，惹人怜爱。

陆修时头发还有些濡湿，他打开衣柜，解下浴袍，换上了一身干净整齐的衣服。他走到床前，细细打量着顾槿夏。

"怎么好像比上次见面的时候又漂亮了。"陆医生也有搞不清楚状况的时候，他俯身，轻轻抚了下她的秀发，然后……对着她的脑门毫不客气地弹了第二个脑瓜崩。

"嘶！"顾槿夏直接从梦里痛醒，她捂着额头，疲惫地坐起身，看见穿戴整齐、英挺帅气的陆修时忙站起身，相当清醒地说，"你洗好了啊。"

陆修时这时候却心猿意马地想着，刚刚为什么要弄醒她？但事已至此，他只好说："洗完澡再上床睡觉。"

"噢。"顾槿夏像是个听话的小孩。没办法，寄人篱下，总得乖巧一点。

"那我出去了。"陆修时隐约有些不放心，叮嘱道，"有什么事随时打我电话。在我没有回来之前，不准离开这里。"

顾槿夏仍旧是百依百顺，反正现在他说什么就是什么了，也不会少块肉。至少目前看来，是不会少块肉。

外面，已然天黑。陆修时锁好了门，站在门口抬头仰望月亮，清冷皎洁。如此美景，他却无心欣赏，只想着如若明早回来看不见她的身影，他将会是怎样一种心情。

< 3 >

清冷的大街，寥寥无几的人，十字路口红绿灯那儿才刚刚开过去一辆救护车。

"修时，我回去开完会，手上堆积了关于那个小村子的信息，你帮我筛选一下？"

这大晚上的祝则清还在警局和医院来回跑。他其实很清楚，这案子一日不破，他就一日没有安生之日，同样的也包括陆修时。

"你看我现在像是有时间听你讲案子吗？"陆修时穿着白大褂，手拿文件夹站在病人中间，斜视了他一眼。

现在这个点，陆修时正和看护人员一起检查精神病患者的情况。再过一会儿，自由活动的病人就该回病房休息了。

这不，有个强迫症患者坐在大厅的凳子上，抬着自己的右手，食指从左至右移动着，嘴里念叨着："1、2、3、4……"

祝则清无奈暂时收起手里的文件夹，顺从地跟在陆修时的身后，俨然一个实习医生的姿态。面对着病人怪异的行为，他好奇地问道："那家伙在数什么呢，这么没完没了的？"

陆修时写完最后一个句号，合上了文件夹，将钢笔插回白大褂的上口袋，看着那个坚持不懈数着数的病人说："强迫症患者，一定要数满每个人在这大厅里走路的步数。一旦错了，他就要从头来过，直到他数到一百为止。"

"嚯，这什么毛病。"祝则清佩服地点头，继而又突然自我肯定道，"那他不是和我的破案精神很一致吗？只要命案一日不破，所有线索都可以推翻重新来过，直到找到决定性证据为止。"

陆修时觉得甚是好笑，抬起拿着文件夹的手，轻拍了下他的胸脯，戏谑道："所以本质上来说，你也是个精神病患者。"

"本来疯子和天才就是一步之遥的距离。"祝则清耸耸肩，也一副"你损我，我没意见"的淡然表情。

"陆医生，接下来这里交给我就好了。"待陆修时检查完最后一个病人，旁边的护士便接着准备下面的工作。但八成是看一个警察成天追着陆医生要谈论案情，也是觉得可怜。

陆修时朝说话的护士点点头，便示意祝则清和自己一起到办公室去。

长长的走廊，护士和看护人员来来往往，还有那些总是陷入自己幻想世界里的病人。他们正常或者癫狂，无非都是对这个世界的另类控诉罢了。

"那些新警几乎把那个村子里屁大点的事情都给记录下来了。什么田里的青蛙叫得太响没法睡觉请求帮忙的警情；什么阳台上晾着的内衣裤被风刮到臭水沟里非要认定是隔壁偷的要求立案侦查的……你听听，这些都是什么鬼？"

祝则清没忍住，直接在走廊上和陆修时念叨了起来。陆修时对于这些没什么用的信息并没有流露出多大的兴趣，只是隐隐地替祝则清感到辛苦。

此时，迎面走来的两个小护士正悄声说着什么，没有注意到陆修时和祝则清，直接碎碎念地和他们擦肩而过。

陆修时只听见了一句——"啊，廖医生的那个病人还没诊断出什么来就出院了呀？怎么这么奇怪？"

这些闲言碎语就像是轻飘过柳树的风，杨柳轻轻荡起，再度垂下回归常态，就没有风来过的痕迹了。

关上办公室的门，祝则清就一屁股坐在了陆修时办公桌对面的位置，手里还是拿着工作日记本，一页页翻着给陆修时念排查出来的信息，念到口干舌燥才翻过去三页。

陆修时好心地替他倒了杯水，却并没有打断他，只是瞥了眼放在桌上的手机，安安静静的。

"还有这种花边新闻，你听啊。说什么村里有个年轻漂亮的姑娘做了别人的小三，最后被原配打了，你说这种信息有什么用？"祝则清烦躁地抬手弹了下纸张说。

"有用。"陆修时突然出声打断了祝则清准备翻开下页工作日记的动作。

祝则清愣了下，抬头与他对视。

在他们三个人中，一直以来唯有陆修时随时都保持着清醒，他的脑子任何时候都在飞速运转着。所以，他的眼睛总是能看见别人看不到的地方，耳朵也总是能听见别人听不到的内容。

"这个女人叫什么名字，现在在哪儿？"陆修时没有给祝则清提问的机会，单刀直入地问了句。

祝则清"哦"了声，往下翻了翻，看见"小三"两个字上被打了个圈圈，圈圈又被箭头引到了另外几个字上。那几个字很小，但清晰地写着：不知所终。

这四个字让祝则清脑子顿时嗡了一声，破案有时候靠着直觉很不应该，但是坏的预感总是能让人为之一振。

"去查查那个女人。"陆修时说这句话的时候声音冷静，脸上也没有多余的表情，随后又提醒，"你有查过赵晓娜和魏奇明生前的夫妻关系怎么样吗？据我所知，邻里对他们的夫妻关系评价都挺好的。"

"魏奇明在未婚之前是个花花公子，什么事没做过。他的社会关系其实是比较复杂的，是情杀也没准。据说婚后也经常偷腥，这个赵晓娜也是能忍。"祝则清对这个滥情的男人也是无语。

陆修时对此并不认同，正色道："可我得到的信息并不是这样。按照邻居们的说法，在家里赵晓娜是掌管全部事务的人，魏奇明就像是附庸。"

"嗯？"祝则清怔了怔，随即警觉起来，"矛盾双方必然有一方是假的。"

陆修时点头，又说："也有可能两者都是真的，只是时间前后的问题。"

祝则清明白地点头。他能感受到这些，尽管陆修时得出的推论没有足够的证据支撑着，但他就是知道这案子好像出现了转机。

"还有就是你让我查的魏奇明钓鱼的地方，他经常去的地方有两个：一是大黄山那边的水库，二是朋友家承包的鱼塘。但三年前，魏奇明名下也有一个承包鱼塘的项目。"

"三年前。"陆修时皱眉。

"三年前？"祝则清与此同时也重复了一遍，连忙翻开了工作日记，唰唰翻了几页之后，停在了"小三"那页，在"不知所终"的右下角就有"大约三年前"这几个字。

"陆医生？"这时，有人叩响了陆修时办公室的门，声音轻轻的，像是怕惊扰了神明一般。"廖医生已经过来接班了，您可以下班了。"推门的小护士面带微笑地提醒道。

陆修时看了下时间，已经是凌晨两点了。这个时候，祝则清也本该在局里的宿舍睡觉了，居然陪着自己到了现在。

"谢谢。"陆修时礼貌地对那个护士点头致谢，待护士关上门走后，顺手就脱下了白大褂，挂在了椅子扶手上，对祝则清说，"我送你？"

"不用了，我开车的。"祝则清同时也起了身。

陆修时边换外套边随手拿起桌上的手机，屏幕一亮他竟看见了来自Summer的一条未读短信。在看见的一刹那，心跳不自觉地加快。突如其来的紧张感是陆修时未曾有过的，他来不及看内容，只是加快了整理的动作。

"对了，罗蔓还说魏奇明穿的鞋子脚后跟有很新的磨损情况，也就是说在魏奇明失去意识之后，凶手是拖着他前进的。"

"嗯，我现在终于能肯定地告诉你凶手是一个人。"陆修时面露轻松，过了这么久总算是有了进展，"还有……"

祝则清洗耳恭听着呢，立马凑上前期待万分地等着他说出下面的内容。

"我先走了，有急事。"

陆修时也不知道自己怎么就急切了起来。顾槿夏突然发短信给他，不知道出什么事了。要是出事就应该打电话，她为什么发短信？而且这条短信是在四个小时之前发的，这四个小时要是出点事简直绰绰有余。

想到这里，陆修时被自己的想象力吓到吸了口冷气。他正风尘仆仆地往医院外面赶，迎面就差点撞上了满面春风的廖医生。

"陆医生上次代班的人情我还没还呢，什么时候有空请你吃饭吧。"廖医生说起这个倒也是非常不好意思。

陆修时这会儿满脑子都是顾槿夏可能在浴室里滑倒了，或者被门槛崴伤了脚，又或者从楼梯上摔下来了……总之，情势不容乐观！谁有空和廖医生吃饭啊！

但是……

"廖医生，你最近新收了什么奇怪的病人吗？"陆修时脑子里突然蹦出来很早之前就有的一个疑问，又只好站定追问了一句。

廖医生歪了下脑袋，沉思半晌道："没有什么奇怪的病人。怎么了？"

"没事。"陆修时颔首就准备走。

"嗯，仔细想想有是有一个，但不是奇怪的病人。就是大街上突然抢走了人家的孩子，被派出所送到这里来。但是我诊断不出什么问题来，估计只是受了点精神刺激。来了不到两天，精神测试分析都通过了，就出院了。"廖医生简单地交代了几句，有些不解地望着陆修时。

陆修时微微蹙眉，不确定道："那个人的名字是不是叫……"

"廖医生，快来，你的病人马美丽又开始犯病了！"

走廊那边，护士有些焦急地低声喊了句。廖医生抱歉地对着陆修时说了声"下次请你吃饭啊"的话后就匆忙小跑了过去。

陆修时望着那跑起来略滑稽的背影，捏了捏鼻梁，眨眨酸涩的眼睛，转身也快步地走向了停车场。

平时回家要开二十分钟的，今天十三分钟就到了。陆修时所有的动作都是一气呵成，但同时又紧张得不知所措。

在玄关处换了鞋，连灯都没有开，陆修时就直接开门进了自己的房间，也就是顾槿夏此时睡觉的地方。

他依然没有开灯，因为卧室的床头灯还是微亮着，泛着浅浅的淡橘色的光芒。这光芒将床上睡得安稳的姑娘静静笼罩着，给予她安全感。

　　陆修时这才如释重负地松了口气，幸好什么都没有发生。他环顾四周，顾槿夏的行李箱还是锁好放在了床边地上，看样子她也只是借宿一晚，并没有多想其他的。

　　看到这原封不动的行李箱，陆修时竟然觉得心里不是滋味。他没想过接下来怎么安排，但现在他开始想了。

　　退出卧室时，陆修时顺便拿出了一条毯子，重新回到客厅，缓缓地躺在了沙发上。回想自己做的一系列头脑发热的行为，多少觉得有些惊讶和可笑。

　　他的手背覆盖在眼睛上，再一次长叹了一口气。片刻后，他想到了手机里顾槿夏发的短信，才拿出来点开看。

　　"陆医生，我能借用下你的厨房和你冰箱里的火腿肠吗？我数了二百八十只水饺，还是饿得睡不着……"

　　嗬，原来是饿了。

　　陆修时意外地笑了。此时，他能想得到的安排就是明天要早起。

第五章

静默如谜

<1>

　　清晨，窗外麻雀叽叽喳喳叫个不停。别墅区里轿车开进开出的声音也逐渐频繁了起来。楼下花坛的草地上，洒水系统完成了第一轮的洒水，植物刹那间鲜活了起来。

　　顾槿夏懵懂地将脸从被窝里探出来，此时遮挡光线的窗帘都渗透着点点晨光了。

　　她伸出手迷迷糊糊地拿过床头的手机来看，时间已经是早上七点四十五了。顾槿夏脑袋昏沉沉的，刚想要起身，房间门突然被推开了。

　　"床不舒服？"陆医生推门而进，张嘴就是这样一句话。

　　说话间，他已经站定在了床边，身上穿着白衬衫，双手悠然地插着裤袋，对床上的女人没有任何避嫌的行为。

　　顾槿夏躺在床上，眼睛正上方就是陆修时，那帅气逼人的脸庞让她有点分不清现实还是梦境。她恍恍惚惚地从被窝里伸出手，声音带着清晨的柔软缓缓说道："拉我一把，床它不肯放开我。"

　　陆修时望着跟前晃晃悠悠抬着的手怔住，那毫不加掩饰的双臂，赤裸地呈现在他眼前。他当时就想，这睡衣怎么能是无袖的？人类的审美还真是越来越落后了。

　　"自己起来，早饭可以吃了。"挣扎了片刻之后，陆修时还是选择袖手旁观，撂下一句话之后转身就走出了房间，啪地把门关上。

顾槿夏抬着的手有些酸了，无力垂下，蹭蹭柔软的枕头，嘀咕一句："嗯，是梦。"然后，翻了个身又继续睡了。

回到客厅等了半个小时也没有听到卧室动静的陆修时又坐不住了。自己大早上起来做的早饭这女人居然敢不起来吃？半夜三更发短信说肚子饿的人是谁？

于是，陆修时索性再次来到卧室，结果开门看见顾槿夏纹丝不动地酣睡着。白皙的双臂依旧裸露在外，就像是故意引诱人犯罪。

感觉到床有点往下一沉，顾槿夏翻身，撩了把头发，轻轻睁开眼睛，几秒钟后，赫然瞪大。她抓着被子，连同身子赶忙往旁边闪躲，吃惊道："你，你干什么？"

"看不出来？"陆修时语气平常，眯着眼睛上下打量她，轻描淡写道，"在叫你起床。"

顾槿夏盯着优雅侧躺在床上，单手撑着脸颊，像一只慵懒猫咪一样注视着自己的陆修时，浑身起了鸡皮疙瘩。这精神科的医生，大白天的想干什么呢？

等等，他难道是想……

"你不会是想割了我的肾吧？"鉴于顾槿夏当时没有清醒的状态，她脑袋里正常的词汇量都在沉睡，于是跳出嘴巴的词组合成了让陆医生真的想要给她扎一针的话。

陆修时无语地瞥了她一眼，掏出手机不紧不慢地拨通了电话。接通后，他开口就说："顾槿夏还在睡觉，我给她请半天假。"

"啊啊啊！"顾槿夏当时脑子就炸了，情急之下就扑过去想要抢了陆医生的手机。

结果，眼疾手快的陆医生一把就扣住了她的手腕，顾槿夏就连人带被地跌进了他怀里。

陆修时胸口隐隐觉得异样，凝视着撞入自己怀中的顾槿夏，两颊绯红，眼眸清亮。

他觉得自己有些不可思议，因为他竟然不希望她起来。

"我……我现在醒了。"顾槿夏浑身都觉得尴尬，她这会儿才意识到自己裸露的双臂被他搂着，紧得没法挣脱。她慌张起来，赶紧澄清，"我真的醒了，我发誓！不信你抽我！"

陆修时听着顾槿夏这几句不着边际的话，眼睛微眯。打女人这种事显然是错的，但就算她真的醒了，也要装作她没有醒。

下一刻，陆修时倾身向前，对着顾槿夏光洁白净的额头，缓慢而又莫名其妙地亲了一下。

于是，顾槿夏彻底醒了……

整整一个早上，顾槿夏就陷入了可怕的无限循环中，脑海里全部都是陆修时大清早发神经的一吻！

"苍天！"顾槿夏暗自低吼，越想越觉得莫名其妙，她当时为什么没有狠狠扇他一巴掌？

现实是，陆修时亲完她之后，还端了一盘子丰盛的早餐到了卧室，看着她一口一口地把营养早餐吃了个底朝天后，还佛光普照一般送她上了班。

多么诡异的一吻，他还诡异地送她来上班啊。顾槿夏觉得这一系列的事情要让她抓狂了。

"日子要活到头了。"顾槿夏焦躁地捂脸，碎碎念着。徐律师交给她的一些资料她甚至都没有认真去整理，这不内线电话就打了进来。

"昨晚睡得不好？"徐嘉澍一见到顾槿夏那萎靡不振的样子还吓了一跳，关心地问道。

顾槿夏尴尬地笑笑，连忙解释说："没有没有，睡得很好很好。"

"一样的词重复多遍，显然是在强调谎言的真实性。"不得不承认，徐嘉澍作为一名律师还是合格专业的。

"嗝。认床，确实没睡好。"顾槿夏说完，自己都阴阳怪气地笑了一下。

徐嘉澍嘴角忽而向上翘起，在这句没什么逻辑的应答里，他似乎嗅到了八卦的味道，而且是大八卦的味道。

"年轻人就是爱玩。"徐嘉澍暧昧地说着，又饶有意味地看了顾槿夏一眼。没给她反应的时间，他直接整理起了桌面上的案子，拎起包就说，"走吧，这次终于没人阻碍我带你出庭了。"

顾槿夏没精打采的模样瞬间满血复活，元气满满地点头，然后立马上前接过徐嘉澍手里的文件夹，俨然一副上阵打仗的姿态。

"不过，徐律师，你刚刚说的是什么意思？"顾槿夏同徐嘉澍走出办公室，还不忘追问之前的困惑之处。

徐嘉澍轻轻地扯了扯领带，皮笑肉不笑地回头看她说："你觉得陆修时怎么样？"

"啊？"顾槿夏忽而止住脚步，错愕地望着徐嘉澍，心里有一万只那啥呼啸而过，"什么怎么样？不怎么样，就……就那样啊。"

电梯口，徐嘉澍听到顾槿夏支支吾吾的话语，更加有了探秘的兴趣，忍不住调戏道："你觉得他帅还是我帅？"

"祝警官帅一点。"顾槿夏毫不犹豫地选了第三个答案。

对此，徐嘉澍狡黠一笑，抬起手惊现一支录音笔，挑着眉笑说："陆医生的心眼超级小的，我猜你今后去精神科的次数会变得多起来。"

近墨者黑，果然都不是好惹的！但是，比起进监狱，顾槿夏还是觉得进医院会好一点。

但是，后面发生的事情让她对自己之前的想法追悔莫及。再加上，对她而言现在最危险的地方便是陆医生的家。

坐在副驾驶位上的顾槿夏在扣上安全带的刹那猛然想起那天陆修时带她去医院时开车的车速，便叮嘱徐嘉澍道："徐律师，慢慢开。"

"嗯？"徐嘉澍听到这话一开始不明所以，扭头看了她一眼，见顾槿夏眼里闪烁着点点星光，那清亮的眼眸真是看一眼就似乎要陷进去。

顾槿夏见徐嘉澍这么看着自己，忙抬手小心翼翼地摸了摸脸颊，不好意思地问："怎么了？"

徐嘉澍笑笑，摇头说："没什么。只是好像有点明白陆医生的口味了。"

"啊？"这下子换作顾槿夏不明白了，怎么又扯上了那个精神科医生？

去往法院的路上，没有出现实体的陆修时再一次成功地占据了顾槿夏的大脑。简直就像是中了什么魔咒，尤其是那个用意不明的吻，挥之不去。

< 2 >

"徐律师，怎么每次有关离婚的案子都是你出马啊？"

刚到法院的大门，顾槿夏还没彻底从车上下来，就听见有人在和徐嘉澍"打招呼"。

徐嘉澍先是看了顾槿夏一眼，然后很友好地介绍道："顾槿夏，我的新助理。"之后扭头看向她，笑说，"魏程哲，我的大学同学。"

顾槿夏听闻，赶忙下车到徐嘉澍身边，朝魏程哲含笑着点点头。

"哟，换口味了？之前的助理不都是胸大妖冶、浓妆艳抹的，这次怎么忽然聘了个这么清纯漂亮的姑娘，刚毕业吧？"魏程哲说着说着话锋一转，把问题抛给了顾槿夏，嘴角带着笑意。

顾槿夏倒是泰然自若，并没有被魏程哲的突然袭击给吓到，只是简单地回复了一句："我的胸并没有你看到的那么显小。而且徐律师从来没有看走眼的时候。"

徐嘉澍挑挑眉，小姑娘不怯场倒是挺难得。这么落落大方就给自己报了个仇，回去要加薪。

魏程哲听完，细细打量了她一番，转而问徐嘉澍："这姑娘有男朋友了吗？"

"你个老律师就不要欺负后辈了，人家槿夏可是棵好苗子，我可不想被你糟蹋了。"徐嘉澍哭笑不得，这魏程哲也是的，都快奔三的人还万花丛中过，心思不安定。顿了顿，又劝道，"就算槿夏单身，你也别想了。她现在已经被一个难缠的家伙看上了。"

后面这话是徐嘉澍偷偷揽过魏程哲的背，背对着顾槿夏偷偷说的。

魏程哲大惊，忙追问："谁？"

徐嘉澍乐了，正想开口，身后却传来了刹车声以及某个不速之客的声音。

"好巧，又见面了。"来人正是那个难缠的家伙，只见他的目光越过眼前熟悉的人，直接落到了顾槿夏的身上。

顾槿夏被突然出现的陆修时给吓了一跳，身子忙往后躲，皱着眉反问："你怎么在这儿？"

同时不请自来的还有祝则清，他望着这种说不出口的缘分一个劲地傻笑。

"喏，来人就是了。"末了，徐嘉澍故意整理下衣服，小声地撒下了这么一句话给魏程哲，然后自己往陆修时方向走去。

魏程哲不是不知道这个大名鼎鼎的精神科陆医生，正因为知道，所以理所当然地觉得果然是个难……对付的人啊。

在进大门之前，魏程哲还是忍不住多看了顾槿夏一眼，顺便再看了眼陆修时，一个连男人都觉得帅的男人，他的存在真的是人神共愤的。

"离婚的官司带她出来干什么？"见到徐嘉澍之后，陆修时首先就责问了一句。

徐嘉澍愣在原地，一脸"大哥，我是她老板好吗？我让她干吗就干吗，我付工钱了"的微妙表情。他看着顾槿夏，无语地摇摇头说："来来，槿夏你自己说说，我有强迫你吗？"

"没有。"顾槿夏斩钉截铁地回答，选择站在徐嘉澍那一边。

"你听！真是的，说得好像我欺负了你心头肉，我是那种人吗？大早上槿夏一脸睡不醒、神志不清的样子，我都是做出了十倍关心的。"徐嘉澍不遗余力地解释自己的所作所为。

陆修时瞥了眼徐嘉澍，又死死地看着顾槿夏，上下打量了她一番后才问："没睡好？"

顾槿夏现在真的是一个头两个大，能不能不要再提关于"睡觉"的任何字眼？

"肯定没睡好啊，槿夏说床不舒服。"徐嘉澍果断干脆地替她回答了。

这不，陆修时盯着脸微微泛红的顾槿夏，半晌之后一字一句说道："你在我床上可不是这么说的。"

"你疯啦？"顾槿夏脑子瞬间炸了，着急忙慌地上前抬手就堵住了陆修时，气急败坏，"干吗说让人误会的话啊？"

一旁本是看客的祝则清听闻这种惊爆的消息后，不由自主地站直身子，肃然起敬地鼓起了掌。而徐嘉澍则一副"自己种的白菜被猪拱了"的神情，五官稍显扭曲。

"不是，不是你们想的那样。"最后只有顾槿夏一个人奋力又苍白地解释。

祝则清摆摆手，一副调解民事纠纷时的那种姿态，语重心长道："那个顾小姐，既然大家都是成年人，就要对自己的行为负责。上了别人的床，就要对得起人家的身子。你说对吧？"

对你个大头鬼啦！警察叔叔乱说话不用负责任吗？

"不是这样！"顾槿夏除了喊"不是"之外没办法说出事实真相，想到自己面对舆论压力时的无力，她简直快哭了。

徐嘉澍已经彻底无语了，表面上什么都没发生，暗地里居然都睡一起了？是谁这么自作主张拉了进度条？

"槿夏，短时间内不要怀孕好吗？我一时间找不到更合适的人当我的助理了。"徐嘉澍痛心地摇摇头，看了下手表，仰天叹气，"开庭开庭……"

祝则清也笑着耸耸肩，追上徐嘉澍说："等等我。我去找下档案室的小王……"

结果，只是因为陆修时一句无心的话，顾槿夏都差点"怀孕"了。

任何申述都无效之后，顾槿夏也叹气重新看向过于安静的陆修时，发现他还是保持那个双手插裤袋的姿势，眼睛只灼灼地看向她。

顾槿夏这才意识到自己的手还堵着人家的嘴呢，难怪总感觉手心痒痒。

"你有病啊。"忙不迭地收回手之后，顾槿夏立马转身落荒而逃。

此时，阳光正好，陆修时望着那个背影，终于露出了控制许久的笑容。

庭审结束已经是中午十二点了，顾槿夏和徐嘉澍才走出庭审大门。

"不愧是徐律师，还真替我摆平了那抠门的前夫。"作为原告的王女士满面春风，那表情简直像是即将迎来第二春。她嘴上一直在碎碎念着，"你是怎么知道我前夫在公司里头和秘书有染？"

徐嘉澍低声笑了一下，说："为了您的权益，那些都是我应该做的。至于怎么做的，下次如果您还需要打离婚官司，我再告诉您也无妨。"

"哈哈，瞧徐律师这张嘴，真是。"王女士依旧咧着嘴笑，偏了下脑袋这才终于注意到了顾槿夏，忙不迭又夸了起来，"哟，这小姑娘长得不赖啊。今年几岁啦，看起来和我儿子一般大嘛，要不相个亲？"

顾槿夏站在法院大厅处下来的台阶上，差点因为对方的话而崴到脚。今天出门是没有烧香还是怎的，一个个都对她的私人问题这么关心。

徐嘉澍也有些哭笑不得，摆摆手说："这位姑娘就算了，已经是别人的囊中之物了。"

"唉，可惜了。"王女士叹口气，看了下时间，又着急地告别，"约了人喝下午茶。那徐律师我先走了，有事情再给我打电话啊，欢迎随时来电！"

真是不知所谓的女人啊，离婚得到了便宜就这么开心，脸上一点难过的痕迹都找不到，是不是女人都这样狠心？

徐嘉澍忽然担心起自家女人来了，要论狠心，傅玲珑还真是当仁不让的一把手。自己怎么就娶了个定时炸弹回家，当时一定是中了美人计。

"徐律师，我们接下来是回事务所还是……"吃饭？顾槿夏本来是想这么直接问的，但是碍于自己今天第一次跟着出庭还是觉得应该含蓄点。

"先回事务所，小张已经帮我们叫好外卖了。"徐嘉澍如是说。他转身正对着法院大门，向下走了几步台阶后，又停下来看着顾槿夏说，"我本来可以带你下馆子的，但是我怕陆修时会杀了我，所以只能委屈你吃外卖了。"

苍天啊，有关于陆修时和她的事儿能不能翻篇了啊？她想下馆子！

最后她还是老老实实回了事务所。不过顾槿夏原本以为自己还会碰见陆修时，想来他们应该是先走了，也就没有在意。

但是，陆修时一个医生为什么跟着祝则清来了法院？想起昨天晚上也是撞见了陆修时和祝则清在一起，他们两个到底什么关系，怎么时时刻刻都在一起？

　　"阿嚏——"陆修时揉揉鼻子，看着玻璃板上写的各种信息，陷入沉思。

　　警局的案情分析会议室里，祝则清也不讲规矩地坐在了一边的桌子上，手上拿着自己办公室的溜溜球，一边玩一边同他一起思考。

　　"想到什么了？想到顾槿夏了吗？"然后顺便再调侃一下敬业的陆医生，祝则清笑嘻嘻地说，"我说，昨晚你们俩应该没时间滚床单吧？"

　　听到顾槿夏的名字，陆医生的眉心忽而聚拢，但是他并没有做出任何回应，只是用公事公办的语气说："根据你们的调查，村子里不知所终的女人叫陈丽，独居。三年前发生那件事之后就不知去向了。"

　　"事实上，情况更加恶劣，她们不仅仅发生了争执。陈丽还被泼了硫酸，毁容了。"祝则清神情凝重，将夹在案卷里头的陈丽的照片推到陆修时的跟前，继续说道，"我给他们看过魏奇明的照片，他们含混不清地说好像是这个男人又好像不是，因为他们曾经确实看过有个男人开车来接她。"

　　陆修时点头，又说："时间过去太久，新搬来的住户又多，认不出也是正常。"继而回忆了下，"当时去魏奇明家里，车库打开着，我并没有看见任何车辆。"

　　"嗯，关于车的去向我会再进行调查的。其他的，你看看还有什么地方需要注意的？"祝则清在工作日记上一条条地记录下来。

　　陆修时扫了眼玻璃板上的信息，沉默了会儿说："情况好像有点复杂。"

　　祝则清怔住，陆修时这话一说基本上就是在说"这案子还是雾里看花"等于没有头绪。他有些不甘心地问："怎么就突然复杂了？我们只要查明陈丽、赵晓娜、魏奇明三人之间的关系就OK了，破案就指日可待！"

　　"陈丽或许并没有如村里人所说的那样不知所终。"陆修时眉峰隆起，清澈的眼眸忽而深沉起来，"她可能在我们医院出现过。"

　　"什么？"祝则清这会儿给震惊到了，急忙收起了溜溜球，追问，"什么时候的事？会去你们医院，会被你看见，那么陈丽是病人还是病人家属？"

　　陆修时摇摇头，双手交叠置于胸前，缓缓道："我也只是在病例上见过陈丽这个名字，没有见到过真人。我会觉得是同一个人只是出于一种无法详说的直觉。"

"直觉？陆爷，我们要讲究证据和正确的推理好吗？"对此，祝则清表示不满。

"推理是你们警察的事情。"陆修时打开门，脸上惊现相当不爽的神情，"昨晚我就在为你该死的嫌疑人分析病情外加夜班，我要是能滚上床单，真的是老天开眼。"说完，甩门就走了。

"噗！"祝则清在办公室差点笑痛了肚子，对于陆修时这种百年难遇开桃花的事情真的是又期待又替他捏把汗。

"唉，查案吧。"祝则清微笑着回头望着桌子上一堆的案卷，忽而又想起什么似的，喃喃自语，"话说几年前顾槿夏好像生了一场大病，当时住的医院就是陆修时挂职锻炼的医院，这两个人……"

到底还是没控制住去查了人家的过往，有些时候，人的过往就像是潘多拉的盒子。不管你打开与否，秘密都在那里，散发着足够致命的吸引力。

出了警局的大门，陆修时望着蓝天白云左右舒缓了下脖子，十几个小时没有睡觉了。家里的床……被顾槿夏睡过了。想到这个，陆修时又忍不住低头一笑。

正午太阳还是高高挂起，忽然不知道哪里来的阴风将厚重的乌云带了过来，顷刻间，大雨倾盆。

"幸好玲珑提醒我带伞了。"徐嘉澍端着咖啡站在落地窗前看着雨点拍打着玻璃，觉得庆幸。

顾槿夏一边埋头整理着文件，心里开始咒骂起了陆修时。自己早上本来是要带伞的，可陆修时硬说不会下雨，连拖带拐的把她骗上了车就这样送她来上班了。

"浑蛋一定是故意的。"顾槿夏暗暗咬牙。

徐嘉澍耳朵挺敏锐，针对陆修时和顾槿夏发生的"One Night"，他其实有好多事情想问，因为他也不相信昨晚陆修时和顾槿夏已经生米煮成熟饭了。

　　他故意轻轻用食指摸了下窗棂上的灰尘，啧啧摇头道："陆医生有很严重的洁癖，这要是被他看见，估计会发疯。"

　　顾槿夏听了似懂非懂地点点头："难怪他非要我洗完澡再上床睡觉。"

　　"你说什么？"徐嘉澍大惊，这显然没按他的剧本来。

　　顾槿夏起身，面对着徐嘉澍的震惊，她倒是淡定不少，风轻云淡地再次点头说："嗯，我说徐律师你说得对，他确实有洁癖。他房间里简直一尘不染。"

　　徐嘉澍赶忙放下咖啡杯，从窗前快步走到顾槿夏跟前，以一种前所未有的探秘的心情，匪夷所思追问道："你等会儿。他居然让你去睡了他的卧室，你居然睡了他的床？"

　　"徐律师，你这语气好像在说我睡了他一样。"面对气势汹汹的徐嘉澍，顾槿夏抱着文件夹后退了一步，惴惴不安地回答。

　　于是——

　　"二十几年的穿开裆裤的友情比不上一个横空出世的 Summer？！"徐律师直接拨通了陆修时的电话，眉宇间都透着一种"陆修时你怎么能让其他人上了你的床"的悲痛感。

　　陆修时此时躺在自家床上，闻着枕头上顾槿夏留下来的发香味，昏昏欲睡，却一下子被人打断了通往梦境的路。他相当不高兴道："你在说什么，我很忙。"

　　"我从来没有看过你的卧室长什么样，更别说睡你的床了！"

　　喂喂，徐律师，这不是重点好吗？听到徐嘉澍"吃醋"的话语，顾槿夏哭笑不得。

　　陆修时不耐烦地捏捏鼻梁，说："徐律师你是个有家室的人，请自重。"

　　这边，徐嘉澍几乎开始怒吼："凭什么不让我们进你的卧室？你一个单身汉的卧室到底藏着什么？你说！"

　　最后，陆修时问了句："你是顾槿夏吗？"

　　"废话，老子当然不是！"

　　"那我挂了。"

"……"

最后的最后，顾槿夏只记得徐律师哀怨地看了她一眼，一言不发地坐在办公椅上，闷声不吭地喝起了苦涩的咖啡。

被强制性地拉进了男人之间的"争风吃醋"，顾槿夏觉得自己好冤枉。在这种低气压的氛围下，好不容易挨到了下班。

结果，外面依旧下着雨。

"小夏，你还不走啊？"同事短发姑娘利索地在雨中撑起伞，回身疑惑地问她。

顾槿夏稍显尴尬，只能回答："我那个……"其实她想说的是我没有带伞，但又怕人家姑娘太热情非要把伞借给她，就没有往下说。

没有往下说还有另外一个原因是她看见陆修时的车这时停在了门口，然后看着他下车撑着伞正朝她走来，走过来的时候自带光芒。

"催改好评的时候就知道打电话，现在怎么不打了？"陆修时上来就是这么一句，丝毫不给她喘息的机会。

雨中的同事一见来人竟是陆修时，顿时睁大了眼睛，无比崇拜地望着顾槿夏，心里为她竖起了大拇指。

"那小夏我就先走咯。"同事说完再见后，便很是知趣地往雨中跑去。

顾槿夏看了陆修时一眼，本是觉得这人一定是个变态医生，现在想来好像比变态要恶劣一点。

"还是说你真的把我拉黑了？"说第一句话的时候还是笑着的，问了第二句话脸色就开始变了。

惊讶于陆修时翻脸的速度，顾槿夏赶忙摆手，澄清说："我是觉得没必要麻烦别人，再等等可能会有出租车。"

"走吧。"直觉告诉陆修时，顾槿夏只是觉得和他还没有熟到那种份上，麻烦他简直就像是当街问陌生人借钱一样。

想到这里，陆修时有些气不过，把顾槿夏拉到伞下后又故作冷淡地强调道："无论什么情况下你都可以打我电话。"

"什么？"顾槿夏反问，要是真发生了不能解决的事情，怕是应该报警了。

结果，陆修时敛起嘴角的一丝笑意，同她对视，严肃认真道："至少我们现在是临时同居关系。"

顾槿夏："……"

< 3 >

下班后，陆修时再次强行地将顾槿夏坑蒙拐骗带上了车，半路上他竟然还将车停在了购物商场的地下停车场，硬是让顾槿夏下车同他一起买起了晚饭的食材。

陆修时推着购物车，愁眉苦脸地思索着晚饭究竟要吃些什么。因为他并不知道顾槿夏的口味，主动问显得没有诚意。

"晚饭想要吃什么？"有点看不下去的顾槿夏上前同他并肩站着，看着他问道。

陆修时听到顾槿夏问话，微微低头同她对视，说："则清和嘉澍晚上都会来吃饭，你觉得吃什么好。"

突然间把主动权交到了自己手上，她看了眼陆修时又很快低下头看了看自己的脚尖。

莫名其妙的心跳加快是为什么？

"那我们就炒点家常菜就好了。我想祝则清他应该平时吃不到什么好吃的，还有……"说着说着，顾槿夏觉得自己语句里那个"我们"说得近乎有点暧昧了，不由自主地停下来看了看陆修时。

"你和则清很熟吗？"陆修时冷冰冰地追问。

顾槿夏仓皇不已，忙不迭地解释："我只是觉得做警察的比较辛苦。"

"做医生也很辛苦。"陆修时的目光牢牢锁住脸颊泛红的顾槿夏。说什么警察很辛苦，喊，真是。

"可是，是你请人家吃饭啊。"也是搞不懂这个陆医生在想些什么，顾槿夏到底还是觉得好笑。

陆修时微眯双眼，淡然地说了一句："那不请了。"

"那你想吃什么，我们买你爱吃的。"顾槿夏硬着头皮反手扯住了陆修时的衣袖，一副"好吧，你赢了"的表情投降道。

陆修时这才心满意足地望向顾槿夏，他想他或许是成心想要看顾槿夏"主动"，比如像现在她抓着他的衣袖。

得到陆修时的认可之后，顾槿夏松了口气，堂堂的精神科医生居然还会像小孩子一样闹起别扭。更何况，陆修时要请客和她有半毛钱关系？

想到这里，顾槿夏又意识到自己的举动似乎有些越界了，尴尬地松开了手，佯装抓着自己的包包。

陆修时单手扶着购物车，一眼就看见顾槿夏撇过头，露出白皙干净的脖子，头发丝丝垂下，美得不知该如何形容。

"陆医生，快看！"突然间，顾槿夏兴奋地叫了起来，又抬手激动地轻轻地拍了下他的手臂，眉眼笑意颇浓，"那边方便面在促销，买一箱还送漂亮的玻璃碗呢。"

陆修时不得不承认自己被顾槿夏的热情撩拨得心思荡漾，但是为什么要买方便面？

"方便面没有营养，不准吃。"对顾槿夏的小兴奋，陆修时拒绝得很是果断。

顾槿夏怔忡，犹豫着从包里掏出钱包来说："我自己付钱。"

陆修时瞟了眼她手上的钱包，万分嫌弃地一把夺过，然后风轻云淡地揣进自己的口袋。虽然仍旧拒绝，但语气却意外柔和起来："还是不准。"

这四个字尽管干脆，不拖泥带水。但顾槿夏还是被微微触动到了，陆修时的莫名温柔，还有他夺过钱包时手指划过自己手背时的触感。

温和，却又带着点微凉。

"我半夜三更会饿，煮泡面是唯一能快速填饱我肚子的方法。"顾槿夏执拗地解释着她想要买方便面的初衷。

这时有带着小孩的家长推着购物车朝他们这个方向走来，货架之间的距离比较狭窄，陆修时下意识就把顾槿夏护到了自己身边靠后的位置以躲避别人不小心的碰撞。

"还有更快速的方法。"等到别人过去之后，陆修时转过头淡淡地说道。

顾槿夏把目光重新放到他身上，疑惑地"嗯"了一声。

"你可以叫我起床。"陆医生没羞没臊地吐出了这样一句话，神情相当的正人君子。

顾槿夏的小心脏再次遭受到了不小的攻击，再加上猛然间想起今夜陆医生不上夜班，这只有一间卧室的，她睡哪儿？

尴尬了几秒钟之后，她急忙扯开了话题："对了，陆医生我有托朋友找房子。应该用不了多久我就能搬出去，总是麻烦你不好意思。"

"搬出去？"陆修时好看的眉毛都因为这句话变成了上下眉，分分钟质疑自己的耳朵是不是听岔了什么。

见陆修时又古怪狐疑起来，顾槿夏忙指着前面说："那边大蒜挺便宜的，不然我们今晚吃火锅吧。"

顾槿夏接过陆修时手中的推车，自顾自地朝目标走去。陆修时就跟在她身边，表情依旧难以捉摸。

"我的床真的不舒服？"身边的人忽而问出了这么一句话。

顾槿夏惊诧，旁边可都是来购物的大妈们呢。她急忙摇摇头，却没有做出回应。

"一个人睡害怕？"他语气平静，旁人听了觉得那是关切的话语。

"没有。"顾槿夏难为情地看了眼身边大妈不怀好意的眼神，回头焦急地瞪了眼陆修时，示意他不要问了。

陆修时心领神会地看了眼顾槿夏羞红脸的样子，然后又看向旁边的大妈，非常有礼貌地说："不好意思，我在和我的同居对象聊个人归属问题。您如果没什么事的话，是不是可以去结账了呢？"

大妈手拿货架上的进口商品的动作都停滞住了，看了眼陆修时，本想开口骂人，却因为对方长相过于耀眼，硬生生地把骂人的话给咽了回去，只是不满地嘀咕了句："谁要结账了？我还有好多东西没买呢。"说完就悻悻地走开了。

顾槿夏站在那里差点石化，她忙拉过陆修时逃离那个货架，没什么人的时候才责怪道："你这样多不礼貌。"

"她偷听别人讲话才是真的不礼貌。"陆修时本不想过多解释，看顾槿夏满脸的介意，又只好说，"她购物篮里的东西多半是生活用品，但都是旅行装的。根据物品的数量，她接下来估计会有三到五天的旅行计划。加上她篮子里的零食，多半都是低脂、不含糖的。所以，你觉得她那会儿站在那里拿着一块进口巧克力做什么？"

顾槿夏瞠目结舌，挣扎半天道："可能是买给别人吃的。比如孙子啊、老伴啥的。"

陆修时瞭了她一眼，继而说："巧克力包装纸上写的是韩文。"

"哦，我不吃泡面了。"当他说出真相的时候，顾槿夏都觉得自己没脸了，只能再一次转移话题。

所以说到底那位阿姨你看不懂那上面写啥，你拿起来瞅半天是为什么啊？真是的，害她只能忍痛割方便面了。

不过，刚刚他们是在聊方便面的问题吗？

在顾槿夏的引导下，两个人才渐渐将火锅食材和底料买全。陆修时在结账的时候，顾槿夏眼尖地看见购物车里多出了几袋意面。

"想好了吗？"陆修时掏出钱的时候，转头问顾槿夏。

"什么？"顾槿夏只觉得陆修时付账的行为让她有点恍惚，好像理所当然又好像哪里不对。

东西装好袋子之后，陆修时便拎在了手里，走到出口处时，他站定看着身侧无所事事的顾槿夏，面不改色地说："我喜欢这样。"

"嗯？"怎么就听不懂他在说什么？顾槿夏歪着脑袋思忖着他这句话。她想了半天，苍白无力地回应了一句，"喜欢逛超市？"

"你。"陆修时没头没脑地回答，看着她吃惊的表情又抬手轻扶了下她的腰，"把车的后备厢打开。"

"哦。"没有得到什么实质性的答案，顾槿夏也没有继续追究。只是奇怪，这人说话怎么老爱说一半？

望着顾槿夏的身影，陆修时颇无奈地抿了下唇，脑子里是无尽的思绪在缠着他，折磨着他。

"算起来你今天好像才睡了几个小时，累吗？不然我来开车？"那边，顾槿夏打开后备厢之后又朝陆修时走了回来，顺势想要接过他手里的东西。

而陆修时在她伸手过来的瞬间，将东西换到另一只手拎着，顺势就牵起了她的手。

那手柔软细腻，像羽毛一样轻挠他的手心。心思细腻如她，他以为她不会知道，更不会提起。

谁知，她却如此温柔。

< 4 >

夜悄悄来临，大地的一角呈现安宁的景象。那房子里的灯光悠然、明亮、静谧，似乎有说不尽的故事。

顾槿夏站在窗前片刻，轻叹气，手上洗菜的动作却没有停下来过。

为什么陆修时请好朋友吃饭，她要帮忙洗菜？

"你把我们叫过来吃饭是为了欣赏顾槿夏洗菜的吗？"客厅里坐着喝茶的徐嘉澍张望了下在厨房里张罗的顾槿夏，扭头就质问陆修时。

陆修时此刻并没有坐着，站在沙发旁边，视野刚好能捕捉到顾槿夏的一举一动。听到徐嘉澍不怀好意的话语，他也是一本正经道："只是想看看厨房和她搭不搭。"

这种似是而非的回答徐嘉澍从小到大不知道领教多少遍了，陆修时会这么说，那就一定还有另一层含义。

于是他嗤笑下，阴阳怪气地反问："万一不搭呢？"

"嗯——"陆修时回答时尾音拉得比较长，看样子是在慎重思考徐嘉澍提出的问题。但几秒钟之后，他坚定地回复了一句，"可以考虑换厨房。"

徐嘉澍差点没把茶给一口喷出来，他感到舌尖微烫，忙吐舌放下杯子，点点头万分无语道："是是，换什么都可以。只是就这顾槿夏不可以对吧？"心里还在琢磨着，这陆修时到底什么时候对顾槿夏看上眼的？

陆修时冷哼了下，刚想回击点让徐嘉澍说不出来的话，却听见顾槿夏在厨房发出了轻微的呻吟声。

"怎么了？"陆修时脚步一迈就跨进了厨房，看见顾槿夏站在水槽边，有些难受地揉着眼睛。

顾槿夏只是在洗菜的时候，忽而觉得右眼一阵刺痛难受，便恼人地"啧"了声。

"有东西掉进眼睛里了。"顾槿夏难受得睁不开眼，只能含糊地说，"没事，我多眨几下就好了。"

陆修时看着她欲转身继续洗菜，便有些纳闷，明明他人就在这里，为什么不寻求他的帮助？

"别动。"陆修时轻扳过她的身子，一手搭在她的肩膀上，一手拿开她揉眼睛的手，自己则轻轻地撑开她的眼睑，细细打量后才说，"睫毛掉进去了。"

"啊，那要用手抠出来吗？"顾槿夏忍不住打了个寒噤，幸好自己眼睛视力都一级棒，不然像别人戴隐形眼镜，她还没等眼镜戴进去，就给先吓死了。

陆修时直起身子，忽而吩咐起了在客厅悠闲喝茶的徐嘉澍："嘉澍，客厅电视机下帮我拿点棉签。"

"棉签？"顾槿夏惊诧、心慌意乱，紧张得都笑不出来了，"棉签会碰到我的眼珠子吗？"

陆修时似乎感觉到了顾槿夏对异物触碰眼睛有过度的敏感和抗拒感，便安抚道："不要紧张，很快就好。"

这时徐嘉澍拿着一盒棉签走过来，看到两个人亲密的举动，立马捂住双眼将棉签递过去相当不满地问："你们这样还要不要吃饭？与其看着你们秀恩爱，我还不如回家和老婆生孩子。"

顾槿夏的脸噌地就红了，本来就难受的眼睛更加难受，眼泪都溢了出来，可那该死的睫毛就是不出来。

陆修时倒是一心一意地准备着凉开水，抽了一根棉签浸到里面，然后再次靠近顾槿夏，叮嘱道："向上看。"

顾槿夏自然不敢轻举妄动，陆修时说什么她就做什么，不然又会被徐嘉澍冠上"秀恩爱"这样莫须有的罪名。

本以为会很不舒服，结果只是一会儿工夫，陆修时就说"好了"。

顾槿夏眨了几下眼睛，果然没事了，视野又清晰了起来。就连近在眼前的陆修时都变得更加英挺帅气，脑海里瞬间飞速地闪过之前被他牵手的场景。

"你……你们出去吧，我很快就能弄好。"因为不明白陆修时的间歇性奇怪的举动，顾槿夏也觉得自己很被动，不知道该怎么办，只能搪塞过去。

徐嘉澍啧啧了几声，望了一眼还在看着顾槿夏的陆修时，调侃道："望妻石吗你？再这么看下去，等则清来了喝西北风啊？"

陆修时细想了之后，轻轻拉了把顾槿夏，将她拉离水槽附近，对她说："我来洗。"

"那我干吗？"顾槿夏不知所措地问了句，同时还局促地看了眼还在旁边看好戏的徐嘉澍。

面对顾槿夏的求助，徐嘉澍摊手表示心有余而力不足。

水槽里的水哗哗流着，陆修时麻利地洗着菜。他虽然对超市不太熟悉，但是对家务活还是无师自通的，毕竟一个人生活也挺久了。

"坐着喝茶。"陆修时三下五除二洗好了生菜放在篮子里，甩甩手上的水这样对顾槿夏说。

呃，现在是什么情况？顾槿夏忐忑地同徐嘉澍对视，结果徐嘉澍笑笑后摇头就对她示意说："看来你和厨房不太搭啊，某人应该换套房子。"

调戏的话点到为止，反正顾槿夏又听不懂。

两人回到客厅，索性先弄起了火锅底料，摆起了盘子。正巧，祝则清风尘仆仆赶来了。

他一进门就脱鞋脱外套，还第一时间冲到洗手间用洗手液把手洗得干干净净的。一切准备完毕之后，他才走到徐嘉澍身边，整个人疲乏不堪。

"干吗，扫黄了？"徐嘉澍这张嘴真是除了陆修时，谁都调侃，"整个人这么虚脱。"

顾槿夏也立起身望着祝则清,一脸饶有兴味想要听到点什么的样子。

祝则清拉开椅子先坐下,顺便一口气喝了顾槿夏倒的凉开水,喘了口气才说:"我还有时间去扫黄吗? 这边两起命案的案子都没找到什么线索。"

"命案,什么命案? "顾槿夏凑上去问。

"就是那个妨碍你们滚床单的案子……"祝则清口无遮拦地就这么回了一句,怔了怔后立马改口说,"咳。我的意思是麻烦修时帮忙调查的案子。"

今天这些人一个个的都在胡说什么? 顾槿夏哑然,只能安分地坐在一边,时时观察着火锅的火候。

厨房那边的陆修时听见祝则清的声音,忙把倒腾好的火锅食材端上桌,硬生生地站在顾槿夏和祝则清两个人中间的位置。

火锅开始发出吱吱的响声,祝则清一听这声音整个人都振奋了,忙拿起筷子,把陆修时端上来的菜一股脑地都倒了进去。

"粗人。"对此,陆修时鄙夷地看了眼祝则清。

顾槿夏则在一边慢悠悠地说:"蔬菜太早放进去吃不掉会变黄,口感会不好的。还有粉条,放久了粘锅底。"

陆修时笑意浓浓地听着顾槿夏说这番话,一边祝则清只好乖乖地放下筷子,讪笑着表示抱歉。

"最近是不是局势动荡啊,任队那组又开始查孩子失踪案。查这种案子压力也很大啊,很难找到其他线索。"等着火锅里菜熟透的期间,祝则清还是没忍住讲起了工作的事情。

徐嘉澍啧啧了几声,说:"怎么没有线索,失踪的孩子肯定都是未满十六周岁的未成年,没有完全的民事行为能力。"

"警察和医生说话,拜托律师不要插嘴。"祝则清越过陆修时和顾槿夏,对着徐嘉澍不满地警告。

徐嘉澍咬了下筷子,碗里的涮羊肉一口都没吃,便闹别扭地对顾槿夏说:"槿夏我们走。这里不需要律师。"

说着就要拉起顾槿夏,哪知陆修时抬手就拽住了她,冷冰冰地对徐嘉澍说:"要走你走。"

"凭什么？二十几年的友情，你竟然挽留一个女人也不挽留我？"徐嘉澍强烈地抗议，然后又气急败坏地坐了下来。

陆修时轻拉了下顾槿夏，让她继续坐着，然后又对徐嘉澍补了一刀："因为这是我家。"

听到这话的祝则清也开始八卦了起来，侧身悄声问了句："所以顾槿夏现在的身份是这房子的女主人？"

耳朵里传来这话的时候，陆修时看了眼旁边无辜的关键人物，平静而又缓慢地回答："你要这么理解，我也不拦你。"

这一问一答虽然不大声，但桌上的几位却都听得一清二楚。顾槿夏有点震惊，忙摆手解释："不是不是，你也知道的啊，我找不到房子，暂时被陆医生收留。"

碍于顾槿夏急于一时的解释，陆修时表示不高兴，但也没再说什么，只是意味深长地盯着顾槿夏看了许久。

火锅里的菜都熟得差不多了，徐嘉澍和祝则清也是饿坏了。作为律师的徐嘉澍隔三岔五地在法庭上和人斗智斗勇，磨嘴皮子；作为警察的祝则清则需要天天面对被害人的家属或者当事人，将人民公仆的身份展现得淋漓尽致。

所以，忙了一天还要继续斗嘴，显然不是明智的。于是两人都埋头吃了起来，顾槿夏也没有闲着，不断地帮他们往锅里添菜。每每低头，总能看见自己碗里堆满了菜。

"谢谢。"顾槿夏低声对陆修时道谢。

陆修时"嗯"了声，偏头又看了眼顾槿夏，抬手轻轻地撩起她垂下来的发丝，替她别到耳后。

顾槿夏怔忡，急忙抬手将头发利落地绑在了脑后。她实在是猜不透这个医生对她的毛手毛脚的用意何在，反正就是容易让她心慌意乱的。

没吃多久，祝则清的手机就聒噪地响个不停。在座的人基本都能猜到来电的会是什么内容。

要不就是"则清，你那个案卷交了没有"，要不就是"则清，明天早上还要去提审", 要不就是"则清, 比武大赛你准备过没有"诸如此类的。

　　不过这次, 他们好像猜错了。

　　"我马上就来。"祝则清五秒不到接完电话, 行色匆匆放下筷子就起身要走。他面色凝重, 只对陆修时说了句, "赵晓娜出车祸了。"

意外和巧合

<1>

简单的一句"赵晓娜出车祸了"令才坐下只是吃了几棵青菜的祝则清起身就走,与此同时他还把一脸凝重的陆修时给带走了。

"你在家没事吗?"陆修时欲走之前,不放心地望向顾槿夏。

顾槿夏自然是摆手说没关系,一旁似乎被遗忘的徐嘉澍亲昵地搂了一下顾槿夏的肩膀,拍着胸脯对陆修时保证道:"你尽管放心地走吧,我会陪着槿夏的。"

陆修时顿时冷了脸,盯着搭在顾槿夏肩上的手,非常介意地皱了眉。

外面,雨仍旧下着。

"我跟来没事吗?会不会妨碍你们?"一路上,甚至到了医院门口,顾槿夏快步跟在陆修时身边,还在追问这样的问题。

谁知,在这个节骨眼上,前面和祝则清一样走得风风火火的陆修时根本没有关心她提出的问题。

对此,顾槿夏深深觉得自己是被徐嘉澍给害了。为什么当时要说多余的话,不然她现在还在吃着火锅。

当然,更生气的肯定是徐嘉澍了,根本啥都没来得及吃就被赶出来了。这陆修时心眼真的是小得和针眼一样。本来他也是想去医院的,奈何家里娇妻一个电话，二话不说，就先回了家。

没了徐嘉澍，只有顾槿夏成了旁观者，一路跟着陆修时他们来到了综合医院急诊室的门口。但祝则清先跑进了急诊室的大楼，陆修时则拽着顾槿夏的手腕换了个方向，领着她一路进了精神科。

"你在办公室等我，不要乱走。"陆修时打开自己办公室的门，有些着急地叮嘱道。

顾槿夏点头进去之后，陆修时转身就走了。

"看来事情很棘手呢。"鉴于祝则清和陆修时的反应，顾槿夏也只能叹口气坐在了办公室闲置在一边的沙发上。

无聊之下，顾槿夏只好东瞧瞧西望望，这办公室从她第一次进来的时候就觉得单调得令人乏味，但这次有种很强烈的直觉，和当时住在他家里一样的感觉。

陆修时好像有什么地方和别人不一样，但她又一下说不上来。顾槿夏摸摸自己的手臂，隐约觉得诧异。

这个陆修时从见自己第一面开始，就似乎"费尽心机"。他看起来像是要从她身上知道点什么，但又像是在耍流氓……

顾槿夏思来想去，没什么结果。顿时觉得没劲，也不知道是沙发太舒服了还是怎么样，她接连打了好几个哈欠，躺在沙发上就睡着了。

只是打了个盹的时间，顾槿夏竟然片段式地梦见了自己当初住院时的场景。

医院附近的那条河流，护栏旁的她，神情落寞，眼神却是坚毅。她对着潺潺的河流，浅浅吟唱，似要记住那时自己的声音。

在梦里，除了自己的声音外，周围还有另一种声音。顾槿夏听不清，也没办法听清楚。那声音模糊到就像是卡碟，声音的本体近在眼前，却也如水中倒影。

不知道过了多久，恍惚间，门被轻轻地推开。

顾槿夏迷糊地坐起身子，眼睛都懒得睁开，只是慵懒地问了句："事情解决了吗？"

没有什么迟疑，对方回答："噢，不好意思。我以为陆医生在办公室呢。既然不在，我就先出去了。"

女人的声音？顾槿夏陡然间就清醒了，忙站起来却只看到了一个穿着护士服匆匆离去的姑娘的背影。

"唔，身材还挺好。"顾槿夏嘀咕了句，撩了把睡得凌乱的秀发，抬手看看手表，时间已然过去了五十几分钟。

她正想着要不要出去找找陆修时，外面突然传来噼里啪啦类似于砸场子的吵闹声。

顾槿夏一个激灵，当即就觉得陆修时他们可能遇上麻烦了，慌忙地就开门走了出去。

她刚走出办公室，就看见不远处的大厅乱糟糟的，电脑被砸在地上，有医生还捂着肩膀痛苦地靠在墙上，总之人声嘈杂。

顾槿夏正惊讶着，视线转移才发现肇事者是一个身穿肮脏淡蓝色衬衫的高瘦男子手举着棒球棍越过头顶，嘴里嘶吼着听不清的话语，周围人都不敢靠近，而他顺势准备劈向眼前那个离他最近，目测只有十岁的男孩。

"喂——"

顾槿夏本能喊出声阻止的同时，双脚也快速地跑了起来。这时候她的紧张程度远远高于从前任何一个时刻，包括当年自己一个人进了手术室。

孤独并没有什么可怕的，哪个人不是生来就孤独？但也仍旧希望这世上可以存在拯救孤独灵魂的人。

"顾槿夏！"

喧哗的大厅，众人的低声惊呼，旁人的手足无措，以及那坚定厚重的低哑嗓音全部交汇震荡在大厅里，随着那棒球棍一起，狠狠地砸在了顾槿夏的身上。

"快叫警察啊，我抓住这个疯子了！"不知道是哪个围观群众，在这名男子误伤了顾槿夏，棒球棍掉落在地之后，趁着他发愣之际，鼓起勇气从背后紧紧抱住了他。

解除危机，大伙纷纷都挤了上去，将那个依旧张牙舞爪、骂骂咧咧的男人围了个水泄不通。

"你没事吧？"顾槿夏略微吃痛松开孩子，手搭在男孩肩上关切地问，"那个人是你爸爸吗？"或许有着相同之处，让顾槿夏不自觉地问出了这个问题。

男孩委屈的泪水在眼眶里打转，隐忍地点点头。顾槿夏不知为何觉得这画面似曾相识，一下子感觉到了酸涩。她吸吸鼻子，摸摸他的头说："没事，不难过。爸爸会好的。"

安慰的话太过温柔，男孩再也忍不住，号啕大哭了起来。边上的护士朝顾槿夏使使眼色，把男孩带走了。

看到这个孩子的情况，槿夏忽然很想念远在乡下的妈妈。毕业之后，因为没有找到工作，她甚至没有回家的勇气。但妈妈每次都会打电话来嘘寒问暖，槿夏有时忙匆匆挂了她的电话。

现在觉得，世上最不应该挂的就是妈妈的电话。

"马上去急诊室看看。"陆修时的声音明显提高却极力压制住，那种语气里泛出来十足的紧张涌到嘴边已经变得异常的愤怒。他抓过顾槿夏的胳膊，眼睛却死死地瞪着她。

顾槿夏被迫转了个身，同急红眼的陆修时对视。她本想说棒球棍的威力也不是很大嘛，都没事。但在看到陆修时模样的一瞬间，她着实吓了一跳。

被禁锢的感觉很不好，顾槿夏试着挣扎了下后猛然觉得身上剧痛无比，忍不住呻吟了下。随后她嗫嚅着，最后道："那个，陆医生，我的手好像断了……"

那棒球棍正好打在了右手臂的位置，金属质感的棒球棍打人的效果不是一般的好啊。

陆修时在听到顾槿夏的话之后，捏着她胳膊的手才感觉到她的异样。

"快来人！"脑子炸了的陆修时不管不顾地直接在大厅低沉地吼了声。

顾槿夏这次没顾上陆修时的暴走，因为后知后觉的疼痛已经让她自顾不暇了。

"槿夏怎么样了？"正好和陆修时一起出现的祝则清同医生们处理好

那精神病人之后，匆匆赶过来，关切地问。

陆修时没心情搭理他，既担心又万分不安地对躺在那里疼得五官都有点扭曲的顾槿夏说："忍一下。"

顾槿夏被缓缓地推向位于另一幢楼的急诊科，在推入过道的时候，她的余光意外地瞥见了一个完全不认识的人，但这个不认识的人又似乎才刚刚见过。脑袋内存留的记忆就像是呼啸而过的火车，只留下它确实来过的印象，却描绘不出它停留在铁轨上的完整画面。

"怎么了？"陆修时顺着她有些犹豫的视线看过去，只看见淅淅沥沥的雨中人来人往。

顾槿夏摇摇头，收起好奇心，却猛然间记起什么，不安地说："我手断了还能拿笔写字吗？司法考试报名时间可能快出来了。"

"下次考。"没想到，陆修时果断地给出了建议。

一直跟在左右的祝则清看了眼脸色铁青的陆修时，回想起他们在门口看到精神病人袭击顾槿夏的时候，陆修时紧张害怕到一把掐住了他的手腕。

等到他松开，被抓住的手腕处竟蒙上了细细的一层冷汗。唯一一次见陆修时害怕也是几年前的事情。

"你们的案子办得怎么样了？"

在被推进急诊室之前，顾槿夏还追问了一句。

陆修时捏了捏她的手，安慰道："我就在外面等你，其他的不用担心。"

"哦。"答非所问，顾槿夏想。

留在门口的祝则清和陆修时，脸上沉重的模样真是一刻都没有变过。

"撞伤赵晓娜的车是那辆停留在现场的奥迪A6，已经查明这辆车是被盗车，但第一任车主就是死去的魏奇明。不过车内并没有关于前两起案子的痕迹。"不出意外，祝则清又和陆修时分析起了案情，"那辆车在三年前就被转手卖掉了，期间经过好几个车主。"

陆修时到现在心脏和太阳穴都快速地突突跳着，他脑子里塞满了当时顾槿夏冲过去结结实实挨了棒球棍一下的场景。

这世上有太多的"刚好"，可是他却没能刚好将她救下。

"凶手在赵晓娜一个人上街时作案,说明他一直在监视并跟踪赵晓娜。"

陆修时说话的同时,抬手轻轻地摁了下太阳穴。

"你还好吧?"祝则清见陆修时脸色不太对劲,关心地问道。与此同时望着他焦灼的样子也觉得当下还是别把案情上的烦恼再加诸在他的身上比较好。

陆修时垂下的手滑入裤袋,侧过脸对祝则清说:"抱歉,我现在真的没办法集中注意力。"

祝则清点头,不作声,只是平静地望了眼急诊室合上的门。由始至终,他对顾槿夏的出现一直抱着一种奇怪的感觉,那就是太过于巧合而显得别有用心。

但,这会儿祝则清也只是成全陆修时守着顾槿夏,毕竟受伤是事实。

< 2 >

隔天是阴雨绵绵之后的大晴天,但空气里依旧透着凉意,往来的人对这侵入皮肤的凉意感到略微的不舒服。

"好冷。"

"要不要再给你盖上一床棉被?"

顾槿夏右手打着石膏,半坐在陆修时的床上,目瞪口呆地望着他拿出了第三床棉被。

"这天气忽冷忽热的,身体容易不适。"陆修时这么大一个人抱着一床棉被着实有些好笑,但他一本正经的样子不由得任何人打断。

眼看着他马上就要将被子铺上来,顾槿夏终于忍不了了,挣扎着伸出左手,乞求道:"陆医生,求求你了,别再往上面铺棉被了。我快热死了。"

"那你到底是冷还是热?"陆修时皱着眉,索性将棉被放在床尾,自己弯腰坐在了床沿,单手撑在床上,正好置于顾槿夏的身侧。

顾槿夏无声地叹息,无力地动了下打着石膏的右臂。虽然打着石膏,但裸露在外的皮肤还是有一大截,早已起了鸡皮疙瘩。

"我帮你揉揉。"陆修时说着就伸手过去要揉,结果手抬到一半停住了。

他挑着眉，目光集中在她的手指上，"我让你下次考，你没听见？"

陆修时说着，夺去了她手上的笔，撤掉了她面前厚厚的司法考试用书，毫不客气地扔在了一边。

"我为这考试已经准备很久了。"顾槿夏说这话时语气轻轻，充满惋惜。现在自己这种情况，真的是困难重重。"陆医生，我能拜托你件事吗？"

"说。"陆修时听到顾槿夏这话，心里偷乐。能拜托他办事，一定是把他当自己人了。

顾槿夏也立马调整了下坐姿，嘴角弧度轻微上扬，完全是一副求人的模样。她说："我的好朋友晓晓本来是帮我找房子来着，但是她最近被家里人逼着相亲，没时间帮我。所以我想请陆医生……"

"午饭想吃什么？"陆修时听到这样的请求，果断起身，理了理白衬衫的袖口，破天荒地露出一个笑脸面向顾槿夏。

"陆医生，我考试的时候需要集中百分之两百的注意力。更何况，我总是打扰你……"顾槿夏努力地解释着自己要搬出去的原因，尽管她觉得解释这件事情很多余，但看着陆修时一直在回避的这个话题，她又觉得有让他知道的必要。

陆修时皮笑肉不笑的模样硬生生地阻止了顾槿夏苍白的话语。他扣好袖口，摆出灵光一闪的姿态，对她说："噢，给你炖猪骨补补身子。"

说完，他关上房门就出去了。

顾槿夏很莫名，可是心头却一暖。就好像身上盖的被子，需要被满足，他也一直在身旁。

尽管，陆修时他从未表明过对她的态度，但顾槿夏是个明白人。

门外，陆修时精致的面庞顿时变得有些阴沉，颀长的身子靠在门边，思索着如何应对。没过多久，他就露出一个意味深长的笑，有办法了。

随之，手机就响了起来，来电铃声是一首不怎么欢快的旋律，也没有想象中的动听。

"我正好找你有事。"没等祝则清开口，陆修时倒是先抢了先机。

祝则清就当没听见，语气依旧焦急紧张："赵晓娜命大抢救过来了。

我今天想去做笔录，发现她完全成了惊弓之鸟，脸颊上摩擦出血，有点毁容。我的意思是，她已经崩溃了。医生告诉我，她精神受刺激，梦魇不断，总是坐在床上嘟囔着'她要来报仇了'……你出来一趟，咱俩见面说。"

陆修时打着电话来到了厨房，打开冰箱看了看，决定出去添置食物。

"容貌是女人最在意的东西。没那么凑巧，两个被毁了容的女人都和有着一辆奥迪A6的男人有瓜葛。我怀疑，赵晓娜很清楚杀她丈夫和孩子的凶手是谁。"

祝则清也有这样的感觉，不然赵晓娜不会崩溃地说出类似于"有人要来复仇"的疯话。他转而问道："夜里赵晓娜被撞是在摄像头的死角，那个时候根本没有路过的人或者车辆，而且那辆车确实是从她家附近出现尾随至那里的。也就是说凶手是在找时机。"

陆修时边说边往玄关处走去，他不紧不慢地解释道："按照你在现场所勘查到的情况来说，赵晓娜在失去孩子的情况下，仍旧没有影响她正常的生活，被撞的那天她还去专柜买了高级化妆品。这说明魏奇明的死她并不在意，直到她自己出事了，她的恐惧才被放大。"

说到这里，陆修时停顿了下，又重新从玄关回到卧室，打开房门，对着又拿起考试用书的顾槿夏叮嘱道："我出去买食材。还有，书不准看了。"

顾槿夏还没来得及说什么，又被他抢下了书，这次他直接把书给带出了卧室。当时顾槿夏就想，两只手了不起？但仔细想想，她的手是断了，可是她腿脚是好的呀。

为什么伤了手就会觉得腿也是废的呢？顾槿夏摇摇头，拿出手机看了下，陆医生刚刚给她发了条短信，短信内容是——"卫生棉要帮你带吗？"

顾槿夏当即就把手机扔出好远。他是怎么知道她快要来大姨妈，而姨妈巾还不够用的事实的？！太可怕了，他在悄无声息中就洞悉了她的一切。

不行，择个良辰吉日一定要搬家！

发出去的短信迟迟没有得到回复，陆修时也纳闷了。身边的祝则清似笑非笑地打量着他，两个大龄青年就这样相约在了超市，正一边买菜一边讨论眼下的情况。

"槿夏还在你家呢？"祝则清终于忍不住问出了口，"人家一小姑娘你别把她吓坏了。"

"我有吗？"陆医生表示这种事以他的品行是绝对不会发生的。

祝则清指着陆修时的短信，反问道："你这叫性骚扰了懂不？明目张胆地问一个和你目前来说啥关系都没有的姑娘'卫生棉要帮你带吗'，换作我肯定打你一脸血。"

"这事不能问吗？女人来经期本身就是很正常的事情，买必需品这事很难以启齿吗？"陆修时回头，看着祝则清一脸的"我做什么都是对的"的笃定神情。

"等会儿跟我去局里，你试着把原话对着罗蔓问一遍，你看她什么反应。"祝则清觉得和陆医生争辩，多说无益，不如实践出真知。

陆修时前进的脚步止住，站在原地望着祝则清，质问道："你从哪里得出她和我没有关系？"

"从发梢到脚后跟。"

"我现在就想打你一脸血。"

"袭警犯法的陆医生，注意控制下自己的情绪。"祝则清嘿嘿笑着，难得占了上风。

陆修时不屑地冷哼了声，继续推着购物车往前走。最终还是不顾祝则清的阻拦买了顾槿夏的必需品。

结账时，收银员小妹一边花痴着陆修时的长相，一边可惜着长得帅都有主了，再一边惊诧于他购物车里的女性必需品。然后，将更加怪异的目光投向了站在他身侧的祝则清。

"别用这种眼神看我们，我们已经在一起二十几年了，一起逛超市什么的根本就是家常便饭。"祝则清一向心直口快，对着收银员就噼里啪啦交代了一番。

陆修时面不改色地刷了卡，两手拎着满满当当的东西，一转身就不客气地把另一袋塞到了祝则清的手里，嫌弃道："别顾着说话，分担点。"

祝则清一边接过，一边又朝着已经震惊了的收银员得意地说道："看到没，这就是默契。他叫我拿，我就拿。"

等到两位帅哥都走了之后，收银员小妹彻底疯了，扭捏着身体，似乎在用全身来表达自己所理解的这一幕，简直是太有爱了！

"你这种烂梗要玩到什么时候？"东西放到后备厢之后，陆修时面无表情地说。

祝则清嘿嘿笑了声，站在车子左侧，戏谑又带着几分认真："一直玩到我交到女朋友为止。"

陆修时站定，望着与自己只有一车之距的祝则清忽而神情凝重："则清，她不可能再回来了。"

一语终了，祝则清灿烂的表情渐渐暗淡。笼罩于周身的光被黑暗吞噬，他就像是望向深渊的无可救药之徒。他在悬崖边挣扎，又无时无刻不渴望坠入其中。

点点星火，在"不可能"中熄灭。

车内两人再无交谈，直到车子无意中驶入赵晓娜的车祸现场。祝则清忽而停车靠在了路边，打开车窗一再确认周围建筑物的情况。

陆修时也在细细打量着，周围的建筑物比较拥挤，小巷遍布。这里离主干道还是有段距离，真是处心积虑。

"肇事车辆上没有采集到指纹，但是在驾驶室的座位上收集到一根细长的头发。"祝则清目光冷峻，语气冰冷，"罗蔓还在验，不知道数据库里有没有匹配的。"

长头发？陆修时波澜不惊地打开车门下了车，环顾了四周。当时车子停在这个位置，凶手要以最快的速度消失在犯罪现场，最有效的方法就是留在现场。

此时他们停车的位置刚好和那晚车子停靠的位置一致，陆修时招呼祝则清下车。一眼望去，位于右手边有条隐于黑暗的小巷，它狭长阴暗，即便是在白天，光照也不能将小巷完整的原貌显现。

陆修时和祝则清不约而同地锁定了这条小巷，这巷口只能容一个人进入。说是巷口，不如说是两幢房子之间的缝隙。

　　侧身进入之后，通过房子间的距离，穿梭到了小巷尽头才发现视野变得开阔起来。光线照到的地方仍旧是错综复杂的建筑群。

　　"简直是天然的隐蔽场所。"祝则清感叹，他双手叉腰抬头望天，无意中发现了一个有些时日的摄像头，不禁喜出望外，"踏破铁鞋无觅处。"

　　陆修时也看到了。谋杀是经过精心策划的，那么逃跑路线也不例外，换句话说凶手不可能不知道这里有摄像头。如果真有什么收获，那或许不一定是线索。

　　"我打电话让组员过来。"祝则清兴奋之余连忙掏出了手机，却发现这里的信号非常不稳定。他甩了甩手机，无果，只能对陆修时说，"我先去外面打个电话。"

　　陆修时点头。对着这瘆得慌的摄像头，陆修时收回视线朝前走去，往左的巷子是一些小铺子，寥寥无几的人，有些墙面上还印着大大的"拆"字。卷闸门也都生锈了，几乎是破败的景象。走了不远，却再也没有发现第二个摄像头。

　　是啊，第一个摄像头几乎没有用处，因为根本不知道凶手会往哪里跑去。陆修时掉头往回走，在按有摄像头的岔路口，他又选择往右拐。

　　右边的巷子和左边那条差不多，只是居民楼也是人去楼空。就在这条巷子拐角处，他发现了第二个摄像头。朝深处望去，拐角之后的小巷居然还有几家的阁楼上晒着刚洗的衣服。

　　"居然还有钉子户。"陆修时心想，继续向前走去。

　　等他走到晒着衣服的阁楼下，冷不防一盆水全都直接泼了下来。陆修时尽管眼疾手快，但在这狭长的巷子里，他到底还是被泼得半边身子湿透。

　　"啊，对不起，不知道有人在下边走动。我拿毛巾给你擦擦吧。"说话的是位中年妇女，满脸的抱歉。

　　陆修时无语地叹了口气，此时迎面走来一个穿着黑色卫衣的女子，她微低着头，头上戴着的棒球帽遮住了她的眼。她同陆修时擦肩而过，陆修时的眼睛停留在她的鞋子上。

　　"不好意思，这位先生，你快擦擦吧。"妇人拿着干净的毛巾下来，万分歉意地递给陆修时。

陆修时收回视线，并没有接过眼前这块毛巾。

妇人瞥了眼前面，有意无意地说："真是奇怪，这个人怎么才走？"

"谁？"陆修时追问。

妇人努努嘴，示意前面那个人说："昨晚急匆匆地跑进来把我撞倒了，一句对不起也没有，也不知道是谁。我们这里老有一些社会上的人进来捣乱，要拆迁的房子也是房子，没搬之前怎么能这么随意！"

陆修时好像得到了不得了的信息，忙问："昨晚那个人撞到你的时候是什么打扮？"

"就……就一样吧。也是戴着帽子，看不清脸。下着雨呢，我也没注意。"妇人解释。

讲到这里，好像有什么不对劲。陆修时忙转身追了出去，快跑到巷子入口的时候却赫然看见祝则清倒在了血泊中，他的手凭着本能用力地捂着腹部，可陆修时还是看见他的肠子流了出来。

< 3 >

外面风平浪静，工作日内鲜有人晃荡而过。祝则清独自一人来到巷口，站在车子旁，本想点根烟再通话，心中的烦闷在陆修时的一句"不可能"之后达到了极限。

奈何，烟和打火机都未曾随身携带。

"真是！"祝则清低声咒骂了一句，边打着电话边走到驾驶室的位置寻找烟和打火机。"是我，叫上几个兄弟到坊街这边来。嗯，有线索。"

挂断电话之后，祝则清无意间照了下后视镜，发现自己已经有些胡楂子了。这要是被督察查到，可不是又要扣分了？

关上车门，刚直起腰，祝则清就看见一男一女拉扯着往这边走来。距离有点远，听不清他们在说什么，但从肢体语言上看，显然女的想要躲避旁边纠缠不休的男人，可男人没有眼力见儿，非要往上贴。

陌生男女越走越近，祝则清发现女孩子走路似乎有点奇怪。于是，他留在了原地。

"我真的还有事……我就算没事，咱俩也不合适。"女孩痛苦地嘶吼着，脸上的表情很是无奈。

"行行，那我就先送你回家。说了这么久是不是渴了，我去那边给你买点饮料，你先到车子那里等我。"男人似乎拗不过，作罢地走进了路边的小店。

祝则清一直打量着那男人，此时这两人同他的距离是能看清彼此动作的距离。于是，那个男人的小动作被祝则清尽收眼底。

男人的车子碰巧停在了祝则清的前方，女孩子其实不太愿意坐他的车，但是这里离市区实在是有点远。

"给，不知道你爱喝什么饮料，就给你买了瓶矿泉水。"男人此时看起来十分善解人意。

女孩犹豫着接过，只想快点离开。

"要我给你拧开吗？"男人说着又重新拿过女孩手中的矿泉水，强行打开，再一次递了过去。

可是奇怪的是，矿泉水瓶却被一个不相干的人一把抢了过去。

"《刑法》第三百三十六条：以暴力、胁迫或者其他手段强奸妇女的，处三年以上十年以下有期徒刑。这位先生，迷奸是很恶劣的强奸手段。"祝则清晃荡着矿泉水瓶，转而继续盯着瞠目结舌的男人说，"给你两个选择，要么喝一口，要么上派出所。"

说后半段的时候，祝则清已经把警官证给亮了出来。旁边的姑娘更是一副震惊的模样，想着相个亲而已，怎么还摊上案子了？

"哦，我说错了，你没得选。你既要喝一口也要上派出所，今天犯罪未遂，没准之前都得逗了呢。"

语毕，旁边的姑娘立马飞起一脚踹中了男人的裆部，手指着痛苦跪下的男人骂道："你也太下流了吧！"

"我错了，再也不敢了……"男人吃痛地倒在地上，认怂地求饶。

祝则清笑笑，把男人直接拷上了车，又对姑娘说："你要去哪儿，远吗？"

姑娘还没有说什么，祝则清的注意力立马被巷子口出现的人给吸引住了。

他上前拦住对方的路，还没开口质问。只见戴着帽子的人右手袖口滑下一把匕首，攥在手中以凌厉之风瞬间刺向祝则清。距离之近，祝则清根本没办法躲开，千钧一发之际他只是单手用力地推了一把身旁的姑娘，自己则被匕首狠狠地刺进腹部，那刀沿着他腹部划开了一道大口子，皮肉分离的感觉令祝则清真切地感受到什么叫开膛破肚。

但那种感觉很恍惚，他抓住对方的手臂，他以为用尽了全身的力气，可是对方轻而易举地一推就将他摔倒在地。

轰然倒下的身体就像是没有成型的橡皮泥，祝则清双唇轻颤，半闭合的双眼只能顺着地面上的砖块看着那人的双脚走远，血液的迅速流失让他的身体无法动弹，亦无法追踪凶手的痕迹。

双眼渐入黑暗，耳朵也听不见什么声音，意识模糊，他失去支撑自己站立的意志。

但，陆修时在哪儿，他有没有受伤？要是受伤了，他怎么向顾槿夏交代，怎么向徐嘉澍交代，怎么向医院那些病人交代？怎么向过去的自己交代？

陆修时……

"则清，你还能听见我说话吗？"

救护车停在了急诊室的门口，从上面抬下的担架已经被鲜血浸透，那垂下来的手似乎在宣告死亡。

陆修时一路陪伴，不断地想要唤醒祝则清的意识。但是从始至终，祝则清除了喊了一声他的名字之外，再无任何响应。

"陆医生，您在外面等着吧，我们一定会竭尽全力的。"抢救室的医生戴上口罩拦下了陆修时，转身就进入抢救室关上了双开门。

陆修时沾满了祝则清鲜血的双手垂在裤缝边，敏感的洁癖在此时全然不见。他的手不经意地颤抖了下，担心与害怕，哪个多一点，他不想承认。

他心里有懊悔，但更多的是迷惑。那个人首先撞上的是他，却绕过了他，袭击了祝则清。

这里一定有哪里出了错。

陆修时想久了，便会头疼。他忍不住想要抬手摁住太阳穴，但最后只是皱着眉，无论疼痛令他的表情扭曲成什么样，他现在只要祝则清平安地推出抢救室。

"陆医生，你受伤了吗？"身后传来熟悉亲切的声音，伴随着一阵紧张与不安。

陆修时转身，只见在人来人往的医院大厅里，顾槿夏站在不远处，背对着门口，逆着光，像是天使。

她上前，左手小心触碰着他沾满鲜血的手，端详了半天，无端地松了口气，轻声问："血不是你的？"

"嗯。"陆修时答。

"是祝警官的？"这个答案得来并不算难，顾槿夏只要仔细地想想就能得出来。

更何况，陆修时很少露出这样与绝望相近的表情。

"你怎么在这儿？是不是哪里不舒服？"陆修时的头疼顽疾在见到顾槿夏之后竟渐渐地得到了缓解，他看着她问。

顾槿夏叹了口气，打着石膏的右手很是滑稽，不能动，手指倒是很灵活地想要表达什么。她说："我接到晓晓电话说自己吓晕过去送到医院来了。我就马上赶过来了。不知道她发生了什么事情，我想找到她再问问。"

陆修时轻轻皱眉，叹息道："不用问了，她和则清是一起被送到医院来的。糟糕的是，你这个朋友大概是目睹了很凶残血腥的一幕。她成了则清这起案子的目击者。"

顾槿夏显然没想到，只是去相个亲的石晓晓会碰上这样的事情。

"那祝警官他……"

陆修时无言，抬头望了眼"抢救中"这三个大红字，顿觉得刺眼。

"我陪你先去洗手。"顾槿夏没敢再问，只是试着缓解他的情绪。

"嗯。"

洗完手的两个人在路过医院过道的时候竟意外看见了躺在某一张病床上输液的石晓晓。

"晓晓?"顾槿夏边轻唤着她的名字，边快步走过去。

那边披头散发很是凌乱的石晓晓在听到熟悉的声音之后立刻坐起身，差点没把顾槿夏抱起来哭。

"我真的快吓死了，你真的不知道发生了什么？简直……简直太恐怖了！"石晓晓带着哭腔说着什么，裸露在外的手臂上有擦伤，其他的看起来也没什么大碍。

顾槿夏忙安抚地拍拍她的背，一边说着"没事没事"，一边又看向陆修时，眼里同样也有复杂的情感。

"槿夏，你的手怎么了？"与此同时，石晓晓意识到了顾槿夏的手脚不便，顺便也发现站在一边沉默不语的陆修时，"这位帅哥是……"

"他是精神科的陆医生。"顾槿夏介绍道，随即又说，"晓晓，等会儿你要帮陆医生一个忙。和他详细说说当时发生的事情，事关重要。"

石晓晓见顾槿夏面色凝重，恍惚着就点头了，再看向陆医生，仍旧是好奇心泛滥。

几个人，从上午一直等到了下午，焦灼的心一刻都没有松懈。直到太阳西落，抢救中那几个字总算是暗了下来。

千难万险，祝则清总算是捡回了一条命，在麻醉药和疼痛的作用下，他仍旧半昏迷着。

到了晚上，徐嘉澍收到了陆修时的短消息也立马赶了过来。在看到病床上的祝则清之后，他都差点崩溃了。

"查案的时候就不能不要单枪匹马？他是见过的罪犯还少吗，怎么这么不长记性！"徐嘉澍崩溃的表现就是暴走似的责怪。

陆修时拍拍徐嘉澍的肩膀，认真道："则清你先照顾着，我还有事情要去做。"

"你……"徐嘉澍一把抓住他的手臂，神情是不容置疑的，"帮他查案？"

"帮他报仇。"陆修时完全不像是在说笑,语气一如往常,精致的五官因为认真而越发帅气。

徐嘉澍渐渐松手,只是叮嘱道:"千万小心,别再出事。"

"嗯。"陆修时点头,转身决然地离开。

徐嘉澍望着躺在那里一动不动,只是在呼吸的祝则清,差点没忍住要哭出来。

医院外面的走廊,陆修时一眼就看见匆匆往回走的顾槿夏。他上前轻轻按住了她的肩膀,问:"你朋友都出院了你怎么还在这里?"

"你去哪儿?"反之,顾槿夏也提出了问题。

"去局里。"

"我陪你。"

陆修时看着她,那双眼睛好像在解释着"我陪你"这三个字的意义。他不想拒绝,也无法拒绝。

"谢谢。"他说。

两个人随后驱车前往警局,得知祝则清的组员正在连夜审着那个假借相亲名义迷奸女孩的嫌疑犯。

其实,祝则清的兄弟们更想从他口中知道的是关于那场胆大的谋杀,他究竟看到了多少。

但答案总是没那么容易得到。

陆修时没去审讯室,和顾槿夏辗转来到了法医室。罗蔓因为祝则清遭遇意外而选择加班,此刻任何人都无法心无旁骛地查案。

"罗法医。"陆修时进门唤了声她的名字。

顾槿夏第一次来到法医室,同样心情沉重的她几乎忘了她是"第一次"来到这样的地方。

罗蔓从化验室出来,见来人是陆修时,摘掉口罩忙说:"化验结果出来了,有匹配的数据。"在把单子递过去的同时看到了身后的顾槿夏,有些讶异。

陆修时接过化验单子,说:"顾槿夏,现在住在我家。"这算是介绍了,他表情冷峻,对着化验单又是蹙眉。

　　罗蔓不知道顾槿夏是什么来头，还住在了陆修时家里。尽管内心波澜四起，但此刻没有什么比抓住刺伤祝则清的凶手来得重要。

　　顾槿夏对陆修时的介绍置若罔闻，关键时刻虽然不需要计较，但……算了，反正误会的人也不止这个罗法医一人。

　　"陈丽？"数据匹配的结果竟然是她。陆修时其实是没有想到的，他觉得不应该是这样。

　　罗蔓点头，说："这是好几年前的档案，当年祝警官还只是基层民警，处理社区的治安案件。家暴这种事情，不报案就不处理，所以她的事情是被别人举报，从而警察介入，对其进行了法医鉴定，因此也有了她的DNA。"

　　家暴。

　　陈丽、魏奇明、赵晓娜。

　　陆修时脑中盘旋着这几个人的名字，再看着那张化验单的时候，他冷静道："还少了一个人。"

第七章

嫌疑人

< 1 >

"少了一个人，少了谁？"

针对陆修时提出的疑问，罗蔓首先做出了回应。顾槿夏只是在一旁仔细听着，关于案子她一概不知。

陆修时只是皱着眉，一副这些信息还远远不够的样子。半晌，他才说："这案子不应该这么复杂。"

"陆医生你为什么是这样的表情？"罗蔓不解，看着陆医生眉宇间的困惑，谨慎地问道。

顾槿夏听到陆修时这么说，有点明白过来。人物关系是案件的关键，只要查明已知人物之间的关联，那么案子就会迎刃而解。所以陆修时应该是在纳闷祝警官和他为什么会在这案子上徘徊这么久。显然，在案子和他们之间一定有哪里出了问题。

陆修时也没有给出什么肯定的答案，只是放下化验单拉过顾槿夏的手对罗蔓说："要是想到什么联系我。"

"好。"罗蔓应答着，目光停留在他拉着顾槿夏的手的动作上，有些难受，却又不能忽视。

走出法医室，顾槿夏才说出了自己的想法，她说："我虽然不知道具体的案件情况，但陆医生你好像在怀疑什么。"

夜空星光璀璨，那点点星光似要坠落在人们的肩头。而此刻，落在顾槿夏身上的星光是陆修时眼里的熠熠光彩。

他们站在台阶上，陆修时注视着她，问："你觉得我在怀疑什么？"

认识陆修时到今天，这是顾槿夏第一次感觉到同他站在一个高度说话。或许是女人不可理喻的直觉，也或许是她本身就足够敏锐，她明知这话不能由她说出来，但好像有非说不可的理由。

"祝则清。"顾槿夏冷静地一个字一个字将名字说出，然后等着陆修时的反驳。

不料陆修时只是深吸了一口气缓缓吐出，脸上并没有可以读取的神情。

他的背后明明还有亮光，顾槿夏却仿佛看见了他身后那无尽的黑洞正在吞噬他的信念。可即便如此，同他对视时，她还是觉得他眼里有着可信的光芒。

顾槿夏望着他，陆修时也只是浅笑。

"我不是怀疑则清，则清不会犯错，也不会做任何有违原则的事情。我的怀疑只是个模糊的轮廓，并没有可解释的动机。"

"一个明明很简单的案子，破案过程却很复杂。祝警官值得信任，也就是说你并不是怀疑他的能力。难道是什么不可抗力的事情导致案件的复杂化？"顾槿夏到底是门外汉，对于这些她没办法从陆修时的三言两语中秒懂，摸索着提出自己的疑问。

陆修时看着顾槿夏使劲动脑的模样，情不自禁地抬手摸摸她的头说："这些事交给我来想就好。"

仅是这一下，顾槿夏觉得自己的心跳比任何时候都快，快到血压升高，过于紧张。

如果要解释，这或许就是她未曾正视过的——心动。

"那个，我最近几天要过去陪晓晓，我担心她会怕。"末了，顾槿夏提起了她早就该说的事情。

陆修时当时既没有点头也没有摇头，对这件事他没有做出回应。

直到两个人驱车到了医院，下车后他才说："你朋友不会有危险，所以你不用晚上陪她睡觉。她如果实在怕的话，我可以给她做一次免费的心理治疗。"

听着这种略失人性的话，顾槿夏嘀咕了一句："那我要是遇到这种事情害怕的话，晓晓肯定会陪我的。"

"她不会。"陆修时视力 2.0，听力也是八级的。

"嗯？"

"因为我会陪你。"

"……"

毫无征兆地，顾槿夏已经被陆修时"电"了两次。她浑身起了鸡皮疙瘩，不知道是因为感动还是肉麻。

回到医院，陆修时并没有先去看祝则清的情况，而是来到了自己的科室，立马找到了廖医生。

晚上八点多，廖医生刚好做巡视，好巧不巧在检查到马美丽这个小姑娘的时候，陆修时和顾槿夏就到了。

"马美丽！你回来！"廖医生在后头追着，压低声音叫喊着。

顾槿夏还没搞清楚状况，就看见一个姑娘飞奔到了陆修时怀里，然后把他给扑倒了！

What the hell？

廖医生和几个护士赶忙追上来，使劲想要分开马美丽和陆修时。但是，失败了。

"陆医生你来看我了？"马美丽趴在陆修时身上，睁着那年轻女生特有的纯净双眸注视着他。

看到这一幕的顾槿夏此刻内心是崩溃的，前一秒自己还被陆修时的肉麻搞得手足无措的，下一秒他就被人给压在身下了。真是世事难料啊。

"看什么？"陆修时此刻抛开了医生的身份，不顾马美丽的撒娇，淡定地朝顾槿夏伸出了手说，"快拉我一把。"

顾槿夏只剩下左手能使用，勉强地伸出手握住了他的手，却使不上劲。这时候，好似有什么念头在顾槿夏脑海里一闪而过。她想抓住，却只能抓到一片空白。

"快点，把陆医生扶起来啊！"廖医生有些焦急，也略有些难堪。自己的病人自己却搞不定，还要这样七手八脚的，实在是让人看了笑话。

面对陆修时的态度，马美丽显然是犹豫的。但她并没有因此退却，没有跟着廖医生走，反倒对陆修时提出了"good night kiss"的要求，移情移得也是速度。

这下子，顾槿夏是彻底凌乱了。

廖医生看着马美丽，马美丽看着陆修时，陆修时看着顾槿夏，一个个大眼瞪小眼的。

"听说过白雪公主的故事吗？"陆修时出人意料地问出了这么一句话。

马美丽点点头，顾槿夏也鬼使神差地点了点头。

陆修时接着说："吻醒白雪公主的王子是真的王子，而被我吻的公主会变成丑八怪，甚至还会缺胳膊少腿。"

他在扯犊子吧？顾槿夏当即就在心里吐槽。但是，马美丽却露出了困惑的表情。

此刻陆修时一副"你不信我就演示给你看"的样子，侧身毫不犹豫地轻抬起顾槿夏的下巴，俯身就吻上了她的唇。

这吻一气呵成仿佛演练了不知道多少遍，让顾槿夏的脑子瞬间噼里啪啦地炸了。

这吻时间不长，但也足够震惊在场的人了包括顾槿夏。陆修时直起身离开顾槿夏的时候顺便拿起了她披在身上的外套，这时她绑着绷带的右手露了出来。

然后他说："你看，她的手断了。"

"啊啊啊——"结果马美丽惊恐地逃回了自己的病房。

一干人等面对着这似乎不太合规矩的行为都想笑不敢笑，转身又各干各的了。

唯有廖医生，忧愁地拍着饱满的天庭，郁闷道："陆医生，你这样子会加重这姑娘的病情的。"

陆修时重新把外套给顾槿夏披上，才回身对廖医生说："我在帮她重建正确的情感。"

"你，你别一本正经地胡说八道啊。我这病人要是好不了，就移交给你。就用你的'绝望治疗法'医好她。"廖医生对陆修时提出的建议表示一百个不同意。

陆修时只是笑了下，继而问道："今天刚转进来的一位叫赵晓娜的病人移交给我，由我负责。"

"啊，哦。"廖医生倒是无所谓，能少几个是几个。他刚准备走，又转身多嘴地问了句，"陆医生你女朋友好像缺氧了，脸好红。"

陆修时转过头看顾槿夏，哪是脸红了，耳朵脖子都是红的。所以他刚刚的吻是不是太唐突了？

"还好吗？"陆修时抬手，手背轻轻贴在了她的脸颊上，都发烫了。他皱眉，"发烧了？"

感受到陆修时的触碰有些冰凉，顾槿夏连忙弹开，拼命摇着脑袋，语无伦次道："没事没事，我只是有点热。发什么骚啊……不是不是，我说的是发烧，发烧！"

望着她手足无措的陆修时并没有因为她的滑稽而觉得搞笑，事实是顾槿夏真的发烧了。

而之前的那一幕也被路过的徐嘉澍看在了眼里，他只是很慎重地向上托了托眼镜，一言不发地掉头回到了监护室。

"夜里风大可能着凉了。"陆修时领着顾槿夏回到办公室，让她躺在沙发上，顺便从柜子里拿出了自己常用的毯子，轻轻地盖在了她的身上。

顾槿夏觉得有些羞愧，她私心觉得自己的发烧是因为陆修时给的刺激太大。但这样的话给她十张子弹打不穿的脸皮她也不会说的。

"我去给你拿点退烧药。"陆修时这会儿没有看出顾槿夏略微的窘迫，倒是觉得自己对她疏于照顾，再怎么样也不应该带她东奔西跑的。

尽管他想顾槿夏始终都待在他触手可及的地方，尽管他感动于她的主动陪伴，但眼下是她最应该休息的时候。

"饿吗?"刚想开门走出去的陆修时又折了回来,坐在沙发边缘,轻声细语问道。

顾槿夏现在觉得头晕晕的,估计是饿过头低血糖了。她说:"等你把事情办完了,祝警官醒了之后我们再回家吃顿好的吧。"

"好。"陆修时微微点头,后猛然想起什么又突换了张脸道,"以后就别再和我提要搬家之类的话,进了我陆家的门哪能说走就走?"

然而顾槿夏并没有听见陆修时说的后半句,有些累,迷迷糊糊就听着他的声音睡着了。有些时候她也说不清究竟是太累了还是过于安心,才会在一个与自己不相干的地方安然入睡。

顾槿夏不知道,也全然没有意识到。

陆修时轻轻关上门,路过病房的时候听见了有个女人凄厉的叫喊声。

"下一个就是我了!她一定是回来报仇了!她一定会杀了我的!"

陆修时站定,单手插着裤袋隔着玻璃看着病房内那个高位截瘫的女人无助惊恐地低喊着。

"是我害死了她,可是她死有余辜!她怀了孩子,她怎么能怀上孩子!哈哈哈,她活该!"赵晓娜一会儿哭一会儿笑的,脸上的伤还分明没有愈合,她的泪水又再一次灼伤了自己。

陆修时忽然将门开了进去,示意护工和护士都不要说话。而赵晓娜在见到他之后,眼里的神情更是惊惧。她抗拒着陆修时的靠近,但奈何她已无法动弹。

"陈丽?"陆修时冷不丁地说出了这个名字。

"我会死的,我一定会死的!"赵晓娜并不回答陆修时的问题,她只是抓狂,一味地陷入自己的恐慌中,"她一定会来找我的,她害死了我的儿子又害死了我的丈夫,下一个就是我了!"

陆修时没有再接着问,眼前这个女人让他再次起了疑心。即便在这样的双重打击之下,她仍旧能控制住自己,透露了信息又不交代完整。

能毁了另一个女人的人生,赵晓娜的确不简单。不过她说的"是我害死了她"是怎么回事?难道陈丽已经死了?又或者他们以为她死了?

嫌疑人已出现，却又不知死活。

"则清啊，真是不得了啊。修时都泡上妞了啊！你还不赶紧醒过来，再不醒过来就你一个打光棍了啊！哎呀，我可怜的则清啊！"

监护病房里，徐嘉澍摘掉眼镜，装模作样地声泪俱下。可病床上的祝则清也没有笑着醒来，揶揄他的白痴相。

"你要是病得不轻，精神科随时欢迎你入住。"

没能等到祝则清醒过来，倒是把陆修时给招过来了。徐嘉澍抬头，见陆修时一脸的"你个蠢货能不能干点人事"的嫌弃样，忙撇撇嘴把眼镜戴回去。

"我这不是在和则清分享你的喜事嘛。"徐嘉澍随便找了个理由，继而又八卦地问道，"大庭广众之下你就那么亲了顾槿夏，是不是……"

陆修时拉过一旁的椅子坐下，睥睨了他一眼，冷冷道："我亲自己喜欢的女人，有什么问题？"

嗯，他说得竟然还挺有道理。

"所以你到底是怎么喜欢上槿夏的？槿夏确实漂亮，但漂亮的女人要多少有多少，为什么偏偏是她呢？"徐嘉澍心中的困惑可是积攒了很久，趁着现在陆修时心情好，赶紧让他答疑解惑一番。

陆修时冷眼反问道："上大学那会儿你追过的女孩子不止傅玲珑一个，为什么最后偏偏和她结婚了呢？"

"哇你——"徐嘉澍吓了一大跳，忙站起来左右张望，压低声音斥责，"你想害死我啊！这话要是被玲珑听见，我很有可能一个月都上不了床的！"

"哦？"陆修时看了眼祝则清，又抬头看他，坏笑道，"不是下不了床吗？"

徐嘉澍啧啧了两声，也露出了意味深长的笑，推搡道："学坏了啊，陆医生……"

互相调侃的话点到为止，两个人不约而同地陷入了沉默。医院里的气氛总是沉闷，带着无法说出口的沉重。

"嫌疑人已经有了，但生死不明。就目前的线索来说，还有一个问题。

不过……"陆修时无奈地叹了口气，看了眼正低头和老婆发短信的徐嘉澍，摇摇头说，"和你说了你也不明白。"

徐嘉澍放下手机，两眼放空地盯着他："讲得我和智障一样。对了，槿夏呢，回去了吗？"

"有点发烧，在我办公室休息。"陆修时说的同时，疲乏地捏捏鼻梁。

"那你回去照顾她吧，则清这里有我看着呢。他醒了我马上告诉你。"这次，徐嘉澍特别深明大义。

陆修时也不推辞，点点头交代几句后离开，手上拿的退烧药都已经被他捏着有了温度。

医院的楼梯、走廊、大厅，无时无刻不充斥着被负面情绪笼罩的人，他们没有表情，却是对这个世界最大的控诉。

回到办公室，陆修时还是动作轻缓地打开门。尽管动作缓慢，没有出声，还是看见顾槿夏略微抬起的头和睡眼惺忪的双眼。

"醒了？"陆修时走向她。

顾槿夏却在此刻皱起了眉头，歪着脑袋对陆修时说了句："那天我好像看见了什么可疑的人。"

"嗯？"陆修时舒缓的神情在听到"可疑"两字瞬间全副武装，"先把药吃了。"他一边给她倒水递药，一边等着她回忆起下文。

顾槿夏吃下药，喝了一大杯水后才慢慢说："那天你和祝警官去处理车祸的事情，我就躺在这里睡着了。醒来后有个穿着护士服的人来找你，看你不在就走了。"

"穿着护士服？你怀疑她不是护士？"陆修时在这三言两语里准确地找到了重点。

"嗯。"顾槿夏点头，也露出了不解的神情，"当我受伤被推往急诊时，我记得很清楚，那个人穿了双脏脏的球鞋。前一秒还在精神科，后一秒就穿着便衣走出了医院。"

球鞋？陆修时显然也将这个线索联系到了某件事情上，他问道："你确定是同一个人？当时下雨，你不一定看得清楚。"

"是，下着雨我没看清脸，但那双球鞋真的是挺让人印象深刻的。一个护士，穿着已经被泥土染黑的球鞋，实在是说不过去。"

"还有呢？"陆修时想要挖掘到更加重要的信息。

顾槿夏看着他，犹豫了一下才说："尽管目的不明，但我想她应该是来找你的，趁着你不在的时候来找你。"

< 2 >

顾槿夏的话说得委婉了些，但陆修时明白。有个可疑的人找上了门，而且这个人很有可能一直都在，那么之前的不合理现象就都能解释了。

只是他现在还不能完全明白其中的因果，也不明白为什么案子到了现在矛头似乎开始转向他了。

第二天，顾槿夏还睡在梦中。因为身体的不适，她仍旧睡在陆修时的床上，而陆修时则规矩地睡在了客厅。

想起昨晚深夜回家，顾槿夏第一次尝到了除爸爸之外的第一个男人做的夜宵，那是陆修时和她去超市买的意大利面。

只要她饿了，无论多晚陆修时都能为她做一顿好吃的。这样的关心，顾槿夏似乎很久都没有享受过了。

宽大整洁的客厅，陆修时望着从网上预订刚运送过来的单人床发呆。说是单人床，其实睡三个人都可以。

"要怎么让她接受我把卧室改成豪华双人间了呢？"陆医生独自思考这一历史性的难题。他单手撑起下巴，眉头紧锁的模样让人不敢打岔。

但是搬运的人可等不了，试着询问道："陆先生，请问这床我们要搬哪个房间？"

陆修时轻声"啊"了下，对他们说："不好意思，等一下。"随后消失在客厅。

不一会儿搬运人员就看见他从卧室小心翼翼地公主抱出来一个姑娘，这姑娘手上还绑着绷带，依旧在酣睡着。

陆修时抱着顾槿夏越过那床，径直来到沙发前，将顾槿夏好好地横放下，随后他自己也轻轻坐在沙发尾部，让她的头枕在自己的腿上。

"好了，你们可以搬了，动作轻点。"陆修时说话的分贝都明显降低了，但"动作轻点"这四个字却加了重音，顺便附带过去一个"敢发出一点声音试试"的犀利眼神。

几个人只好战战兢兢地搬着那大床，丝毫不敢发出除了呼吸声之外的杂音。

而陆修时显然也不相信他们会在搬运中一直保持静音，于是伸出双手轻轻捂住了顾槿夏的耳朵。

搬完之后，几个人从卧室出来，脸上带着意味不明的神情。大约是摸不清这陆医生为什么要在房间里放两张床的用意，擅自揣测之后一致认为这是为了增加情侣间的情趣。

好在他们不吭声完事就走了，家里又只剩下陆修时和顾槿夏。

时间到了九点十分，顾槿夏动了动身子，醒来发现自己仍旧在床上，也没细想，又继续一头扎进梦里。自从手断了之后，事务所就没去过了，但徐嘉澍仍旧给她发工资，想想睡觉都带劲。

而此刻，陆修时已经驱车前往医院了，带着愉快的心情。

"玲珑，你怎么亲自来了？"

彻夜未归的徐嘉澍在一整晚守着祝则清之后略显苍老，胡楂都有了。于是见到娇妻的到来，忍不住心中一阵感动。

"祝警官受伤了，我煲了汤过来。他能喝吗？"傅玲珑这时懒得追究徐嘉澍一整晚一条短信都不发的罪行，只是把带来的东西放在了一边的桌子上。

徐嘉澍上前就想给妻子来个拥抱，哪知被傅玲珑一把推开，万分嫌弃地对他说："脸没洗牙没刷，有多远滚多远。"

"老婆……"

"滚。"

无奈之下，徐嘉澍垂头丧气地从傅玲珑手里接过从家里带来的洗漱用品，悻悻地去洗手间梳洗。但是回头看傅玲珑还是觉得很幸福，他何德何能让一个千金小姐为他操心、劳累，如此体贴照顾。

尽管也没少挨骂。

傅玲珑望着躺在病床上的祝则清忍不住叹了口气，三个人里面就他非要选这么危险的一个职业。不过陆修时也好不到哪里去，不好好做医生非要破案。想来想去，还是没出息的徐嘉澍最好，至少在家的时间比另外两个都要多。

"我好像听见你在骂人。"

门口传来低沉的嗓音，傅玲珑抬起头，立马进入防御阶段，双手交叉环胸，挑眉道："你是人吗？"

陆修时笑着进入病房，将门带上，对着不怎么友好的傅玲珑说："嘉澍呢？"

傅玲珑听见这话，睁大眼睛，反问道："我在骂你不是人哎。"

"所以？"陆修时拉长尾音，依旧是一副好笑的样子。

"你应该和我对骂啊！徐嘉澍吵不过你，我还能吵不过你吗？"莫名其妙的胜负欲让傅玲珑和千金小姐判若两人。

陆修时觉得好笑，无奈地将手从裤袋中抽出，说："我要赢你很简单，只要对你不闻不问就可以了。"

"你这个人真是……"

"不能容忍被无视不就是你的死穴吗？"陆修时最后又补了一刀，见她劲头起来又要张口就骂赶忙打住，"则清醒来过吗？"

傅玲珑无语地翻了个白眼，按捺住怒火说："至少我来的时候没有。"

陆修时没有作声，只是看着祝则清，希望他赶紧恢复，赶紧把案子解决掉。

"我早醒了。"床上，祝则清居然有气无力地出了声，哼唧了几下，皱着眉头说，"一大清早的我不想搅和你们夫妻间的事情，只能装睡了。"

"行了行了，你是病人你最大，都是我的错。"傅玲珑投降。在这个世上，除了徐嘉澍，她最信任的人都在这里了，尽管从未好言相待，但曾经关于她的事，他们都是尽心尽力的。"我给你煲了汤，能喝吗？"

祝则清脸色很不好，听到傅玲珑的关心更是脸色突变："大小姐，我肠子都被掏出来了，你说我能喝吗？"

"咦，你这个大老粗！"傅玲珑回避着祝则清严重的伤势，假装受不了这个刺激。她知道，这些个男人从不会把痛苦当作一回事，因为他们活得比谁都认真。

陆修时见祝则清能开玩笑，想必身体恢复得还算不错，张口就想同他讨论案情。

"修时，袭击我的是个女人，身高165左右，没看清脸，体型偏瘦，脚上穿着一双球鞋，虽然下雨天球鞋脏很正常，但是市区并不会有什么黄泥，她鞋子上的污渍应该是从别的地方沾染的，还有刺伤我的凶器就是切水果的水果刀。"

结果没等陆修时开口，祝则清就一脸严肃地将自己能记住的细节回忆起来。出于职业习惯，祝则清几乎不会忘记见过的任何一个人的脸。

"嗯，我那个时候同她擦肩而过，体貌特征我也看得比较清楚。但是唯一一点就是，无法看清她的五官。"对这点，陆修时很是懊悔。

祝则清点点头，之后又犹豫不定地说出一件事："我虽然没看清脸，但我觉得那个女人袭击我的时候动作有些不太正常。"

"嗯？"陆修时调整了下坐姿。

祝则清琢磨着，那事确实有点不可思议，他看向陆修时说："一般来说在进行任何举动时都需要一个起势的动作，可是她没有。在我上前想要拦住她的时候，她几乎直接就拿刀捅了我，期间没有片刻思考的余地。重要的是，她应该不知道我会在那里，也不知道我是干什么的，突然袭击我这太大胆，更何况当时我旁边还有一个姑娘。落下个人证对大白天行凶是极大的不利。"

陆修时听完这话，眉头紧锁。

"对了，那姑娘没事吧？还有那个强奸未遂的下三滥呢？"祝则清猛然想起他们。

陆修时摇摇头，表示没事，但他对祝则清提出的疑问感到好奇。他当时见到那个女人的时候，除了本能的回避周围的人，一切正常。但是为什么一看到祝则清就好像突然中了邪？

"还有件事，罗蔓已经验出来驾驶室位置上的头发是陈丽的，也就是那个不知所终的第三者。赵晓娜神志不清在我看来有一半是假装的，大概是为了想免除刑事处罚。她有意向我透露了他们之间发生的事情，按照我的推测，陈丽当时怀了魏奇明的孩子，赵晓娜气不过对她泼了硫酸致使她毁容，中间应该还有故事，但是赵晓娜最后疯言疯语地说是她害死了陈丽。这么一来，陈丽的生死就成了谜。"

听完陆修时的推断，祝则清的眼睛时而明亮时而暗沉。而一边的傅玲珑则感叹道："你们是在查案，还是在讲狗血剧？一个第三者被毁了容，悲痛欲绝的同时还怎么保护肚子里的孩子，如果那个疯女人说的是真话，那这个陈丽很有可能被逼死了。"

站在女性视角做的想象性的推测，傅玲珑说得也合情合理。但是祝则清不能因为故事的合理性而放弃任何一条线索。

"既然车上的头发是陈丽的，那我们还是要去查，活要见人死要见尸。"祝则清说这话的时候并不是一腔热血，而是有些无奈。

陆修时点点头，继而又说："陈丽的头发出现在那车上是巧合还是不小心这也有待商榷。而在调查中发现，陈丽曾经因为家暴做过法医鉴定，但施虐者是谁还未知，等你能下床走动了，就去查查。这案子查到现在如果这么轻易就查明了是陈丽所为，我们也显得无能了一点。"

说完，陆修时看了眼祝则清。

祝则清抬手扶额，都想飙脏话了。他说："修时，我伤还没好，打击的话能不能留着以后说？"

这时候，徐嘉澍回来了，看着人都齐了，进门就问："等会儿吃什么，我可是饿坏了。"

"不许出去野，跟我回家。我已经一晚上没吃到你做的菜了！"傅玲珑挽过徐嘉澍的手就对另外两个说，"我们先回家。反正则清也不能进食，就饿着吧。"

徐嘉澍被拉走，出门之前只留了个抱歉的笑容给祝则清。那意思是"天大地大，老婆最大，兄弟保重"。

"哼，给他嘚瑟的。"祝则清表示不屑。

哪知陆修时也起身，理了理袖口，对他说："我得回家烧饭做菜，家里有个伤者。"

说罢，陆修时留了句"晚点再来看你"也走了。

唉，全世界都在欺负单身狗。

祝则清认命，但不知是有伤在身显得伤感还是由始至终的心结未解。在他昏迷的时候，她又一次出现在他的脑海里，带着从未消散的势头令他心头一紧。或许，他这辈子都无法正常地活着了吧。

即便他认真地想要从头开始。

中午时分，陆修时回到家，刚进玄关脱了鞋，却看见顾槿夏一脸震惊地站在客厅中央，看着陆修时回来后表情更像是见了鬼一般。

"你还喜欢吗？"明知顾槿夏在意的是什么，陆修时竟然开门见山地问了。

顾槿夏对此哭笑不得地问了句："你是认真的吗？"

陆修时走近她，既没有越界的举动也没有一贯的冷着脸，只是始终温和地望着她。

"我不能一直睡沙发，也不好直接换张双人床。所以只能勉强在房间里放两张床。"陆修时说这话的时候一点都没觉得哪里不妥。

顾槿夏也被他的逻辑所折服，只能无奈地反问："那你为什么不让我搬出去？"

其实关于搬出去这个问题，顾槿夏觉得不应该总在嘴巴上提，直接行动走就是了。可是怎么办，晓晓肯定是斗不过他的，而她自己呢手断了。

陆修时听后，也只是凝视着她，似有万千言语在心中，却难以开口表达。最后他缓缓说道："我也想知道为什么，所以只能强行留下你。"

顾槿夏怔忡，恍恍惚惚的样子似乎在怀疑陆修时说的这话的性质。她没了主意，只是觉得陆修时这会儿看起来特别认真，特别不一样。

<3>

三天后，陈丽的通缉令便上了全国的公安网，数量过百的协查通告也不再盖章，贴满了各个地方的大街小巷。照片里的陈丽清秀可人，失踪那年她才二十三岁。

"贴这么漂亮的照片有什么用啊？"依旧躺在病床上输着营养液的祝则清对着其他过来探望他的同事吼道，"陈丽已经毁容了，谁认识这照片里的人啊？"

小吴也是没办法，只能说："可是毁容的女人怎么还会留下面目全非的照片？更何况，我们根本不知道陈丽毁容究竟是到了什么程度。"

祝则清还想发火来着，结果缝合的伤口不允许他大动干戈，只能忍住继续问道："那关于几年前陈丽家暴的案子有什么发现吗？"

小吴这才眼睛放光，详细地说道："据当时情况来看，陈丽是被老公虐待，婚内强奸、殴打，那次手都被打断了。她老公叫罗家清，案底可多了，暴力倾向从学生时代就有记录了。不过奇怪的是，他也好像很久没有动静了，就跟人间蒸发了一样。"

陈丽是已婚？祝则清有点摸不着头脑了，在走访调查中并没有迹象表明陈丽是个已婚者啊。这是怎么回事？

"身为人民警察不要随便用'人间蒸发'这种唯心主义理论的词语，雁过都留痕，人只要是活的就不可能彻底消失不见。你带上罗蔓再去陈丽家里看看，顺便再去趟她老家，或许她会回家投靠父母。"

"祝队，你身体还好吗？"最后小吴想到了来医院探病的初衷。

祝则清指指营养液，苦不堪言地说："小护士告诉我，现在连粥都还不能喝，你觉得我能好到哪里去？你知道我现在最想吃的是什么吗？"

小吴忽而奸笑了下，从身后忽然拎出来两瓶二锅头，对祝则清说："是不是特别想喝酒啊？"

"我的天，小吴你当警察简直屈才了！"祝则清笑呵呵地伸手就准备去接。当他的手指离那瓶酒还有 0.01 公分的时候，那酒就被人抢走了。

"想死的话你就说一声。"陆修时拎着抢过来的酒，二话不说就扔进了病床边的垃圾桶。

小吴见来人是陆修时，马上立正敬了个礼，从怀里掏出一本红色的证书，双手对陆修时奉上说："按照领导的吩咐，我现在把陆医生的'法医精神科顾问'的红本本给带过来了！请您务必收下！"

"噗！"祝则清前一秒还在为酒可惜，后一秒就笑出了声，他好奇地问，"小吴你属性都变了，现在变小叮当了？怎么什么玩意都能从身上拿出来？"

小吴憨笑，只是挠挠头，又对他们说："那祝队你接着休息，我和兄弟们就先去做事了。哦，对了，局里领导没准下午会过来慰问你。"

"行行行，好好查案吧。"祝则清到底还是不放心地叮嘱了一句。

陆修时坐在病床边，望着手里的证书，只觉得这是个烫手山芋，又想，反正垃圾桶就在这里，扔了吧。

"你扔了这证书也是你的，组织上已经聘请你为顾问了，这已成既定事实了。"祝则清看穿了陆修时的想法，好笑地阻止道。

陆修时看了他一眼，随手就把证书放在了床尾，尽起了职责说："谋杀魏奇明父子的和刺伤你的很有可能是同一个人，也就是陈丽。可是按照你当时的描述，那个女人并没有什么显著特征来引起你的注意。"

"确实。如果陈丽毁容这件事情是真的，那天她出现的时候，我虽然看不清她的五官，但起码还能看见她的下半张脸。嘴巴、脸颊干干净净的，并没有毁容的痕迹。"

"要么那个人不是陈丽，要么陈丽做了面部整形，另外还有一个结果就是她根本没被毁容。"陆修时分析道。

祝则清不由自主地叹了口气，说："大海捞针啊。一个人有意改变容貌，改变行为习惯，也不是什么难事。"

"问题的重点是陈丽是否还活着。"陆修时这话意味深长。他觉得这案子看似简单，却在查的过程中迷雾重重。而且，更令人奇怪的是，那个所谓的"陈丽"为什么要假扮护士出现在他的办公室？

"想什么？"祝则清见他神情凝重，困惑不已，便问道。

陆修时想着，如果有人刻意要针对他，那这事就不是祝则清要操心的，于是便摇头没有提及。

"陈丽是凶手的话，有合理的动机和充分的作案时间，一切矛头都指向她，找到她案子就能真相大白了。"祝则清到底还是乐观的。

陆修时倒是不这么认为，他心中对这个案子的答案已经有了大致的轮廓，只是还缺少几个要素。

"疑点还有很多，现在下结论还为时过早。魏奇明肚子里的鲈鱼代表什么意思，是不是和魏奇明爱钓鱼有关；其次赵晓娜明明爱吃鱼，却在很长一段时间内拒绝食用，原因是什么；最后，刚刚小吴说陈丽已婚，这又是什么状况。"

陆修时脑子里闪过很多东西，零碎杂乱，但潜意识中好像有一根线在渐渐地将这些零散的线索串连起来，慢慢地让这个案子似乎有了变化。

"修时，你下午和小吴他们一起去趟陈丽家，然后再和罗蔓一起去魏奇明生前承包过的鱼塘看看，小吴刚刚发短信来说已经找到了。"祝则清不由自主地给陆修时安排了工作任务。

"我要是说'不'呢？"陆修时挑眉，一副很不悦的模样。

祝则清大义凛然地指着垃圾桶里的二锅头，视死如归地对陆修时说："那我就喝二锅头死给你看！"

"请便。"

说完，陆修时就要走。祝则清欲哭无泪地想要抓住他，奈何身体还不能随心所欲。

"陆医生？"

陆修时迎面就撞上了进来的顾槿夏，她身后还跟了个有些害羞的石晓晓。

"怎么不多睡会儿？"陆修时本来还有些奇怪她怎么会来医院探望祝则清，但是在看见石晓晓之后他就明白了，于是索性问起了其他的问题。

顾槿夏干笑着回避说:"这是我朋友石晓晓,你见过的,之前吓晕那个。"

"我不脸盲,你用不着介绍第二遍。"

"……"

石晓晓虽然没听顾槿夏讲过这个医生更多的事情,但这个节骨眼上她明显嗅到了八卦的气息。

"哟,小夏来看我了,快进来!"病床上的祝则清听到声音,立马振奋了,忙招呼道。

顾槿夏拉着石晓晓的手,笑着对陆修时说:"我不打扰你工作了,我进去看看祝警官,一会儿就走。"

"回去之前来精神科找我。"陆修时对着顾槿夏的背影不高兴地交代。

对此,顾槿夏笑而不语。

走出住院部的陆修时从连接着精神科和住院部的内部过道经过,期间总感觉身后一直有道奇怪阴冷的目光在注视着他,尽管这种感觉已经不是第一次,但每一次都异常强烈。

他站定,在此刻空无一人的过道上回头看,依然不见什么奇怪的景象。

"陆医生,你在这儿呢。"

突然出现在眼前的廖医生奇怪地打量着看起来就很奇怪的陆修时,他也往陆修时身后看了看,问:"怎么了?"

陆修时皱眉,看着廖医生,那种阴沉的感觉也仍旧没有消失。但对这种只能靠感觉来分辨的事情,他也没办法。

"有事?"陆修时问。

廖医生摇头,只是说:"你之前不是问我要陈丽的资料嘛,老实说这个病人很快就出院了也没什么信息给你,这是她进院时做的全身检查时的录像,当时是一个实习生录的。"

陆修时接过这张光盘,对廖医生道谢。这张光盘,让他脚步加快的同时加深了心底的不安。

回到办公室之后,陆修时用了十分钟看完了这录像,又用了二十分钟确认了他心中的疑惑。

录像里的女人瘦弱、清秀，两眼深邃却猜不透那眼里的无力感。体貌特征都和祝则清以及自己所见的一样。

这人就是"陈丽"了，但她不是陈丽。虽然长相有七分相似，但依然和陈丽身份证上的照片有所出入。陈丽是柳叶眉，而录像中的女子却是弓形的柳叶眉。

陈丽身份证上的照片是十六周岁的时候拍的，她遭遇家暴的时候才过了七年，离换新身份证还有段时间。

也就是说，在当时情况下即便拿出身份证也很难分清这两个人。

而录像当中的"陈丽"显然是当年家暴的当事人，因为她左臂的骨头有着明显断裂过的痕迹。那么换句话说罗家清并非是陈丽的结婚对象，而是视频里这个女人的丈夫。

可是，她到底是谁？

陆修时静坐在办公室，闭上眼睛静静地回忆起这一系列的事情：陈丽不知所终，罗家清不知去向，魏奇明父子被杀，赵晓娜出车祸，魏奇明肚子里的鲈鱼，以及为什么这个不是陈丽的女人会变成陈丽。

"小吴，我是陆修时，有事情需要你帮忙。"

< 4 >

房门轻叩了两下却没有得到回应，顾槿夏站在陆修时办公室的门口又有点懊悔，她怎么能这么听话？

正想着这些事的时候，她忽而感觉背后一阵发冷，忙握住门的手柄，边说着"我进来咯"边开门进去。

一进门，顾槿夏就看见了陆修时以及坐他对面的只有一面之缘的罗蔓罗法医。她今天没穿白大褂，齐耳短发干净利落，大概是之前没怎么注意的缘故，罗法医真是个漂亮的女人。

"噢，这位是罗法医。"顾槿夏敲门那会儿，陆修时正和罗蔓讨论案情。

见她进来，他忙起身介绍道。

顾槿夏朝罗蔓点点头后对陆修时说："我不脸盲，你用不着介绍第二遍。"

陆修时听这话觉得耳熟，见顾槿夏的表情有些奇怪，忍不住皱了皱眉头。

罗蔓也起身对顾槿夏说："则清让我下午和陆医生一起去调查案子，上午做完尸检我就先过来了。"

"嗯，我就是顺道过来看看陆医生。你们查案我也帮不上什么忙，我就先回去了。"

顾槿夏说完就要走。陆修时离开座位，上前拉住她说："你看起来不太高兴。"

"没有。"顾槿夏答。

陆修时还是拉着她，转个身到了她跟前，同她面对面说："那你怎么不脸红？"

顾槿夏一愣，一个激灵就推了他一把说："我为什么要脸红啊？谁说我高兴就应该脸红啊？"

"你和我说话的时候通常都会脸红。"

"你……"顾槿夏真是恨不得拿头去撞墙。

身后的罗蔓被他们之间微妙的气氛搞得坐立不安，她也不知道自己当时是什么心情，明明是来工作的，却好像耽误了别人谈恋爱。

"先坐会儿。"陆修时不管不顾地拉着顾槿夏坐下，给她倒了杯水，又说，"什么时候考试？"

顾槿夏怔忡，半晌才反问："你不是让我下次考吗？"

陆修时只是一笑说："如果报名费都交了，那么进去写个名字也好。"

"你果然是想让我下次考。"顾槿夏无语地白了眼陆修时，也无奈地看了眼自己不争气的右手。

这个时候，罗蔓的手机响了起来。她接起来之后，"嗯"了一下后就对陆修时说："小吴在外面等我们了。"

"好。"陆修时应答着，顺手摸了摸顾槿夏的头说，"可以在这里坐一会儿再走，等下徐嘉澍回来，让他带你回家。"

"没事，不用了，我等一下和石晓晓一起走，我们约好一起吃午饭。"顾槿夏摆手说道。

陆修时没有多说，只是从口袋里拿出钥匙放到顾槿夏手上，叮嘱说："这是家里钥匙。别在外面逛太久，早点回去休息，晚饭想吃什么就发短信给我。"

这一连串的交代俨然就像是新婚夫妇的对话，让罗蔓好不自在的同时又觉得两个人怎么能如此般配。

顾槿夏犹豫着接过钥匙，这才放下心中之前莫名其妙产生的芥蒂，担心地问道："去查案有危险吗？"

"暂时应该不会。"陆修时说完才回身对罗蔓说，"走吧。"

一个法医一个顾问就这样一前一后走出了办公室，独留顾槿夏坐在沙发上望着手心里的钥匙，慢慢攥紧。

顾槿夏想着这会儿石晓晓应该和祝则清独处的时间够多了，也是时候拉着她走了。于是便起身，却无意中看见陆修时电脑屏幕上暂停的画面。

"陆医生，这是你让我查的资料。"坐在驾驶室位置上的小吴递过来一份档案。陆修时伸手接过，翻开看了几页之后，眉头紧锁。

之后一路上小吴一直在碎碎念着。罗蔓偶尔会搭腔应和，但陆修时从始至终都看着窗外，像是一个人。

车子停在了离村子中心稍远的地方，这里有一幢两层的红瓦白墙的建筑物，无人居住看起来和村子里其他的房子格格不入。

下车后，陆修时看了看紧锁的房门，又回头看小吴，只见他笑嘻嘻地从口袋里摸出了一张食堂的饭卡对陆修时说："看我的，这种门很好开的。"

"监守自盗。"罗蔓忍不住嘲笑。

小吴不以为然，说："我们不光要掌握警察本身所需要的知识和技能，同时也要具备罪犯所需的技能。不然，我们拿什么和罪犯斗啊。魔高一尺道高一丈。"

"你有理。"罗蔓投降道。

陆修时看了看房子窗台上摆着的花盆，花儿早就枯萎，不仔细看就连叶子也以为是灰烬。这里很安静，安静得不像是案发现场。

他正想着，小吴已经麻利地打开了第一间房间的门，巧的是开的这扇门正是卧室的。

卧室并不大，但不是朝南的坐向，房间里阴暗湿冷，一股凉意瞬间侵袭了他们的皮肤。罗蔓只穿了件短 T 恤，忍不住打了个寒噤。

小吴在门边的墙上找到开关，灯光亮起，视野变得清晰，陈丽的房间一览无余。

陆修时感受到房间飞扬的灰尘，泛着霉味，实在是令人不舒服。这边罗蔓立马递过来一个医用口罩，事实上戴着口罩也是一样不舒服。

"不用。"陆修时拒绝，走进里屋查看了起来。

桌子上、地上、床上一切的一切看起来都相当正常，而正是因为这种正常让陆修时对陈丽的"不知所终"有了新的认识。

"陈丽应该是自己离开的。这房间里的一切都太像是个正常人出去办事晚点会回来的状态。"小吴面对着现场，说了个初步的结论。

陆修时站在衣柜前，衣柜上的那面全身镜将他完整照了出来。他随手拉开了抽屉，发现了满满当当的黑色手套。他将抽屉关上，看了下挂在衣柜里的衣服。

"家里太干净了。"末了，罗蔓说了这么一句话。

小吴从厨房回来，也说这个家里打扫得很干净，厨房的水槽除了灰尘几乎没有未洗的碗筷。

陆修时站在这房间里，感觉周遭的一切开始崩塌、重组。这个房间里有陈丽生活的痕迹，她在这里做了什么，怎么做，她会想什么。在这里的每一天，她是怎样度过，又是怎样迎来黎明？

或许，她根本没等来她的黎明。

"陈丽没有被毁容。"陆修时转身，他从想象的世界重新回到现实，他看着罗蔓和小吴说，"凶手不是她。"

小吴还想开口说点什么，就见陆修时掉头就往外走。

"去魏奇明承包的鱼塘。"他说。

此时谁都没有注意到陆修时手里不知什么时候多了一样东西，他不动声色地将那样东西放进了口袋里。

三个人又急匆匆地驱车去了山里魏奇明生前承包过的鱼塘。

这里青山环绕，一抬眼就能看到群山。

承包的鱼塘面积不大，但垂钓娱乐却是足够了。而在岸边，还有一间简单的砖房，是给看鱼人提供的临时休息场所。

他们刚走近鱼塘，鱼塘现任的承包者就从小砖房里走了出来。他看起来喝了酒，有些微醺，笑着招呼他们说："老板，来钓鱼啊！在我这里钓鱼最实惠了！"

小吴上前亮出了警官证，对这个中年男子说："警察办案，问你点事。"

"我我……我没干什么坏事啊！您想知道什么您尽管问，我一定都交代，全部都交代。"

承包者见来人是"稀客"，顿时给惊吓到了。

小吴示意他放松，只是问："什么时候开始承包的，鱼塘里养的什么鱼？"

"刚接手过来的时候鱼塘里基本上是鲈鱼。魏奇明家里那口子就爱吃鲈鱼，所以尽养了这种鱼，我后来又添了一些别的鱼种。"他说，"警官，出什么事了吗？"

小吴会意地看了眼陆修时，又问："魏奇明是什么时候把鱼塘转给你的？"

"也就是三年前吧，他的承包期是三年。他转得很着急呢，连那小屋都没收拾一下就转给我了，我那天来的时候味道给我臭的，那夫妻俩不知道是不是杀了一整夜的鱼，尽是些腥味，太刺鼻了。隔天我又让我家老婆过来清洗了一遍。"

听到这话，罗蔓拎着她的箱子径直走进了小砖房内。

小吴也随之跟了进去。

不一会儿，罗蔓神色紧张地出来，看着陆修时面色凝重道："我们需要彻底勘察现场。"

陆修时留在外面，听见罗蔓的话，脑海曾经的一片混沌慢慢地清晰可见。那纷杂毫无头绪的线索，正一点点似铁链一般拴扣在一起。

时间都是几年前，陈丽消失、罗家清消失、代替陈丽的人，以及杀了魏奇明父子的人。

而这个人才是凶手。

几分钟后，三辆警车停在了这个鱼塘的入口。因为祝则清受伤的缘故，任队在扫黄任务之余也帮忙调查这起案子，所以当他到达现场之后，神情沉重，苦不堪言。

"什么情况，这里死人了？"任队没有和站在鱼塘边思考问题的陆修时打招呼，直接走进小砖房内，对着罗蔓问。

罗蔓示意其他同事关上门，瞬间任队就看见了墙上、地上尽是被鲁米诺喷过显现的泛着蓝光的血迹。

星星点点，那不规则的血迹让任队也是吓了一跳。

"这是一个人的血？"

"我得把采集下来的血液带回去化验了才能告诉你答案。"罗蔓说完，上前将房门打开，对任队说，"这案子看样子另有隐情。"

任队担忧地叹了口气，忍不住埋怨："祝则清那小子真是的，他怎么每次都能碰上棘手的案子！那天去医院看他，听他讲以为只要证实赵晓娜、魏奇明和陈丽的三角关系，这案子基本上就破了。陈丽不知所终，有杀人动机，抓到她咱们就结案了。所以这节骨眼上死的人是谁，又是被谁杀死的？"

"如果我猜得没错，死的人应该是陈丽。"这时，陆修时从外面进来，望着墙上那斑驳的痕迹淡淡地说。

罗蔓和任队回头看着他，目瞪口呆。

"魏奇明夫妇着急地将鱼塘转手，之后赵晓娜有一段时间不爱吃鱼，这里又有着大量的血迹。我只能大胆地推测他们在这里将陈丽的尸体肢解，之后将尸体装进装鱼食的麻袋里，扔进鱼塘。"

一旁的小吴听完后毛骨悚然。

任队不解，上前一步问道："你是说魏奇明夫妇杀了陈丽，然后又有一个陈丽回过头来杀了魏奇明父子？"

"错了。"陆修时冷峻的眼眸此刻明亮无比，"从一开始我们就都错了。"

"错在了哪里？"罗蔓问。

陆修时锐利的目光直视着他们，一字一句道："从始至终我们收获的线索里有关于陈丽的信息都不是陈丽的，而是另一个人的。"

"你的意思是这个人假借了陈丽的名义做这样的事情，可这个人是谁呢，动机又是什么？"小吴托着下巴思考着，猛然间想起陆修时让他调查的事情，恍然大悟道："哦！我知道是谁了！"

求婚

<1>

陆修时没有接过小吴的话茬，只是对任队这么说："我现在必须回医院一趟。"说完，转身就走。

任队摸不着头脑，拉着小吴使劲地问："这案子我光是这么听听就感觉一头雾水。陈丽不是陈丽，那是谁？谁要杀魏奇明一家？刺伤则清的又是谁，为什么要刺伤他？还有，怎么突然之间陈丽就死了，而且还说是魏奇明夫妇杀的？所以这案子是有人在帮陈丽报仇？"

小吴接连听着这几个问号，脑袋瞬间大了。但是他至少是跟着祝则清在调查，所以有些情况他比任队清楚，更何况不久前他还帮陆修时办了点事情。

"任队，这案子表面上是只有魏奇明、赵晓娜和陈丽，除去魏奇明的孩子，实际上这案子一共有五个人。"小吴结合着各种证据对任队说道。

罗蔓听后也皱眉，五个人？

"上午我们去查了陈丽生活的家，证据显示她是独居，家里没有任何男性生活过的痕迹。更何况全国公安系统里面也没有查到任何有关她的婚姻信息。"小吴说着，不由自主地走动了起来，站在了任队和罗蔓中间，"几年前，陈丽被人举报遭遇家暴，施暴者是罗家清。但罗家清的妻子却并不是一个叫陈丽的女人，而是另外一个和陈丽长得十分相似的女的。"

　　"也就是说这个女人在接受调查做笔录的时候用的是陈丽的身份证，报的也是陈丽的相关信息？"任队反问，"因为长得相似，办案民警并没有过多在意其长相，更何况身份证上的照片和本人确实有差距。"

　　小吴点头，又继续说："按照陆医生的推理，这件事情应该和三年前陈丽被泼硫酸的事情有关。"

　　"陈丽被泼硫酸我们一直误以为是毁容了，但实际上是她的手被毁了。对于女人来说，手是她们的第二张脸，这么理解也没有错得太离谱。"罗蔓补充道。

　　任队试图理解这些零散的信息，他问："陈丽被毁容和罗家清的妻子有什么关系？陈丽的身份证又怎么会在罗家清的妻子手里？"

　　"我想这就是陆医生必须回医院一趟的原因吧。"小吴眼神坚定认真道。

　　一个从未出现的人此刻居然成了案子的关键，任队和罗蔓陷入沉默中。但当务之急，还是要将现场彻底勘查一遍，包括这个充满着罪恶的鱼塘。

　　陆修时坐着另一辆警车先回到了医院，直奔自己所在的科室，他没来得及进办公室首先就打开了赵晓娜病房的门。

　　还有一些谜题，他无法靠推理得知，只能撬开赵晓娜的嘴了。但进去之后，他并没有看见赵晓娜。

　　病床上空荡荡的。

　　陆修时顿时觉得事情不妙，连忙走出病房，拉住忙碌的护士问赵晓娜的去向，她们竟都惊讶地摇头表示不知道。

　　此时，陆修时的手机响了起来。来电的竟是顾槿夏，一种更加强烈的不安直冲陆修时的脑袋。

　　"你在哪儿？"陆修时张口就质问，同时已经麻利地朝自己办公室走去。

　　电话那边很安静，只能听见呼吸声。陆修时也不敢出声，赶忙打开办公室大门，里面空无一人。

　　"陆医生，你听我说你等会儿记得看手机……"过了一会儿，顾槿夏的声音才轻轻地传来。

　　"你在哪儿？"陆修时一眼就看见自己电脑屏幕上暂停的画面，联想到种种。他最担心的事情似乎已经出现了。

"我又看见那个女人了。"顾槿夏的声音又轻又缓,像是在进行一项跟踪尾随的行动。

陆修时的神经顿时紧张起来,他转身离开办公室,大步朝着医院停车场走去,尽量压低声音对顾槿夏说:"槿夏,你现在马上回来!听话!"

他太紧张太担心,即便当下大声吼她也是人之常情,但他不愿这样,他怕他的"不知所措"会吓到她。

然而电话那头忽然没了声音,持续几秒钟后,陆修时只听见了某种东西落在地面所发出的噪音。

而发出噪音的本体就是手机。

最后,停留在陆修时耳朵里的就只剩下沉闷的寂静。

陆修时在无法和顾槿夏取得联系的刹那心跳陡然加快,从未遇到过这种事情的他本应该方寸大乱,但他却和常人不一样,他表现得无比冷静。

尽管此刻他的脑子和心全部被顾槿夏所占据,但仍不妨碍他思考顾槿夏会遭遇的全部可能,以及对方会对她采取的任何一种手段。

凶手针对的并不是顾槿夏,也不知道顾槿夏是谁。短时间内如果不知道她的身份,凶手必然不会轻举妄动。当务之急是要掌握顾槿夏之后的动向。

就在他眉头紧缩时,接到了一个陌生来电。

"喂,请问是陆医生吗?"

"石晓晓?"陆修时一下子就听出了电话那头的声音,直截了当地问。

"嗯,是我,那个我和槿夏本来一起吃午饭的,可是半路上槿夏看到有人开车从医院出来,急急忙忙地拦下了一辆出租车跟了上去。她打电话跟我说,如果半小时内她还没有回来让我和你打个电话,她可能遇上你们要找的人了。"

陆修时听到这话才明白过来,原来顾槿夏当时并不十分确定那人是谁,所以她没有直接将电话打给他,等到她确定的时候,她才敢把这个信息告诉他。

"槿夏是不是遇上什么麻烦了?你们要找谁啊?"石晓晓听不到回应,

担心地问，"槿夏很聪明的，她应该不会让自己轻易陷入危险的。"

她不是遇到危险了，她是遇到制造危险的人了。

陆修时闭上眼睛回忆了下顾槿夏当时给他打电话的内容，她除了说她看见那个女人了，她好像还说了什么手机？

想到这个，陆修时二话不说挂了石晓晓的电话，果然看见未读消息里面有一条来自顾槿夏。

他急急忙忙地打开，竟是顾槿夏在打电话之前就发给他的一张模糊的女人照片。

< 2 >

这是什么地方，怎么有一股怪异的臭味？

短暂的昏迷之后，顾槿夏才渐渐恢复了意识。但昏迷的后遗症却依然让她头痛欲裂。

想必是被人从后面偷袭，只是突然就晕了过去。自己怎么永远也不知道防着点身后呢？

不过一想到自己还活着，顾槿夏就觉得无比幸运。她尝试着想要看清周围的一切，却发现无论她眨几下眼睛，迎接她的仍旧是黑暗。

此时，顾槿夏瞬间起了一层冷汗，因为她完全感受不到自己身体的存在。就像是梦魇，她以为自己已经醒了，却不想她依然还在梦中徘徊。

基于这种"她清醒着，感官却消失了"光是想想就害怕得要死的现状，顾槿夏深吸了一口气，她闭上了眼睛重新思考起这个被困的地方。因为身体不能动弹，她无法触摸到周围，也无法感知所处的范围。

但是鼻子还是灵的，她还闻到了汽油的味道。所以，她这是在某辆车的后备厢里？

顾槿夏用了毕生所学来思考如何脱身，才发现如果只有脑子是自由的，而四肢是束缚的话，那她只能靠意志脱险了。

要不然，就只能等着陆修时来救她了。

陆修时。

　　自然而然地想到他的时候，顾槿夏居然不争气地有点难过。如果一直是一个人，从来没有遇见过陆修时的话，想必她现在会想的事情就只有等死了。

　　可是人啊，一旦享受过被照顾着一切后就会贪恋这个世上的情感，享受过被看穿心事后的保护就会依赖对方的温暖。

　　如果，陆修时不来救她，那她会不会一个人死掉？就像爸爸，一个人悄无声息地消失。

　　暗沉沉的环境让顾槿夏的心情跌入深深谷底，她没法控制自己不去想即将面临的事情。

　　"不能死，司法考试还要考呢！"没想到，最后拯救她灵魂的居然是交了报名费的司法考试。

　　于是她静静地等待时机，等待她身体的解放以及期待有人靠近的声音。

　　环城南路上，陆修时的车子在飞快地前进着。车子的速度如同他脑子思考的速度，他很肯定顾槿夏能获得短暂的安全，但他不能保证凶手一定会放过顾槿夏。

　　所以，他只能争分夺秒地想出凶手会去的地方。

　　这个案子最开始就是因陈丽而起，她想要得到的东西陈丽已经不能给她了，那么她一定会想从赵晓娜的嘴巴里得到。她一定会折磨赵晓娜，直到她听到有价值的东西。

　　"那么这个地方也只有一个了。"

　　明确目标之后，陆修时又使劲踩了油门。

　　这边接连打了几个电话陆修时都不接的祝则清纳闷了，案子调查得怎么样了也不说一声。他正怀疑陆修时和顾槿夏没准正卿卿我我的时候，石晓晓却打了电话进来。

　　接通后，他还没来得及亲昵地叫一声"晓晓"就被她所陈述的内容给吓了一跳。

　　"你说什么？"他急得一下子掀开被子从床上下来，腹部的伤还没有完全愈合，动一下就有种撕裂感。他只能捂住腹部，艰难地往外面走。

这时候他手机里却传来了徐嘉澍的简讯，内容是他正在一个青山绿水的环境中享受农家乐，顺便可怜下祝则清那无法进食的肠胃。

祝则清本想不予理会，可一看他发过来的地址，直接一个电话打过去，接通后就质问道："你说你在哪儿？"

正和合作的对象喝茶洽谈的徐嘉澍听到祝则清噼里啪啦紧张兮兮的话语，顿时感觉这农家乐怕是要作废了。他抬头望了下周围，顺便问了下同僚这个附近的地址，结果和祝则清说的吻合。

"那你得快点了！"

电话那头祝则清几乎是咬着牙交代的，徐嘉澍毕竟只是个律师，并没有什么实战经验，怕万一打起来还没有女人厉害可真是丢了祖宗八辈的脸。

"我马上就去！"徐嘉澍茶杯一放，起身就往外走，也不顾同僚在身后叫唤。"修时知道这事了吗？"

"废话！"祝则清再一次破口大骂，"我让你过去就是为了避免顾槿夏受到伤害！你动作再慢点，凶手要是伤了顾槿夏的半根汗毛，我跟你说这比案子没破还惨！"

在这节骨眼上，祝则清讲的话似乎偏离了他在查的案子。但世上查不出的疑案太多了，他拼尽全力是为了还冤屈者一个公道，也是为了对得起自己警察的称号。

但他不能因为一桩案子搭进去自己兄弟本应该得到的幸福。

"行行，你别发火！你急我更急！你放心啊！"徐嘉澍也火急火燎地挂了电话，急忙启动车子，方向盘一打就直接出了农庄，前往祝则清所交代的地址。

这边交代完离现场可能最近的一个人之后，祝则清又立马打电话给了小吴，将对徐嘉澍讲的话又重新说了一遍。但是这次，他让小吴几个人分头行动。因为他不确定凶手会去哪儿，他只能确保万无一失。

可千万不能出事啊。祝则清腹部的疼痛感越来越强烈，他只能倚靠在门框上，对着挂在衣架上的警服祈祷。

这边迷迷糊糊又不知道过了多久，外面的空气变得稀薄，似乎天色已渐近晚上。

此时顾槿夏忽然感受到腿部一阵麻酥酥的感觉。

"我好像能动了。"

她有些雀跃，过于激动一个起身，直接撞到了后车盖，整个人重新倒了回去。

"嗷！"顾槿夏抬手捂住额头，突然惊讶地嘀咕，"这人居然没给我手上绑绳子？是不是因为我右手还缠着绷带不好绑啊？"

忽然之间，人生处处是希望。

于是，顾槿夏屈起腿，然而上帝给开了一扇门之后一定会关上一扇窗。

是的，双脚是被绑着的。

"Oh，shit！"顾槿夏无力地垂下双手，因为她不容易够到脚，加上右手断了之后好像显得手都变短了起来。

喘了几下之后，顾槿夏慢慢地做起了瑜伽的动作。她把身体向左倾，双脚收拢往后抬起，双手使劲往后，哪怕只要碰到绳子一点点也算是成功了。

事实证明，这个方法是可行的！顾槿夏如愿地摸到了绑着脚的绳子，可是摸上去那材质怎么好像是一根皮带？于是她又试着摸了一下，居然还真的给她摸到了皮扣。

解这个就简单多了。

而当她顺利解开那个扣子，拉松皮带的时候，她听见了逼近的脚步声。顿时，浑身细胞在一个个紧张地死去，她以最快最轻的动作让自己恢复之前昏迷的样子。

后备厢咔嚓一打开，顾槿夏后背就起了细细的一层冷汗，她表面还要看起来毫无知觉。

"麻药的药效能撑这么久。"

一个女人的声音，这声音就是她曾经听见过的。

这个女人粗鲁地一把抓住她绑着绷带的手将她整个人拖出了后备厢。

右手传来的剧烈疼痛让顾槿夏无法装死，就在这个女人想要将她拖到地上，顾槿夏的双脚碰到了坚硬的地面瞬间，她立马单脚站直狠狠地踹了对方一脚，之后扭头就跑。

但令顾槿夏想不到的是，天真的已经黑到她都看不清前方的路了，只是才转身跑出两三步就直接摔了个狗吃屎。

就这么巧，那里有块从泥土里"长"出来的石头。石头绊倒了她还令她膝盖也差点碎了，手肘什么的就更不用说了。但她还是艰难地站起身，随时准备第二次逃命。

"还跑？"身后那个女人阴冷的笑声传来，从顾槿夏身后直接一个箭步揪着她的马尾直直将她往后方的房子所在的方向拖去。

那动作，几乎不存在任何感情。

"你放开我！"顾槿夏回身，弯起肘部就朝那个女人胸口捅去。肘部是身体较厉害的部位了。

那女人显然没预料到独臂顾槿夏的战斗力，吃痛之后五官也瞬间变狰狞。那女人弯腰片刻便再次追上顾槿夏，这次女人没有任何的手下留情，故意抓住了她的右手，然后狠狠地将她甩到车上，拉着她的手别过她的背。

顾槿夏在完全不能占优势的情形下忽然有点明白那女人要做什么，她奋力地挣扎抵抗着。

但，穷凶极恶的人在此刻也不会有所改变。

只是在一个眨眼的工夫，那女人硬生生地将顾槿夏的右手给第二次掰折了。

这次，顾槿夏的胳膊连接着肩膀的部位彻底断裂开了，这预感到结果的疼痛比做英雄时的疼痛要来得惨烈。

她几乎是哀号了一声就痛得双眼发黑，耳朵嗡嗡作响，身体就直直地往地上倒去。

之后，在孱弱的月光下，那女人抓着顾槿夏的脚将她拖入了被黑暗笼罩的地狱。

那女人将她拖进了囚禁着赵晓娜的地方。这是一个与房子脱离的独立小仓库，里面只有一张桌子，但桌子上摆满了各种各样的利器，赵晓娜双手捆绑着被吊在一边，身上已是遍体鳞伤，身上、脸上都是污垢的鲜血。

"她是谁？"这女人不管不顾赵晓娜的死活，只是朝她泼了冷水，拿着一把剪刀质问道。

赵晓娜全身都在痛，已经颤抖到不能控制。她被从头上流下来凝固的血液蒙蔽了双眼，微睁，只能模模糊糊看见地上倒着的一个女人身影。

"我认识的人都死了。"她气若游丝，却发出冷笑。

这一笑让眼前的女人也放声大笑了起来，笑到不能自已。猛然间一个回身，她那锋利的剪刀划过了赵晓娜的脸颊。

"啊——"赵晓娜凄厉地惨叫着，新鲜的血液顺着脸部的轮廓滴落到了胸口，浸湿了她胸前的衣裳。

"都是被你害死的！"那女人突然气愤地怒吼。

这一吼令顾槿夏从疼痛中稍微清醒了过来，她吃力地睁开眼睛，赫然看见吊在那里的赵晓娜披头散发，鲜血布满了整个脸颊，黏稠的长发中裸露的一只眼睛就像是从地狱来的恶魔之眼，可怖至极。

顿时，顾槿夏被吓到瞳孔放大，苍白的脸颊更是成了一张白纸，但她却怎么也叫不出声。

"他在哪儿？"那个女人耐着性子又一次地问道。

赵晓娜早已体力透支，身上最初是汗涔涔的，可最后融入的血液使得她整个人像是刚从死人堆里爬出来一样。

"或许你可以问一问死掉的人，他们知道。我现在只是一个手无缚鸡之力、精神异常的女人。你就算把我杀了，你也不可能得到你想要的。因为知道的人都死了！哈哈哈！"赵晓娜像是疯了一般说着笑着，全然不顾那些绽开的皮肉所带来的疼痛。

顾槿夏有些恐惧地看着眼前这个赵晓娜，她脸上的惊恐与无助、疼痛与绝望，忽然被赵晓娜放大。

此时，那个女人转而将矛头对准了顾槿夏。

"既然她疯了，那就你说。"这次，女人手里的利器换了把匕首。

此时此刻，顾槿夏所想的居然是，那把匕首看起来像是刺伤祝则清的凶器。

"你想知道的事情有个人一定可以告诉你。"她承认，如果再挨一刀她一定完蛋了。所以在陆修时找到她之前，她必须拖延时间。

果然，女人握着匕首的手迟疑了下，她弯腰屈膝，膝盖却半点都不碰到地面，眼睛里充满着不信任。

"你忘了吗，你在陆医生的办公室见过我。"最后，顾槿夏决定赌一把。

对方眼眸一闪，似是想起什么，微眯着眼，盯着顾槿夏若有所思。

这短短的几秒钟内，顾槿夏已经想好接下来要说的话了。性命攸关，拼了！

＜3＞

在那几队往这边赶来的人中，只有徐嘉澍离这里最近，可是他却迷失在了这小村子中。导航总是奇怪地偏离目的地，等到意识到的时候，他竟绕到了隔壁村。

此时，望着隐隐月光，徐嘉澍露出一脸"完了"的表情。

月光渐渐地从厚厚的云层中露出了端倪，那幢隐于村子最外围的房子仍旧黑漆漆的，看不见生机。

当点点月光倾泻而下的时候，一个颀长的身影出现在了月光下。他望着那幢阴森森的房子，并慢慢地朝着它走了过去。

"陆医生。"女人冷哼了下，却不放过能获取结果的机会，"你和他什么关系？"

被问到这话，顾槿夏愣住了，她这会儿要是说"没什么关系"估计会被直接捅死。

于是思前想后，她忍着疼痛说："同居关系。"反正原话是陆修时自己说的，她再说一遍也不算撒谎。

"同居？同居又怎么样？你长得漂亮，不会只是他的同居对象之一吧？

就像她的男人，一天到晚灯红酒绿的，拿她当傻子耍。"女人继续冷笑着，拿着匕首在顾槿夏脸上轻轻地划过，却不弄伤她半分。

顾槿夏是万万没想到这个女人会问出这么刁钻的问题，右手的疼痛让她脑子都有点卡壳了，她憋足劲说："陆医生是这世上除了我爸妈，不管几点只要我说一声就起来给我煮东西吃的人！"

说得有点咬牙切齿，但是身体的疼痛让顾槿夏的舌头都有点打战了。不过这几句似是而非秀恩爱的话倒是起到了作用，那把匕首离开了她的脸颊。

女人站起身，思考着接下来要怎么办。

与此同时，仓库的门却被重重的一脚踹开了。那在寂静黑夜中极为震惊的响声，令那个女人都一下子被震慑住了。

顾槿夏有点迷茫，因为她好像看见陆修时了。他就像是从天而降的勇士，救她于危难之时。

他身上有着神一样的光芒。

"她说对了，我知道你想要的东西在哪儿。"陆修时直面着眼前这个终于出现的女人，镇定地说道。

女人望着他，忽而笑了，只是慢慢后退重新回到顾槿夏身边，一把揪住她的头发，迫使她半个身子直了起来。

"你要再动她一下，我敢保证你永远也得不到那东西。"陆修时在进来的瞬间就看到满身是伤的顾槿夏，心就被狠狠地揪着，恨不能冲上去就把眼前这个罪魁祸首给撂倒了。

但，冲动会毁了这所有的一切。他不能让祝则清的心思白费，也不能让这人逍遥法外。

"我怎么知道你说的是真话还是假话？"女人松开顾槿夏，但刀尖依然对准她。

陆修时从口袋里掏出一张照片，陈旧的照片上两个少女绑着一样的马尾在春天的油菜花田里嬉笑着。

他手上拿着照片，一步一步向她们走近。他说："这张照片就是你和陈丽吧。你们从小就认识，因为过于相似的外貌让你们成了好朋友。"

女人脸色一变，厉声道："别说废话！"

"我说完这些，你自然就知道你想要的东西在哪儿了。"陆修时不紧不慢地说着又往前挪了一步，"一直到适婚年龄，你嫁给了一个有着暴力倾向、无时无刻不折磨你的丈夫，而陈丽却一直过着独身生活。你总是哭着向陈丽抱怨自己的丈夫怎么对你，陈丽劝你离婚，你却觉得丈夫那种表现也是爱。其实陈丽不知道，你根本不想对她哭诉，你只是因为被她发现身上的伤痕，怕她追问，不得已说出了口。"

"嗬！"女人的眼神渐渐犀利起来。

陆修时就像在讲自己看见的事情那样将事情叙述出来。

"陈丽看你总是被折磨，非常不忍心。第一次她选择了报警，她以为警察会帮助你。虐待家庭成员，情节恶劣的，处二年以下有期徒刑、拘役或者管制。但这个罪名必须经过起诉才会被判处的。偏那么巧，陈丽的身份证在你身上，你不得已进行了法医鉴定，登记的全部是陈丽的信息。是吗，乔乔？"

这个一直以陈丽的身份生活着的女人听到这个许久未曾被人叫起的名字，嘴角渐渐地翘起。但是她依然不作声，只是微微扬起下巴看着不远处的男人。

"陈丽不愿看着你被伤害，继续帮你出主意，可她想到了一个最笨的办法。她找到了魏奇明，这个和她只是相识一场的男人。"陆修时说到魏奇明的时候看了眼赵晓娜，她依然无动于衷。他又说，"可她没想到的是，她只是想让魏奇明教训下他，魏奇明却将他打死了。"

故事到了这里，女人逐渐产生了焦躁的情绪。是的，陆修时讲到了重点。

"魏奇明。"她强调了这三个字，这证明她知道罗家清已死的事实。

陆修时趁着她恍神期间，又朝她走近了一步。

他着急着想把顾槿夏救出来，想确认她的伤势。眼看着她嘴唇泛白，额前的碎发也被冷汗浸湿，躺在地上几乎就要陷入昏迷。

那女人却在突然间大喊："他在哪儿？"

"陈丽把事情经过都写在了日记本里。"陆修时将手伸向外套内侧,但动作缓慢,"她说她和魏奇明一起把罗家清的尸体给藏了起来,而魏奇明借此威胁了她……"

"快把日记给我!"她撕扯着喉咙喊着。

陆修时的手还是停在那里,他问:"你不想知道魏奇明威胁她什么了吗?"

乔乔简直快被逼疯了,她突然扬起手中的匕首对准了陆修时,整个身体前倾想要逼近他。

说时迟那时快,陆修时突然抽出了手,他手上并没有什么日记,却惊现了一把枪,枪口对着乔乔的肩膀,立马就开了一枪。

枪声响起,乔乔应声倒下。

陆修时连忙跑上前,踢开乔乔身边的刀子,一把将顾槿夏从地上抱起,将她横抱着出了仓库门。

此时,小吴才带着人迟迟赶到。

警车包围了这幢房子周围,警察将这里围了个水泄不通。

"陆医生,救护车就在外面!"小吴见陆医生横抱着昏迷的顾槿夏冲了出来,便心领神会地指着救护车冲他喊。

陆修时同小吴擦肩时说:"乔乔和赵晓娜都在里面。"

"行,我知道了。你快送她去医院,这里交给我!"此时的小吴也帅得掉渣。

陆修时本想将顾槿夏抱上救护车,但来的只有一辆,后面赵晓娜和乔乔都受伤了。为了避免麻烦,陆修时决定自己开车送顾槿夏去医院。

他小心翼翼地将她放到车子后座,发现她右手臂已经肿得厉害,轻轻地捏了下,顿时露出了震惊状。

"陆医生。"他刚想关门,却听见顾槿夏在轻声呼唤着他。

"我在这儿。"陆修时握住她的手轻拍安慰,"我马上送你去医院。"

"我的右手会废了吗?"她眼睛微微睁开,却有泪水隐隐流了出来。

陆修时心头一颤,坚定说:"不会!"

医院，祝则清已经在焦灼地等待着了。他在急诊室大门口一眼就看见不远处陆修时急急驶来的车，忙上前了一步，看着他下车后打开了后座的车门。

"槿夏怎么样，伤得严重吗？"祝则清行动不便地停留在不远处，很是担心地问道。

陆修时抱起顾槿夏，看见祝则清便瞪了他一眼道："你的伤还没好，回去躺着。"说完，便赶忙招呼护士过来将顾槿夏推进了急诊室。顿时，好几个护士都围了上去，只听见各种器械的声音。

站在急诊室外的陆修时脸色难看，心里有些感慨。他好像不止一次站在这个危险的门外等着对自己而言重要的人出来。这种感觉太难受了，难受得他根本无心承受第三次。

"你怎么还在这里？"看见祝则清又同他并肩站着，陆修时话语冷清，却透着十足关心。

祝则清只是站一会儿都觉得有些力不从心，只能就近找了个急诊室门口的座位坐下。抬头看着不止一次露出这种紧张、内疚又急切样子的陆修时，而这个样子的他完全只是因为顾槿夏，都是因为顾槿夏。

"修时。"

陆修时转头，看着他，深吸一口气后走过去和他坐下，久久未开口说话。

彼此之间的距离抬起手肘就可以碰到，却在沉默间好似隔了几个世纪。

"案子差不多结束了。罗蔓那边的化验结果就可以将乔乔送上法庭。"末了，陆修时才开口，然而开口仍旧是案子。

祝则清看了他一眼，问："乔乔？"

"嗯，她是罗家清的妻子，被家暴的也是她。她和陈丽是朋友，但她是个斯德哥尔摩综合征患者，这类人屈服于暴虐，会将起初对施暴者的恐惧转化为感激，后又成为一种崇拜。到最后他们也会下意识地认为施虐者的安全就是他们的安全。这些从她不肯离开罗家清这一点就可以证明。她其实是恨陈丽的，她恨陈丽把她和罗家清分开，所以她把她做的一切全部赖到了陈丽的头上。"陆修时将剩下的细节统统告诉了祝则清。

"那魏奇明父子的死也是乔乔干的了？她是怎么找到他们的？"祝则清对案子的转折感到了莫名其妙，好像他从来没有参与过这个案子一样。

陆修时把当时拿出来的照片和日记交给了祝则清，顺便从口袋里拿出了一根皮带说："这是我在现场找到的，不出意外的话这应该是勒死魏奇明的凶器了。"顿了顿之后，他又接着说，"乔乔的目的只有一个就是找到罗家清的尸体。而尸体就藏在陈丽家的厨房，到时候你让小吴去查一下就可以了。陈丽的日记里有一段话，她说'晚上睡觉都感觉他就在附近，近到就在我的隔壁'，人们擅长隐藏事实，即使在日记里也一样。他们并不想承认事实，想要掩盖事实，但内心的不安迫使他们做出了透露秘密的做法。我剩下未完成的推理就来自陈丽写了没几页的日记。"

祝则清大致浏览了下，在翻到最后一页的时候，他看到了陈丽的结局。

"她去了结这一切？"祝则清疑惑地对着日记反问。

陆修时浅叹口气，甚是遗憾。他说："魏奇明杀了罗家清，他告诉了陈丽，两个人联合将尸体藏了起来。而魏奇明以此威胁陈丽同他发生关系，这也是后来为什么会有泼硫酸那一幕的发生。陈丽心力交瘁，想要结束这一切。但她的天真在于，她以为魏奇明会同意和她一起去自首。"

话说到这里的时候，祝则清恍然大悟："你是说魏奇明杀了陈丽？"

"或许。"陆修时显然有话没有说清，"乔乔会知道这件事我猜一定是陈丽在出发去找魏奇明的时候透露给她的。毕竟陈丽是善良的，一心想要帮助乔乔。只是没料到乔乔已经觉得罗家清对她的所作所为全部出于爱，而陈丽剥夺了她的爱。她回来之后找不到陈丽，自然去找魏奇明。"

祝则清面露诧异，但并不是因为乔乔。

"你在怀疑什么？杀死陈丽的难道不是魏奇明？"

"是魏奇明。"陆修时肯定地回答。

"那你的意思是杀死陈丽的并不是只有魏奇明，或许还有赵晓娜。"祝则清对这个结论表示恐惧，"他们一起将陈丽大卸八块，扔进鱼塘。这可真的是……"

陆修时这次没有肯定也没有否定，他只是平静地说："邻居都曾说魏奇明伺候赵晓娜非常用心，凡事都听她的话。换句话说，在这对夫妻关系里，赵晓娜才是真正有控制欲望的人，她是主导大局的人物。"

"实质性的证据呢？"

"没有。"陆修时看着祝则清，忽而笑了下说，"人们也很擅长装疯卖傻以逃脱法律的制裁，我虽然可以鉴定赵晓娜的精神状况，但现实是你们也无法将她定罪。这案子真正的赢家，是最后活着的那一个。"

祝则清有丝不甘心，却也只是无声地坐着，仰望着天花板，医院的天花板单调难看清冷。

现实总是有很多的不如意，正义能将罪恶伏法，却没办法将所有与罪恶相关联的人拖入相同的地狱。

有人死去，有人哭泣，有人活着，有人笑着。笑着的人或许在笑着死去的人，笑着哭泣的人，笑着依然活着的自己。

祝则清突然转头朝陆修时伸出了手："你开了几枪？"

陆修时没有动作，只是平静地说："一枪。打中了乔乔的肩膀，贯穿伤。"

"呼——"祝则清叹了口气，不知道是在庆幸陆修时只开了一枪，还是因为乔乔受的并不是致命伤，又或者是其他。他接着说了一句，"记得把枪还我。"

陆修时点头，也叹了口气道："那种危险的东西我也不想随时带在身上。槿夏她……"

"哦，对了，我让嘉澍去找槿夏，你有和他碰上吗？"最后，祝则清想到了这茬。

陆修时皱眉，困惑不已："嘉澍，你让嘉澍去找槿夏？"

祝则清愣住，片刻后低喊："天哪，徐嘉澍！"

夜深人静，荒山野岭。

"救命啊！则清，修时，玲珑！我迷路了！你们谁来救救我！哦，fuck，为什么没有信号？"

　　山里的空气稀薄清冷，顾槿夏重重地摔在地上，就像是被人从高处扔了下来，身上的骨头都咔嚓咔嚓作响。那个人气势汹汹地朝自己走来，二话不说抓住她的头发，又再次将她狠狠地甩在了地上……

　　"别碰我！"顾槿夏猛然间坐了起来，微喘着气，后怕地望了眼自己被包扎得更加严实的右手。

　　忽然之间，难过至极，她忍不住悲伤、懊悔，没由来地沮丧、绝望。

　　陆修时听到动静，赶忙起身来到她的身边，轻抚着她的背，安慰道："没事，不会有事的，都过去了。"

　　顾槿夏看到眼前的陆修时，嗫嚅着说不出话，最终还是无声地哭泣着。

　　陆修时看着顾槿夏反反复复被经历过的事情所折磨，心疼得很，无奈自己本身是医生，却在面对顾槿夏的脆弱时连他都感到很无助。

　　于是，他只能轻轻地拥她入怀。

　　"陆医生。"顾槿夏抽泣着唤着陆修时，半天才说，"我想剪头发。"

　　陆修时明白顾槿夏的焦虑，但他不能让过去已了的事情成为她的心结。

　　"长发短发都好。"陆修时轻拍着她的背，语气缓慢温柔，"你不问问我喜欢长发还是短发吗？"

　　顾槿夏这会儿泪眼婆娑，没想到陆修时会提出这样的问题，但她并不反感，却意外地想要知道他的偏好。

　　"那你是喜欢长发还是短发？"她问。声音同样的轻柔，却有着女孩子独有的甜美。

　　陆修时松开她，抬手轻轻拭去她的眼泪，注视着她的双眼，认真地说："喜欢你。"

　　这话像是一个从天而降的雷击，让顾槿夏措手不及的同时也让她的心从惊惧状态转而变为了无比的心动。

　　她承认，陆修时突然的告白让她感觉自己好像得到了上天的恩宠。

　　于是，她好久都没办法给陆修时一个回应。

　　"你这是乘人之危。"末了，顾槿夏对着陆修时上了她的床的举动做出了反应。

陆修时照顾她躺下，又替她盖好了被子，说："等你睡着了我就回去。"

顾槿夏望着陆修时，同他对视，才发现他的眼睛并不如往日的那般深邃与不可捉摸，他的眼睛里是她，一个对他有着依赖感的顾槿夏。

"不要看着我，"陆修时拿手覆盖在了顾槿夏的双眼上，似有无奈，"心里想着我就好。"

顾槿夏笑了下，眼睛依旧被陆修时蒙着，轻声对他道了句："晚安。"

手心里感受到顾槿夏睫毛的轻颤，陆修时觉得自己的心也被挠了一下。他悠悠地低头，吻在了她微凉的双唇上，片刻低声道："好梦。"

那一晚，梦依旧在继续。但顾槿夏没有再被坏人欺负，因为陆修时也出现在梦里，他在她前面保护着她，就像一道坚实的屏障，保障着她所有的安全。

但顾槿夏隐约地感受到现在的自己似乎和之前不一样了，这不一样的地方让她感到恐惧。

甚至，她会觉得这个"不一样"将给她带来无穷的噩梦。

"嘉澍还在生我们的气啊？"

祝则清的伤已经痊愈，之前魏奇明父子被杀一案已经交给了法院。

面对着祝则清的疑问，陆修时表示一点也不在意。他只是喝着茶，望着窗外。

约徐嘉澍吃饭的道歉计划失败之后，祝则清也有些不好意思。但他觉得徐嘉澍之所以不愿意来，多半也是在对自己生气吧。

"其实关于乔乔杀人的案子还有疑点，我总觉得……"祝则清虽然最后没有参与抓捕，但对案子的细节他还是非常在意上心。

陆修时放下杯子，看着祝则清，眼神清澈却充满着警告。他说："案子已经结束了。结束的你就该放下。"

听到这话，祝则清意味深长地望着陆修时。这话的意图太明显，明显得让祝则清不知道该如何接下去。

"修时，你是不是……"他想问，却在看见陆修时一个轻微的皱眉动作之后放弃。

玻璃橱窗外，徐嘉澍的车却悄无声息地靠边停了下来。从车上下来一个他，还有顾槿夏。

"怎么小夏和嘉澍一起来了？"祝则清一眼看见门外两个人正往这边走，诧异于这样的组合，忍不住问道。

陆修时把视线重新放回到祝则清身上，微微蹙眉重复道："小夏？"

"咳！"祝则清尴尬地半强迫地同他对视，解释道，"我要是叫她槿夏，你一定会不高兴。所以我只能退而求其次称她小夏。那个石晓晓偶尔会这么叫她，所以我就学一下。"

陆修时对这样的回答不予置评，反正怎么叫顾槿夏他心里似乎都不怎么高兴。

"你们在聊什么？"顾槿夏笑着走近他们，她手上的伤还没有完全好，依然缠着绷带，只不过比之前少缠了一些。

陆修时起身伸手拉过顾槿夏的手，将她往自己身边的位置带，边带边说："累吗？"

顾槿夏微笑着摇摇头说："我现在习惯用左手了。"

徐嘉澍摁住领带拉开椅子坐下，调侃道："我什么都没让槿夏做，拿份文件都是我自己来的好吗，你这句'累吗'的语气怎么那么像是对孕妇说的？"

听到这话，顾槿夏愣住了，抬头看了眼陆修时，他一直在看着自己，眼神完全没有闪躲。她立马想到这几日他们一直纯洁的共枕眠，尽管纯洁，但脑子里总是害怕一个不小心他们就会不小心越界。

可是为什么害怕中还带着期待呢？

想到这个，顾槿夏觉得自己有点羞耻，忙晃了晃脑袋，勉强地撑起一个笑脸。

"哦哟，你们好像有事情发生哦。"祝则清的眼睛就像是在审犯人一样打量着顾槿夏的微表情。

徐嘉澍也笑着喝了口祝则清的咖啡，刚喝下去就呸了一口说："你这什么口味，都不加糖加奶的吗？"

"你可以自己点一杯啊。"祝则清嫌弃地瞥了他一眼，又挖苦道，"我以为迷路的大律师已经没脸来见我们了呢。"

"呃，刚刚是在说谁怀孕的事情吧。"徐嘉澍忙掩饰着捂了下嘴巴，看向顾槿夏。

"等她身体各方面都恢复准备好了，会怀孕的。"哪知，陆修时却突然语不惊人死不休地来了一句。

惊得顾槿夏差点跳起来，她无措地望着陆修时，实在是不知道该说什么。

"你怎么是这个反应？"祝则清偏头略好笑地看着顾槿夏。

"啊？我怎么了？"顾槿夏此刻的尴尬和害羞令她不得不装傻。

"修时在向你求婚。"徐嘉澍轻描淡写地总结概括了一句，抛了个"兄弟我懂你"的眼神给陆修时。

求婚？！顾槿夏震惊地甩了下头，目光再次与陆修时相碰，他仍旧是保持着淡淡的样子，也不知道他在想什么，也不知道他们说的是不是真的。

"嗬，我和陆医生连情侣都不是，说什么求婚。"顾槿夏找了个不像样的理由。

因为这话听起来更像是在逼陆修时在求婚之前补充一些遗漏的环节。

陆修时忽而面向她，眼里的情绪有了波动，此刻的他比任何时刻都要冷静，他对她说："无论从情感的角度还是从实用主义的角度，我们终生都彼此需要。"

"这是哪里得出来的结论？"顾槿夏承认，她心跳得厉害，但她还是努力平复自己的情绪。

"你觉得呢？"他反问，或者说是逼问。

"所以你是真的，在向我求婚？"她终于妥协面对这个来得有点意外的问题。

陆修时浅浅地笑，说："那我是不是可以把房间里的床换成双人床了？"

"哦吼！"对面坐着的两个兄弟互相搂肩朝着他们吹口哨。真的好久好久没有碰见过这么激动人心的场面了，何况是发生在陆修时的身上。

简直铁树都要开花了。

但此时顾槿夏勉强笑着的脸渐渐地僵硬起来，她确实在不知不觉中对陆修时有了别样的情怀。但现在的她深感不安。在被乔乔狠毒对待的时候，她的内心里同样住进了魔鬼。

"对不起，我……"顾槿夏犹豫着开了口，在他们三个都同时看向她的时候，她起身说，"我去下洗手间。"

陆修时有些诧异地望着她的背影，不语。

对面的徐嘉澍尴尬地同祝则清对视了一眼，埋头喝茶。

"她好像有点奇怪。"祝则清大胆地提出了疑惑。

陆修时的眼睛并没有看他们，只是淡淡地说："我知道。"那神情并不轻松，很是凝重。"从案子结束到现在，她的精神状况时好时坏。也就是说，她并没有想要和我结婚。"

结论一出倒是吓坏了徐嘉澍，他连话都不敢说了。

气氛突然沉闷起来，陆修时的不苟言笑在此时特别令人害怕。

"所以你也并没有求婚。"祝则清吐出一句无奈的话来，他看着顾槿夏桌前的那杯清茶，香气飘袅，却平静如死水。

陆修时再次陷入沉默中，冷漠的眼神、失落的神情以及不可猜测的心思。

祝则清不是不能明白，遭遇了那样事情的顾槿夏能恢复到这种程度已经是万幸。从陆修时的话里不难听出，困扰顾槿夏的另有其事，而且绝对是坏事。

只是，不知道陆修时作何打算。

喝完下午茶之后，徐嘉澍看了眼心事重重的顾槿夏，便主动对陆修时说："早点放槿夏下班了，成人之美。"

"不用，我还有很多资料没有整理。"顾槿夏立马拒绝了徐嘉澍的好意，只是说完时小心瞥了眼身边寸步不离的陆修时。

徐嘉澍尴尬地笑着看了眼陆修时，表示"老大，给点指示啊"。

陆修时牵过顾槿夏的手，对着徐嘉澍说："谢谢。"然后侧身面向顾槿夏，依旧带着温暖的笑意，"忘了？今天要回医院复查。"

是啊，右手还没有完全恢复。顾槿夏这才想起，可自己都会忘记的事情，陆修时却始终记得。这种甜蜜的温馨与内心无比的挣扎让她陷入重重矛盾中。

祝则清思考着他们两个此刻模糊不清的关系，若有所思地看着顾槿夏。

确实，她好像变了。眼神？又或者是她这个人？

"想什么呢？"徐嘉澍拉过祝则清问道，同时也顺着他的目光看向了还是那么漂亮的顾槿夏，忍不住调侃，"槿夏真的是个美人啊。"

"是，她确实是。"祝则清轻声应答着，"所以充满危险。"

曾经，他触碰过类似的危险。如果顾槿夏是，那谁来救陆修时？可修时，他应该什么都知道。

医院里，既井然有序又乱糟糟个不停。

陆修时带着顾槿夏去骨科医生那里复诊，期间对于医生提出的问题，陆修时都非常准确地替顾槿夏回答了，搞得骨科医生只能笑而不语地看着眼前这对极度般配的情侣。

出来之后，顾槿夏有些好笑地看着陆修时说："你好像把我当孩子看呢。"

"你本来就是孩子。"陆修时不假思索地说道，顺势又牵住了顾槿夏的手，"晚上需要哄着才能睡着的难道不是孩子吗？"

顾槿夏涨红了脸，面对着陆修时不加掩饰的爱意，她犹豫着，半晌之后她停住脚步，和他站在了通往精神科的楼道上，望着他说："陆医生，我有话想跟你说。"

陆修时也站定同她对视，只是没等她说什么就抢先一步认真道："不接受任何反对我想和你缔结婚姻的话。"

顾槿夏看着陆修时的眼眸，他总是这么的睿智、沉敛，他似乎能看透所有的事情，包括她的心思。

"今天晚上我想吃你做的菜。"踌躇不决，最后顾槿夏浅笑着给出了与最初想说的事情完全背道而驰的话。

"好。"陆修时笑着应答。

不管顾槿夏是否真的变了，这一刻陆修时宁愿相信自己的感性，相信顾槿夏的存在是上天给他的礼物。

陆修时因为一些零碎的工作需要处理交代，两个人便一起到了精神科。这一次，陆修时没有让顾槿夏留在办公室等他，而是一直让她待在自己身边。

路过赵晓娜所在的病房时，顾槿夏顿时有些紧张。比起乔乔所给的伤害，赵晓娜给的精神折磨却也是真实存在的。顾槿夏至今都不敢回想那双犹如地狱看上来的眼睛。

"别怕。"陆修时轻声宽慰道。

病房里的赵晓娜身上的伤都已经痊愈，脸上的伤疤却还是触目惊心。唯恐顾槿夏见之崩溃的陆修时忙照顾她坐在了走廊的座椅上。

"我一会儿就出来。"陆修时叮嘱道，轻轻地摸了摸顾槿夏的头。

顾槿夏明白，就算陆修时不说，她也决定不再跟随。毕竟那是一场噩梦，过去的虽已过去，但却仍旧影响着现在。

陆修时走进病房，看着赵晓娜躺在病床上，面无表情。当然，脸上的伤疤也限制着她的表情，同时也掩饰着她的表情，一切都看起来很正常。

"好点了吗？"他问。

赵晓娜目光锐利，瞪着他一言不发。

陆修时上前，看到她的眼神里充满着对他的敌意。但是他知道，赵晓娜比任何时候都要清醒。

"还知道我是谁吗？"陆修时接着问。

赵晓娜忽而扯动着嘴角，似笑非笑，孱弱的她此刻看起来狠毒无比。

她想大声发笑，却被脸上的伤口撕扯着抑制着这种从内心涌上来的可笑感。

陆修时镇定地同她在这场暗涌的氛围里较量着，面不改色，沉稳得让人不可思议。

赵晓娜笑不出声，却像是得了咳嗽。她动了动嘴唇，微扬起下巴，一字一句咬牙切齿道："你永远抓不到我。"

陆修时手上拿着文件夹和笔，顺势就将这句话写了下来，笔还是那支笔，那支属于顾槿夏的笔。

"你永远抓不到我，哈哈哈，你永远抓不到我！"赵晓娜不管不顾地撕扯着喉咙低喊了起来，带着那种沉闷于心底的愤怒与悲哀。

陆修时将笔插回上衣口袋，冷静地问道："谁？"

"你抓不住……永远也抓不住……"

最后，陆修时退出病房，反复想着这句话，内心隐忍着的不安突然被放大。

想起之前祝则清他们的调查情况，乔乔当街抢完孩子并没有逃跑，而是抱走孩子后就蹲在街角，似笑非笑地望着追赶上来的家人，这样的行为无异于自投罗网。

那么乔乔抢走别人的孩子被人报警后强行送入医院就是个彻头彻尾的阴谋。她暗中进入他的办公室调查他是否受了别人的指使？如果是这样，那么他长久以来感受到的被监视这件事就得到了证实。

有人在背后操纵着这一切。

可是，是谁？

门外的顾槿夏听到这句话的瞬间像是被人掐住了咽喉，像是快窒息一般。她手颤抖着捂着嘴巴，背靠在墙上，那晚的点点滴滴直接投影在了走廊的墙上。

她不断抑制住那很有可能下一秒就爆发的情绪，咬着牙让不该出现的泪水隐忍在眼眶。

这边，祝则清刚回到局里就接到了同僚的电话，电话那头并不是同事的声音，是一个女人的声音。

她说："他永远也抓不到我。"

而这个声音来自于即将被判刑的乔乔。

"他"杀人了

<1>

毫无意外，今天又是一个平凡的日子。但对于顾槿夏来说，这简直是值得庆祝的一天。

"谢天谢地，我的右手回来啦！"顾槿夏在骨科医生面前就剩差点手舞足蹈拉着他跳起来了。

当然，如果顾槿夏硬要拉着骨科医生的手欢庆，骨科医生必然是拒绝的，拉了顾槿夏的手，就等于半个身子进了精神科，会被陆修时整死的。

"虽然痊愈了也依然要注意，毕竟愈合过的骨头没有原先那么坚硬。"最后，骨科医生叮嘱道，"不过你也没什么好担心的，陆医生一定会把你照顾得很好。"

顾槿夏有那么一刻灿烂地笑了，有那么一瞬间觉得缠绕于胸的阴霾被驱散了。

"那谢谢医生。"顾槿夏左手还捧着右手，对医生道了声谢。

辗转间，顾槿夏本来想着要走出医院，回去事务所上班。因为今天来医院，陆修时并不知道。

最近，他好像特别忙。或者说，他其实一直都忙，却又始终腾出时间来照顾她，哪怕是休息的时间。

顾槿夏这么想着的时候，脚步已经不自觉地转向了精神科。等到她反应过来时，双脚已经踩进了精神科大门。

为此，她如释重负地笑了下。

"嗯？"这时走过来一个穿白大褂的高个医生，停在了她的身边，眼神里有意外和惊喜，"来看我？"

"来看病。"顾槿夏答，抬眼时笑意颇浓。

陆修时穿着白大褂，身型修长，他单手插着口袋，望着身旁的女生，脸上自始至终都带着笑。

"进去坐坐吗？"陆修时问，后来转而又变成陈述句说，"来都来了。"

唉，真是可怕的"来都来了"，顾槿夏也对自己坦诚的行为感到好笑。

想着他，大脑就会命令自己的身体来到他在的地方。

不止一次来到陆修时的办公室，顾槿夏对于第一次见面还是记忆犹新。

"为什么第一次见面你就问了我一些奇怪的问题？"坐下后，顾槿夏先是从包包里拿出了超市买的咖啡递给了上夜班的陆修时，然后自己坐了下来。

陆修时看着手里的咖啡，莫名地有些感动。他不知道一瓶超市就可以买到的咖啡有什么好感动的，但重点是顾槿夏的心里似乎一直都有惦记着他。

大概就是这份不经意间流露的温柔让他特别感动吧。

"嗯，怎么不回答？"见陆修时没有吭声，顾槿夏又强调地问了一遍。

陆修时拿着咖啡坐到了顾槿夏身边，看着这几个月来她的颓废、迷茫、心神不宁以及被她自己渐进地折磨崩溃到今天的心平气和，面带微笑地给他递咖啡，同他聊起过去。

那么她无论问什么，他都想要认真地回答。

"那并不是我第一次见你。问你的那些问题并不奇怪，因为我想了解你。"

顾槿夏看着他一丝不苟的样子有些怔忡，什么叫作那并不是第一次见面，什么叫作他想了解自己？这什么意思？

"我对你记忆犹新，念念不忘。"最后，陆修时看着顾槿夏震惊意外的表情，空出的左手轻轻握住了她的右手。

顾槿夏对陆修时的表白依然有种模糊不清的感觉，但是她似乎认清了自己，不管出于什么原因，至少握着的手是真实的。于是，她轻轻地回握，脸上不再是惊讶的神情。

两个人对视地笑着，含情脉脉过于矫情，但此刻的他们好像觉得这世上只有他们是最心照不宣的。

"请问是陆修时陆医生吗？"突然有人敲门而进，走进来的却是两个警察，他们一人一手拿着警官证对着陆修时。

陆修时和顾槿夏同时起身，这形势绝对不是像祝则清一样有事来请他帮忙的。

"我是。"陆修时答。

其中一个年轻的像是刚毕业的警察上前一步，对陆修时严肃且官方地说道："陆修时，你涉嫌一宗系列谋杀案，现在请你跟我们去局里一趟，接受调查。"

"你们是不是搞错了？修时他怎么可能……祝警官呢？"顾槿夏听到这个骇人的消息，一时间乱了手脚，忙把手伸进包里找手机。

陆修时搂住她的肩膀，轻轻地捏了捏说："没事，你先回家，不要担心。"

"可是……"顾槿夏想要阻止事情的发展。她怎么可能不担心，他怎么突然之间会和系列谋杀案联系上，这种荒谬的事情怎么可能发生在陆修时的身上？

其中一位警官似乎认识陆修时，他拉了下前面那个新警，笑着对陆修时说："祝队已经被上头责令不准插手这个案子了，所以希望陆医生能配合调查。"

陆修时自然是明白，当务之急还是去了解一下到底发生了什么事比较好。更何况，如果祝则清已经被禁止插手这个案子，就证明这事一定与自己脱不了干系。

"很快回来。"走之前，陆修时还是说了这么一句让顾槿夏放宽心。

顾槿夏只能焦灼地点点头，在看着陆修时被带走之后，她在办公室来回走了好几遍。最后，她还是拨通了祝则清的电话，祝则清似乎也正为这事坐立难安，两个人便约了见面。

午休时分，祝则清和顾槿夏在十二街区附近的茶馆相约，坐下后一人却只要了一杯白开水。

一坐下，祝则清便也毫不隐瞒地将事情经过告诉了顾槿夏。昨日凌晨有个衣衫褴褛、遍体鳞伤、失血过多的中年男子来到派出所报案，那人神志已经不清，但却清楚地说着一个叫陆修时的人想要杀他，而且还不止杀了一个人。被害人言语中透着一股惊恐，那不像是故意为之。重要的是他身上的伤在他报完案之后就夺去了他的性命，

"死无对证的指控，这也没办法证明修时和这个案子有所牵连。"在听了祝则清讲的来龙去脉之后，顾槿夏仍旧无法相信。

祝则清虽然面露难色，但思路依旧清晰，他说："知道逃脱生天来报案的人是谁吗？"

顾槿夏没有吭声，她的直觉认为这会是一个非常惊悚的答案。

"是修时批准可以出院在家的精神病人。"祝则清说完这句的时候，端起茶杯喝了一小口。

精神病人？顾槿夏皱起了眉头，内心涌上了一股强烈的不安以及对未知的恐惧。

"事实上，他们今天找到了藏尸的地点。就在修时几年前购置还未装修的新房的后院，一共五具尸体。"祝则清每说一句话都能将陆修时与谋杀案有关的方向更推近了一步。

顾槿夏沉默许久后，紧张抿着唇的动作渐渐缓解。她抬头，缓慢又清楚地说道："那五具尸体的身份不会也是修时批准出院的精神病人吧？"

这话一出，祝则清冷漠地抬头同她对视，眼神里有怀疑的东西波涛汹涌而至，但他未曾说出口。

"怎么得出来的结论？"他问。

此时顾槿夏脸上褪去了莫名的惊惧，转而是意外的冷静。这种转变令祝则清感到背后发凉。

她说："能在短时间内迅速令你们联想到陆修时与案子有关的办法除了将尸体埋在他家后院，另外的就是被害者的特定身份。"

杯中的水已经变凉，祝则清也没有喝第二口。他望着对面坐着的顾槿夏，有种不言而喻的陌生感以及奇妙的熟悉感。

"槿夏，你知道吗，你好像不是你了。"祝则清说话间眼神变得犀利。

< 2 >

警局，任队在审讯室接待了陆修时。

任队没有一丝的顾忌与尴尬，对待陆修时就像是对待一般的嫌疑人一样。但真的要说不同，那就是对他仍旧是尊重的。

"陆医生，认识这些人吗？"任队将几张照片推到了陆修时面前。

陆修时的坐姿并没有任何的改变，他正襟危坐，也未曾有过紧张与不适。他扫了一眼，说道："从左至右分别是，王欢洋、魏林、陈飞、张平平以及三个月前出院的周初。"

"你倒是记得挺清楚。"任队扯了下嘴角，后背靠在了椅子上，酝酿着怎么和这个厉害的人物过招。

陆修时观察着任队以及桌面上那一张张现场勘查拍下来的照片。地点再清楚不过，这些人也并不是陌生面孔，问题在于为什么会是"他"杀的。

"这些人患的精神疾病不是同一类，出院观察的时间也不同，虽然都经过我的手但我并非是他们每个人的主治医师。按照现场拍摄的照片看来，他们死亡时间不同，致命原因也有待查验。如果是我杀的人，我不会蠢到把尸体埋在与我有关的任何一个地方，甚至我不会挑我们医院的病人下手。"陆修时轻描淡写地将自己的观点说与任队听，"我需要知道最后逃出来的那个人的情况。"

任队差点无语了，他可是把陆修时抓来问罪的，怎么又变成像是请他来办案一样？其实用脚指头想想，这案子也不可能是陆修时干的，但是却偏偏需要证据。

"陆医生，你现在自身难保，我不能给你提供这些信息。你知道他们在尸体旁发现了什么，布满了你指纹的一支黑色水笔。"任队敲了敲桌子上的照片，着实无奈，"情形现在对你很不利，人证物证都证明你是凶手。"

一支黑色水笔，陆修时低头冷笑，却也只是说："等罗蔓的尸检报告吧，我能证明自己的清白。只是任队，这次的凶手显然针对的是我，他可以几年间不断地犯案，并且将我参与诊断过出院的病人都杀死，证明他对我很有耐心且极具恨意。他想毁了我，而不是想置我于死地。"

任队简直一头雾水，他真想打电话给局长，让陆修时自己负责这个案子吧。反正他已经被陆修时洗脑了，这个人是清白的，这还需要证明什么？

"陆医生，我和则清都相信你。只是公事公办，我还不能让你走。更何况，这种恶性案件一旦被媒体曝光，我们都会面临很大的困境。"

本来逃离魔爪的那个人能够提供更多更有用的信息，但似乎他的逃离就只是为了通知警方陆修时是凶手。案子才刚开始，就似乎确定了走向。

它就是冲着陆修时来的。

封闭的审讯室，任队和陆修时交谈着。在已知情况下的六条人命尚不能安息，谁知道会不会还有下一个。

另外一个室内坐着的两个警察正通过监视器看着任队和陆修时的情况，看起来陆修时并没有什么不正常。

"陆医生是个厉害的人呢。"一杠两星的警察认同似的微点头说道。

一边的新警不屑地冷哼一声说："知道专家怎么说吗？专家说智商越高的人越容易产生精神问题。更何况他本身就是精神科医生，看的精神病人多了，心理产生问题一点都不奇怪。"

"所以这就自相矛盾了。一个高智商的人怎么会在行凶的时候留下这么多不利于自己的证据，甚至还放跑了一个被害人。这不合情理。"

"也许只是假象。"新分配来的警察似乎对陆修时有些许的不满，便认定他是凶手。

"在没有确凿的证据之前，你可不能先入为主啊。这不利于破案。"

"其实就差口供了不是吗？"

于是，两个人对视一眼，虽话未说完却心知肚明。一杠两星的那位警察便不再开口，只是替陆修时捏了把汗。

"扣押我二十四小时也不见得案子能破。"陆修时最后和任队说，"一支随时可以被偷的笔，一个已死的'人证'，一个谁都能进的后花园。这些不足以定我的罪。"

任队双手交叉环胸，看起来是很认真地在思考这个问题。他反驳道："我自然还是需要从你这里知道作案动机、作案时间以及作案手段。"

"我不是作家，我没办法给你编一个像样的谋杀手段。任队，这事我需要自己解决。"

任队看着陆修时胸有成竹、非常笃定的模样，不禁倾身上前，轻声问："你想怎么样？"

"被害者除了都是精神病患者，都经过我手之外，还有一个共同点，这几个人入院之前，都曾经有过故意伤害他人的事情发生，他们多少有着暴力倾向。伤害过的人可能牵扯到亲朋好友甚至是陌生人，他们准许可以出院边吃着药边生活，但显然这违反了凶手的规则。"

任队一下子听明白了，陆修时正在给他提供凶手的侧写。如果凶手是被害者曾经伤害过的人，那这个范围又缩小了点。但如果是这样，凶手没必要只针对陆修时经手过的病人。

所以，这案子目前来说陆修时仍旧脱不了干系。

这些陆修时也相当清楚，病人出院并不是一件简单随意的事情，都是经过医院慎重认真考虑的决定。更何况，病人出院后，他们也都有安排时间进行探访，确保病人能重新融入社会。因此，在他们周围基本上不可能存在潜在的凶手。

"我认罪。"沉默半响之后，陆修时直视着任队，淡淡地回应。

< 3 >

"修时被抓了？你这个祝队长是干什么吃的？自家兄弟你都保不住，要你何用啊？"电话那头的徐嘉澍嘶嘶吼着，声音里透着一股强烈的不满。

祝则清拉开手机与自己耳朵的距离，抱歉地看了眼坐在副驾驶位上的顾槿夏，压低声音对他说："大哥，六条人命，上头已经不让我插手查案子了。再说你急我更急，不是修时做的事情，修时不可能有事。"

"你废话！我们修时怎么可能是杀人犯！他小时候连鸡都怕！说实话，他会成为医生我还真是意外，他念小学的时候，不是还想成为图书管理员的吗？"

"你知道他为什么想成为图书管理员吗？"面对这个有点跑偏的话题，祝则清无奈地反问。

"为什么？"电话那边单纯的徐嘉澍还真的问了。

祝则清又看了眼顾槿夏，见她没有多余的心思听他们调侃，心想这样子才算是正常的。

"因为在图书馆里，他可以要求所有人都闭嘴，尤其是你。"祝则清冷淡地说。

于是，徐嘉澍又开始破口大骂起来。说到最后，徐嘉澍也撂了句"等我来跟你们会合"。

等到祝则清挂了电话，顾槿夏才把视线从路边排列整齐的树木上收回，扭头看他，一字一句思路清晰道："刚才你所说的那几个被害者生前都曾和修时有过接触，或许我们能从医院归置的档案里发现点什么。"

祝则清打量着言语冷清、一丝不苟的顾槿夏，微微点头，也说："我觉得真正的凶手想要毁了修时，但指证他的证据还远不能站稳脚跟。我怀疑接下来他还会有动作。"

"嗯，医院档案那块交给我来做。"她语气轻轻，却坚定无比。

"凶手杀了修时经手过的病人，摆明了真正想杀的人是陆修时。你，或许也会遇到危险。"祝则清并没有危言耸听，六条人命已经是骇人听闻了。

顾槿夏抬起头，目光流转，好似有什么难言之隐。几经考虑，最后她还是犹豫地对祝则清说："你说得对。"

"嗯？"

"我也不知道现在的自己怎么了。"

车窗上倒映着她的脸，目光悠远深沉。祝则清震惊于她的坦诚，但他猜不透她在想什么，也不明白她为何露出了这样的表情。

"别多想。你还有修时，无论发生什么事他都是你背后坚强的后盾。他什么都能办到。"祝则清也不知道自己出于什么目的安慰顾槿夏，但他相信陆修时，相信陆修时可以拯救所有怀疑自己，暂时被黑暗所笼罩的人。

因为，他曾经也差点成为陷入深渊里的人。

顾槿夏望着他，露出了淡淡的笑意，但很快又消散了。她并没有随着祝则清一起去见徐嘉澍，而是半路下车，她重新搭上了去医院的公交车。

下了车之后，顾槿夏深吸一口气，忐忑地看了看自己右手的手掌心，全是汗。

因为就连她自己都无法彻底搞清自己的状态，只是知道，她好像变得有些恍惚、脆弱以及神经质。陆修时陪着她时，这种感觉会减弱，而此刻这种感觉又在侵蚀她的大脑、她的心。

街道上人来人往，摩肩接踵，顾槿夏望着这人群有些眩晕，心中的烦闷简直让人透不过气来。

强行让自己振作之后，她再次走进了陆修时的办公室，一切如初。

"留在案发现场的一支水笔……"顾槿夏回想着祝则清说的细节，慢慢地坐在了陆修时平때坐的椅子上。桌面上放着一堆病人的资料，还有几本他经常翻阅的专业书籍。

水晶笔筒里有很多支笔，随便拿一支都有陆修时的指纹。但是，陆修时随身携带的那支笔……顾槿夏再熟悉不过，因为那是她的。

望着桌面上摆放的东西，顾槿夏忽然灵光乍现，忙掏出手机想要拨号给祝则清。却在此时，门外响起了脚步声。

那脚步声渐近，顾槿夏一时间慌了手脚，环顾四周，最后竟只能猫着腰躲进了书桌下，捂着自己嘴巴，不敢出声甚至不敢呼吸。

办公室的门被打开，有人轻轻地走了进来，但只是一会儿工夫，那人又走出了办公室，重新将门关上。

顾槿夏等了一会儿，确定人走了，她才从桌子下钻了出来。此刻的她惊魂未定，也不知进来的人是谁，只是一眼便看见陆修时办公桌上多了一个未署名的信封。

她伸手拿在手里，触感告诉她，里面是几张照片。顾槿夏想了想之后，拆开了并未密封的信封。

抽出来之后见果然是照片，顾槿夏心生疑虑。而当她见到照片的内容之后，瞳孔忽而放大。那种荒唐到无法置信的感觉令她浑身血液倒流，面色苍白，身体微颤。

"为什么，为什么会这样……"顾槿夏手捏着照片，手指过于用力而显得指骨分明，苍白无助。

她闭上眼努力让自己平静下来，却发现再怎么努力，心中一直抱有期待的最柔软的地方仍旧遭受了重重的一击。

顾槿夏调整着呼吸，将照片从信封中全部抽出来放进自己的包里，只带着一个空信封离开了陆修时的办公室。

"陆医生的女朋友？"

刚出办公室的门走了几步又好巧不巧地撞上了廖医生，顾槿夏忙调整了下表情，勉强支起一个笑容道："你好。"

廖医生上前，为难地说："陆医生的事我们都听说了。这绝对不可能是陆医生干的，你放心，陆医生很快就没事了。"

"谢谢。"顾槿夏此时没有多余的心思耗费在这些人的好意上，她只能点头匆匆离开。

只是片刻，顾槿夏忽而感受到了背后的阴冷目光，似曾相识，依旧未敢回头。

"喂，祝警官。我现在正去往罗法医那里，你能先去那里等我吗？我很快就到。"顾槿夏跑出了医院，忙不迭地拦下出租车，上车就只一句"快点"。

那边，正好到了局里想要了解下陆修时情况的祝则清和徐嘉澍面对顾槿夏的一通电话面面相觑。

"槿夏可能发现了什么。"祝则清对徐嘉澍说，"不如你先去看修时，我去罗蔓那里一趟。"

"行，千万保护好顾槿夏。"徐嘉澍在祝则清转身要走的时候一把拉住了他，有些犹豫但又说，"你别总是拿着怀疑的目光审视人家姑娘。我跟你说，我要是有那样糟糕的经历，没准已经崩溃了。槿夏已经很勇敢很努力了。"

祝则清在对待顾槿夏这件事上有过不止一次的犹豫，职业习惯或许让他无法轻易地相信一个人，也无法认同自然而然产生的巧合。他确实无法肯定自己的判断一定正确，但他从顾槿夏的眼里看到了他的过去，他怕陆修时会重蹈覆辙。

"我知道，槿夏是个好姑娘。但正因为她是好姑娘，她的勇敢、她的努力、她的坚持才让人心疼到不可思议。"祝则清目光深远，轻叹口气，"总是遭遇生活变故的人，还怎么会有一颗平常心？"

这话在徐嘉澍听起来就像是在折射祝则清他自己，有关于祝则清的故事，他们都知道，彼此不提，只是因为谁都还没有跨过去。

"行了，你去吧。我反正是义无反顾地相信修时，相信他不会伤天害理，也相信他挑女人的眼光。"徐嘉澍不再左右其他，很是潇洒地松开祝则清的手，自己朝着前方走去。

嘉澍，我和修时两个人或许命里注定有坎坷，但只有你，是我们跌宕人生中最安静的峡谷。

祝则清想着，直奔法医室。

< 4 >

"罗法医，祝警官还没有来吗？"

没想到，还是顾槿夏先到了法医室。她莽莽撞撞地冲进法医室之后，正巧看见罗蔓和助手在那里解剖尸体。

"噢，抱歉。"顾槿夏立马转身，视线避开那些可能会令人不舒服的画面。

好在从大门进来之后下了个台阶依旧是解剖室外，罗蔓他们可是在正儿八经的无菌解剖室内。隔着双向门，透过门上的小玻璃窗，顾槿夏只看到了尸体裸露的双脚。

罗蔓听到有动静，便走了出来，摘掉了口罩，顺手也扒下了无菌服。

对于顾槿夏只身一人出现在这里，罗蔓表示惊讶，但随即便邀她到外面坐。

"陆医生的事我已经知道了，现在全局上下都在盯着这个案子。"

"我知道。"顾槿夏有些急切，严肃的神情令罗蔓一时间都有些恍惚，只听她说，"凶手是怎么杀死这些人的？"

听到这样的问题，罗蔓一时间还有些犹豫，不知道该不该说，这本来就不应该是她插手的事情。

"你只要告诉我凶手是怎么杀死他们的，我就有办法搞清楚陆修时不是凶手！"

面对着顾槿夏的笃定，罗蔓也管不了那么多了，反正全世界的人都想救陆修时，不如都一起吧。

"死者身上很多防御伤，但最后都是被凶手用匕首直接割喉而死。"罗蔓不紧不慢地说道。

顾槿夏眼神坚定有力："死者身上的伤口是不是微偏左下？"

"不是。"罗蔓给出了肯定的答案，"凶手是个惯用右手的人，不是左撇子。"

听到这个结论的时候，顾槿夏如释重负地松了口气，脸上终于露出了稍显轻松的表情，她说："陆医生不是凶手。"

罗蔓再次惊讶，却又感到高兴。她正想追问，祝则清也匆匆地推门而进。

"怎么样，你发现了什么？"祝则清立马就问，在看到顾槿夏脸上不言而喻的小激动，他也紧张起来，"你找到了修时不是凶手的证据？"

"嗯！"顾槿夏站了起来，抑制不住内心的激动，却也竭力压低自己的声音说，"凶手是惯用右手的人，但修时是个左撇子。"

"左撇子？"祝则清对此表示自己与他是二十几年的朋友都不曾发现陆修时居然是个左撇子！

顾槿夏听着这不可思议的语气转而明白过来，也没有进一步质问，只是强调说："我初次住到修时家的时候，总感觉他家的布置有些不一样。直到我伤了右手，只能用左手的时候才明白，他家除了客厅之外，其余全部的布置都是按照左撇子的习惯来的。"

"也就是说，陆修时这厮除了在家露出本性之外，其余时间都在假装自己和普通人一样？"莫名地，祝则清有点发怒，声音都陡然提高。

"他有告诉过你们，只是你们没有发现。"顾槿夏眼神干净澄澈，似乎有点点星光在其中闪烁，"还记得一起吃火锅那次吗，他夹菜用的就是左手。"

"得，等他出来，我要砍断他的右手。"无法接受这个事实的祝则清气急败坏地想要教训陆修时，二十几年的感情丝毫抵不过才出现的顾槿夏。

而就在此时，祝则清似乎恍然大悟，他好像能领悟到顾槿夏对陆修时的"特别"之处。

这个女人和他一样，能看到别人看不到的地方。

"我们快去把这个消息告诉任队。"罗蔓提议，几个人立马准备行动。

刚转身，祝则清就接到了徐嘉澍的电话。

"修时认罪了！"

"你说什么，认罪？"祝则清惊慌地看了眼顾槿夏，做了个噤声的手势，接着问，"他还说了什么？"

"他说，让我们不要管。尤其是槿夏，不管看到、听到什么都不要理，安心地等他回来。"

顾槿夏打量着祝则清渐变的脸色，来不及顾上什么矜持，一把夺过他的手机，对着徐嘉澍就问："修时他说什么？"

"他让你安心等他回来。"徐嘉澍也是完全发蒙，但他唯一的优点就是相信陆修时。"他会给你承诺，他就一定会回来。你知道的，他从不希望你陷入危险中。"

顾槿夏震惊于事情发展的结果，拿着手机的手微微颤抖。她一言不发，最终祝则清摁住她发凉的手，将手机拿回。

"知道了。"祝则清对着电话那头象征性地回复一句，便挂了电话。

回头对有些难过的顾槿夏说，"修时认罪，如果受害人继续增加，那他自然是无罪的。总之，他那么做一定有他的道理。现在这刻，忘了修时是左撇子的事情。就当我们从来没发现过，不要告诉除我们之外的任何人。"

祝则清的叮嘱在顾槿夏听来有些荒谬，只有洗清嫌疑，陆修时才能脱身查案，可他现在在干什么……

忽然之间压抑的沉闷感在这一刻全面爆发，顾槿夏情绪激动，硬着头皮走了两步之后，身体便瘫软在地。

< 5 >

转眼间，陆修时从一个充满着传奇色彩的人物形象一夜之间一落千丈。坊间的传闻就像个大染缸，让所有人在短时间内相信了陆修时是个变态杀人狂。

因为他认罪，此案就已经结了。

顾槿夏在昏迷之后被送回了陆修时的家，等她醒来已是夜晚时分。第一次醒来，身边没有陆修时的温度，也没有他的问候和照顾，原来一切都可以是冷冰冰的。

她无力坐起，鼻头一阵酸楚，泪水一下子模糊了双眼。那种无能为力，真的是能杀死一个人最后存在的意义。

"醒了？"这时，卧室门被人推开。进来的既不是祝则清也不是徐嘉澍，而是一个身材曼妙、风姿绰约的女人。

顾槿夏一时之间感到仓皇，忙掀开被子下床，她摁下开光，房间的光线便更加充足。女人的五官也渐渐清晰，真是个难得一见的美人。

相比之下，顾槿夏觉得自己好像有些狼狈。

"我是你老板的太太，你叫我玲珑就可以。"女人声音清脆，简单明了地做了自我介绍。

顾槿夏低声"啊"了下，不好意思地说："哦，你好，我是顾槿夏。"

傅玲珑打量着她，挑了下眉，发现她脸色泛白，没有什么气色。也难怪，自己男人出事想要安心的照常生活果然还是难以办到。

可她的男人是陆修时。

"嘉澍和则清有事先走了，留下我来照顾你。毕竟都是女人，交流起来比那群大老粗要来得方便。"傅玲珑为了让顾槿夏不那么拘谨，主动讲起了自己在这里的缘由。"哦，对了，我给你炖了红枣莲子汤，起来喝吧。"

到了现在这样的状况，顾槿夏根本吃不下任何东西。但让人家照顾自己已经是相当麻烦了，便随着她到了厨房。

傅玲珑很是体贴，亲自替她舀到了碗里，还叮嘱她别烫到手。

坐下之后，顾槿夏对着傅玲珑这张精致的脸才有了记忆，有些慌张地问："你是经常上杂志封面的模特吗？"

"看来我这张脸辨识度还是挺高的。"傅玲珑语气里听不出高兴，也听不出其他的感情，只是她的嘴角一直带笑。"我可是推掉了好多工作来照顾你的，到时候等事情解决了你可要让修时赔我误工费啊。"

"啊，不好意思麻烦你。"顾槿夏尴尬地笑笑，提到陆修时她还是会很担心。明明可以脱身，却又认罪，这其中的原因顾槿夏一时半会儿没法理解。

因为无法理解，所以对自己便越加懊恼。

"你不相信修时吗？"傅玲珑一边看着她吃一边问。见顾槿夏手中喝汤的动作停顿了下，她又说，"可我们都无条件地相信他。即使他身陷囹圄，我们也相信他总有办法让自己全身而退。"

顾槿夏放下汤匙，脸上神情忽明忽暗。她垂下眼，长长的睫毛微颤。她说："我是不相信自己。"

对于这样似是而非的话，傅玲珑表示不理解，但她强调说："修时让你住进了他的家，让你看到了他的一切，他无比相信你。因为家里藏着一个人全部的弱点。"

傅玲珑的一番话倒是让顾槿夏有点错乱，她错乱是因为她从未曾想过陆修时将她留下的更深层的原因，也因为陆修时未曾正面解释过这个原因。

更因为，他说他也想知道。

"别多想。'变态杀人魔'这种称号也不适合咱们清冷高贵的陆医生，我要是给他取名，我就取一个'食人男爵'。"傅玲珑不着边际的幽默倒是把自己逗乐了。

傅玲珑的善意让顾槿夏减轻了些许焦虑，她不知道该说什么，犹豫许久也只是一句"谢谢"。

"多喝点。嘉澍教过我做菜，你要是饿了，我看修时还给你买了意面，到时候我也可以做给你吃，只是没有修时那么对味。"傅玲珑的热情连徐嘉澍都没有享受过，要是让徐嘉澍知道，估计又要忌妒了。

"为什么你说意面是修时买给我吃的？"顾槿夏有点不解，这是从哪里得出来的结论。

傅玲珑略微惊讶，但很快又恢复，说："陆修时高中是在国外读的，有次差点被妈妈煮的意面呛死。所以，他有意面恐惧症，以前看别人吃都不行。"

才知道有这样真相的顾槿夏都发蒙了，心里有一种她想了解陆修时，却从未真的了解过的郁闷感。

"话说，修时是怎么跟你表白的？"猛然间，傅玲珑就转移了话题，似乎这才是她留下来的真正目的。"他都能交上女朋友简直是匪夷所思，快说给我听听。"

"啊，这个……"顾槿夏微仰头看着餐厅的吊灯发了下呆。从陆修时说想把标间改成豪华大床房那天起，似乎就产生了莫名的情愫，顾槿夏当时也把这个当作变相表白。

更甚的是在她手受伤的这段时间里，陆修时有种恨不能将家里的布置重新翻新一遍以让她更加舒服地住着。细细想着过去的点滴，让顾槿夏变得非常想念陆修时，哪怕只见一面。

顾槿夏有些惆怅地收回视线，同傅玲珑对视时，发现她还是一脸期待的样子。

"好像太多了。"顾槿夏低头笑笑。

傅玲珑不依不饶道："太多了？表白的次数太多了？我的天，陆修时居然还有这样的一面，真是看不出来。"

"我想见他。"顾槿夏对着傅玲珑讲出了自己的心思。

"唉,你怎么见他,现在连则清都搞不清楚陆修时到底被羁押在哪里。"

什么?傅玲珑给出的信息让顾槿夏为之一振,她隐约地意识到陆修时认罪的原因是什么了。

"玲珑,你有车吗?"顾槿夏问。

傅玲珑点点头说:"在外面停着呢。你可别打我的主意,嘉澍和则清万般交代,你哪儿都不许去。"

"我有急事,非常要紧的事情。我很快就会回来,我只是需要等一个答案而已。"顾槿夏满脸焦急。

傅玲珑这人就是刀子嘴豆腐心,尤其是看着顾槿夏这样清纯漂亮的姑娘,尤其没办法拒绝。她只能退一步说:"你保证,很快就回来。"

"我发誓。"

"走。"

趁着黑夜,趁着祝则清他们未归,傅玲珑驱车带着顾槿夏前往目的地。而到了之后,傅玲珑才明白过来,顾槿夏要来的地方不就是公安局旁边的法医室吗?

"大半夜的你去法医那里做什么?看尸体我可不陪你哦。"傅玲珑提前打了预防针,她可是很忌讳这些地方。

顾槿夏点头,安抚道:"没事,你在这儿等我。我进去找下罗蔓,很快就出来。"

黑夜下,法医室蓝底白字的招牌略微森冷。那朝上的阶梯就像是通往另一个世界,每一级台阶都透着恐惧。

傅玲珑坐在车里看着顾槿夏的身影消失在视线里,忽而有点后悔答应了。

法医室内依然有灯光,罗蔓还在不停地对着那五具腐烂程度不同的尸体做着报告。其中的疑点多来自于顾槿夏所说的"左撇子",确实凶手不会是个左撇子，但谁也不能肯定陆修时对右手的使用程度，又或者说这其实是一种故意的行为。

还有，这些人都患有不同程度的精神疾病，批准出院的鉴定报告是陆修时做的，也就是说他们这些人出院后都没能安全回家，而是被凶手带走了。

是什么样的人能将这些人逐个骗走杀害呢？罗蔓心里有点慌，因为如果不把陆修时当作凶手，有些东西就没办法解释。

"罗法医。"

正烦闷至极，罗蔓听见了熟悉悦耳的声音。她抬头，见来人是顾槿夏，更是愕然。

"你身体好些了吗？"罗蔓关切地问道。

顾槿夏没有顾上她的话，从包里掏出一个信封轻放到桌上，对罗蔓说："罗法医，我想请你帮我找技术科的人验下信封上的指纹。"

"指纹？这信封是从哪里来的？"罗蔓有些怀疑，她不能贸然做些决定。

顾槿夏深吸一口气，无奈道："是有人偷偷放在陆医生办公桌上的。我当时就躲在他的书桌下，我不知道是谁，所以想请罗法医帮这个忙。"

罗蔓微微一怔，这实则上是证物，顾槿夏这样交给自己其实是不允许的。但，现在看来还能有什么办法呢？祝则清被禁止插手此案，陆修时又莫名其妙地认了罪。

"求你了。"顾槿夏说道。

"行，有结果了我给你打电话。"最终，罗蔓还是答应了。

在顾槿夏要走的时候，罗蔓又叫住了她说："好好保重身体，我想陆医生不希望你因为这事受到打击。"

顾槿夏点头，转身离开。留罗蔓一人在法医室，有种苦涩的味道。

等到顾槿夏踏出了法医室的门，外面阴冷的气息让她打了个寒噤，与此同时她感觉脖子后面微凉刺痛，顿时头脑发昏，两眼发黑，身体不受使唤，她跌撞地往前，却没法集中视线，近在脚下的阶梯却像是被切断，出现叠影，她努力地想要平稳地踏下阶梯，却仍旧被这一股不知名的力量所打败，她再也无法控制自己的意识，只知道黑暗铺天盖地而来，她的身体便重重地坠了下去……

无尽的黑暗中，她似乎听见有人在叫她。那声音温柔缠绵，就似陆修时在身边。

"槿夏，槿夏？"

深夜的医院同样阴冷，可在这热闹的急诊室里，这种阴冷成了忙碌之后的虚无缥缈。

祝则清和徐嘉澍两个人纷纷站在病床左右，都在等着顾槿夏醒来。因为她不醒来，就无法得知她发生了什么事情，更无法知道玲珑的去向。

几个小时前，顾槿夏从法医室外高高的阶梯坠落，不省人事，而陪着她的傅玲珑也不知去向。

"你打电话给交警队了吗，有发现疑似玲珑的车辆吗？"徐嘉澍急得要死，不断地催问着结果。

祝则清能理解他的心情，可是交警队那边接到他的电话也不过是五分钟前的事情。

"你别急，有消息他们会马上通知我。"祝则清也只能安慰，"现在能够肯定，凶手不是陆修时。他既然敢对顾槿夏下手就证明他在逼陆修时出现。今天或许是个小小的警告，陆修时一天不把这案子搞清楚，我们一天都没有安宁之日。"

这几句听起来很是严重的话让徐嘉澍差点崩溃，他无助地一遍一遍地拨着傅玲珑的电话，却始终是无法接通。

"他没有完全伤害顾槿夏，傅玲珑也一定会没事的。"祝则清安慰道，又低头看了眼仍旧昏迷的顾槿夏。这下好了，右手刚痊愈，又给摔了个鼻青脸肿，脸上皮都有些擦破了。要是被陆修时看到，真是……

"电话接通了！"几分钟之后，徐嘉澍兴奋地大叫，然后急忙打开GPS定位，竟发现傅玲珑的手机竟出现在了当日他迷失过的地方！

顿时，一股阴森森的凉意爬上了徐嘉澍的后背。他看向祝则清，眼睛惊恐地瞪大，已无法完整地表达自己的心情。

祝则清忙拿过他的手机一看，顿时心生冷意，忙打电话给同僚请求协助。

"你在这里看着顾槿夏，我去帮你把玲珑带回来。"说完，他拿起外套风尘仆仆地走出了医院。

徐嘉澍瘫坐在病床旁的椅子上，十指相钩，无比担忧。这诡异的事情究竟要把他们怎么样？

< 6 >

"又是麻醉针……"

凄冷黑暗的夜晚，傅玲珑的车停在了杂草丛中，阴冷的月光洒在她的脸上，明艳动人却恐怖至极。

祝则清将昏迷在车内的傅玲珑扶了出来，却意外地看见她脖子上有一个同顾槿夏一样的针眼。在这荒山中，四周寂静，再无其他身影。

"祝队，我们是不是要联系陆医生，这事越来越奇怪了。"小吴有些担心，这案子一开始就不对劲。

祝则清没有搭话，只是吩咐说："快送医院。还有仔细检查这辆车，不要放过任何一个细节。"

小吴点头，却清晰地看见祝则清脸上露出了从未出现过的焦虑以及深深的不安，可他却在极力压抑着。

那垂在裤缝边捏紧的拳头在微微颤抖，不知是因为未知的敌人还是陷入危险的朋友。

在这附近密集的树林中，有一双眼睛不动声色地观察着这一切，它静悄悄的，像是这阴冷的月光……

黑夜逼迫人们守在房子里，像是守着自己的灵魂。他们关上门，关上窗，拒绝任何威胁他们的事物。他们也静悄悄地等着黎明到来。

而在这夜景深沉的河边，顾槿夏孤身站在护栏旁，望着河面上粼粼波光失神。

父亲的不知所终，母亲身上的旧疾随时都可以摧毁她，可她却还是好好地活到现在。如今，命运的捉弄，让她也无法逃脱悲剧。

她快要不能说话了，医生说她喉咙里长了东西，手术成功倒无大碍，如若失败，她将再也不能发出自己以前的声音。

顾槿夏默默地流泪，她一个人承受了这么多，却在自己手术的时候哭到不能自已。

"别哭，我在这里，都会过去的。"

耳畔有声音轻轻响起，是那样低沉、温柔，就像他已经张开双臂将她拥入怀中。

"等我。"他说。似乎还能感受到他的气息，就缠绕在耳边，纠纠葛葛入了心中。

"不，不要……修时……"顾槿夏梦中呓语，神情慌乱不堪。只是一刹那，她竟从梦魇中惊醒。

她仓皇地坐起，仍旧是一阵天旋地转。

"槿夏，你还好吗？"徐嘉澍赶忙上前扶住她，边关切地看着她，边冲着医生护士喊，"快过来看看！槿夏是不是脑震荡了！"

徐嘉澍的声音刺激了顾槿夏混沌的大脑，她躺在床上，脖子酸痛，不知道发生了什么。她只是看着周围穿着白大褂的人走向自己，围住自己。

白色，这样的白色太刺眼，让人想掉泪。

"徐律师……"她眼睛半闭着，浑身乏力，却竭力喊出了身边的人的名字。

徐嘉澍忙拨开医生护士，上前俯身凑近顾槿夏，轻声又清楚地说："我在这儿呢，槿夏。"

"修时……"顾槿夏有气无力地念着陆修时的名字，怔怔地念着，"我想见他……"

徐嘉澍望着顾槿夏有些受伤的脸颊，以及不堪忍受的模样，顿时烦躁心酸不安。他无法给出回应，只能任由护士医生将他推到边上，呆呆地站着，无能为力。

陆修时，或许有的时候孤身的英雄主义并不能使人更好过。从前我觉得这就是你，不会因为自己的事情麻烦任何人，你有解决任何事情的能力，我佩服着你，也未曾打扰过你。

可是，在这世上，你从来不是一个人。

"则清，他到底在哪儿？"末了，徐嘉澍打通了祝则清的电话，头一次他冰冷的声音传到了好朋友的耳朵里。

祝则清停住，这会儿他刚好到了医院门口。他听着电话里头徐嘉澍的语气，好似疏远了关系。这语气似乎冻结了他的身体，让他寸步难移。

"祝队？"小吴担心地看了眼一动不动的祝则清。

祝则清调整了下情绪，对着电话里头的徐嘉澍口吻如往常："玲珑已经找到了，她没事。我还有事，槿夏和玲珑你多照顾。"

撒了一个只是为了避免尴尬的谎，祝则清放下手机，示意小吴随着救护人员一起把傅玲珑送进急诊室。而他自己在听见徐嘉澍的质问之后，确定了自己将要行动的方向。

于是，祝则清一个人驱车再次前往了顾槿夏她们出事的案发现场——法医室。

这个地方，祝则清就算是闭着眼睛也能走进去，所以他很清楚顾槿夏是如何遇袭以致跌落受伤。

他不明白的是，凶手的用意何在。

假如他只是为了嫁祸陆修时，逼他认罪，毁他英明，那么他实际上已经成功了。既然已经成功，为什么又将矛头对准了顾槿夏？还是说，伤害顾槿夏的和杀害那些已经能够生活自理的精神病人的人不是同一个？

想到这里，似乎有点莫名其妙。祝则清自我否定地摇摇头，伤害顾槿夏和嫁祸陆修时的应该是同一人。

那么万一嫁祸陆修时并不是那个凶手的唯一目的呢？

这个念头蹦出，就像是万千支冰箭直直射在了他的背上，令祝则清冷不丁地冒起了冷汗。祝则清没有多想，连忙掏出手机拨通了小吴的电话，以强烈的口吻叮嘱他一定要确保顾槿夏她们的安全，甚至包括徐嘉澍。

现在对于凶手的动机，祝则清心里有了自己的想法。他接连杀了这么多修时手下治好的病人，原因恐怕只有两个：一是他本来就记恨陆修时，因为嫉恨陆修时所以杀了能成就陆修时的那些病人；二是他本来记恨的对象就是精神病人，医好精神病人的陆修时就成了他所要毁灭的对象。

无论是哪一种，祝则清都不希望愈演愈烈。他此刻能做的事情就是帮助陆修时，尽早将这案子查得水落石出。

收起这些想法后，祝则清如平常一样走上台阶。清冷的月光斜斜地落在他的双脚上，没走几步，他又停住了。

不知道为什么这会儿他突然联想到了上一起案件，关于乔乔的案子。纵使还有疑问，可在陆修时果断的否定下，他没有追问细想。现在想来，陆修时当时一定是知道了什么。而他知道的东西或许会伤害到别人，因此他不愿让自己深入调查。

"乔乔一个患有斯德哥尔摩综合征的人却布了一个局，杀了她想杀的人。魏奇明生前的车是怎么被她找到的？她孤身一人，怎么可能如此神通广大，躲在暗处这么久不被人所发现？"祝则清脑海里的疑问不断地涌了上来，一个又一个，让他猛然惊觉，案子根本不是那么简单。

麻醉针！

这时候，又一个看似关键性的线索跳了出来。祝则清紧紧抓住这个，拼命地思考着。

当时顾槿夏被乔乔挟持，确实被注射了麻醉剂。这次，顾槿夏和傅玲珑也被注射了麻醉剂。

"他是抓不到我的。"在这样恶劣的情绪下，上一个案件遗留下的困惑喷涌而出。这话是乔乔对他说的，但实际上却根本不是对他说的。

当着他的面，她不应该用第三人称。

祝则清抬头，扬起的下巴连同脖子的部分在晦暗的月光下，线条却清晰强硬。

那话，是对陆修时说的。

进了法医室，空无一人，那扇偏重的铁门被锁上了。祝则清不解，罗蔓这个女强人居然没有在加班？他正纳闷着，却意外接到了她的来电。

电话里只有简单明了的一句话——"我在鉴证科。"

祝则清无奈,只能转身去局里的鉴证科。站在法医室的门前,他扭过头看向了挂着几块牌匾的墙后边,那里有一块余留的空地,正好处于不容易被人发现的状态。

它幽静地隐匿在那里,就连光线也没有到达。

祝则清小心谨慎地没有发出一丁点声音地靠近,他悄悄地靠近牌匾,让自己的后背紧贴在墙上。就如训练的那般,以闪电之势举枪对准了那阴暗之地。

但,空无一人。

除了地上一支用过丢弃的针筒,以及墙上突出来的一枚钉子上的一小块奇怪的塑胶碎片。

警用手电筒的光将这一块地方照得一览无余,祝则清皱着眉头缓慢蹲下。同时再次回拨了罗蔓的电话,也只说了一句:"让鉴证科的人到你法医室来一下。"

等到罗蔓和鉴证科的人匆匆赶到,罗蔓则一脸严肃地拉过祝则清,正色道:"顾槿夏怎么样?"

"不知道,从这么高的地方滚下去,脑震荡也不一定。老实说,我不敢问。"祝则清很诚实,他确实不敢问,也不敢知道。

罗蔓瞟了眼正蹲在那里忙活的鉴证科的同事,模样依旧严肃。她抿抿唇,欲言又止。

"大姐,有事你就说,我这心脏是真的经不起折腾。"祝则清一眼就看出罗蔓的心思,但看她吞吞吐吐的样子,只是猜测了一句,"和顾槿夏有关?"

罗蔓点头:"我怀疑她知道了什么。她晚上来找我,递给我一个信封,让我帮她查查信封上的指纹。"

"信封,什么信封?"祝则清皱眉反问。

"有人放在陆医生桌上的空信封。"

"空的?"

“我只能说顾槿夏拿给我的是空的。”

话音一落，祝则清那本来不轻松的神情越加凝重。事情的发展有点不可思议，又好似遵从了内心的不安。

抓不到线头，拨不开迷雾。

没有了陆修时，似乎所有人都在阻止真相的靠近。祝则清不想再质疑顾槿夏，却好似总有一双隐形的手把顾槿夏推到了他的面前。

究竟，她是不是……

第 十 章

他也是孤独的

<1>

等到顾槿夏再度醒来,不再有眩晕的感觉,已是第二天早上。她睁开眼,模糊地看见一个人的身影在旁边。

"徐律师?"她低低地喊了一声。

旁边的身影怔了怔,没有给出什么回应,若无其事地离开了病房。顾槿夏的目光朝着门外移去,那白大褂的身影掠过窗户,消失不见。

"修时?"她挣扎着起身,手背上隐隐刺痛。低头一看扎在手背上的针头歪了,已回流了不少血。顾槿夏抬手就将针头拔了出来,欲下床走动。

"喂喂,别乱动。"拎着早点刚从外面回来的徐嘉澍忙冲进病房,双手架住顾槿夏,厉声道,"哪儿也不许去,乖乖地回床上给我躺着。"

顾槿夏见来人是徐嘉澍,不免心中空落落的。即使她遭遇了这样的事情,陆修时也未曾出现。真的是他杀的人吗,以至于被羁押着无法脱身?

他说的"等",究竟是要等到什么时候才罢休?

"怎么手背上都是血?"徐嘉澍拧着眉头小心翼翼地抬起她的手,用纸巾将上面的血拭去后拿起一边柜子上的棉签摁了针眼上。"干吗这样魂不守舍的?"

顾槿夏没有说话,她好似感觉不到那针眼带来的细微疼痛。这样的疼痛可以当作没有,即使伤到了皮肉。而见不到陆修时,不知道他平安与否,就算是毫发无损，也让顾槿夏难受得心疼不已。

徐嘉澍浅浅地叹了口气，摁住她流血的手背同她并肩坐在床沿，想要开口安慰，又不知从何安慰起。他也想知道陆修时的近况，但似乎就连祝则清都云里雾里。

长久以来，他、祝则清、陆修时相处的模式都是以陆修时为中心，倒不是因为他有多么不可一世，而是因为他总是能洞悉别人的想法。回想过去发生的那些事情，不管是他的也好，还是祝则清的也好，总是少不了陆修时的帮助。

在他们看来，陆修时救人的同时也能自救。他们从未担心过他会出现什么意外。

直到顾槿夏的出现，打破了他们对陆修时的认知程度。原来，二十几年的朋友真的不如一个相识数月的顾槿夏。她知道陆修时的弱点，又为了他受一次又一次的伤。

哪怕是被硬生生折断了手，顾槿夏也没有当着任何人的面喊着这有多痛。但陆修时一定明白，她到底承受了什么。

所以……

"槿夏，你要相信，修时无论做出什么决定都是为了保身边人周全。你更是。不要让自己陷入危险中，你这副样子要是被修时看见，我和则清是只能给他跪下了。"话说不到三句就暴露了原来的本性，徐嘉澍又忍不住逗趣了起来。

但，这也只是为了让顾槿夏不那么难过。

"我相信他，我只是希望自己能帮上忙，能更快地结束这一切。我……"顾槿夏深吸一口气，强忍着内心的酸楚。

医院洁白的床单映衬着顾槿夏的脸稍显苍白，却又显得她更加清冽淡雅。

徐嘉澍安抚地拍拍她的肩，松开了手。血已经不再流，凡事都有结束的时候。

"我给你买了早点，吃点吧。"徐嘉澍起身，打开了保温盒子，顿时香气随着空气流动溢满了房间，遮挡住了病房内的消毒水味。

顾槿夏莫名的好似想起了什么。可她又有点回忆不起自己受伤时发生的状况，毕竟那一幕来得太快。

"那个，玲珑呢？"顾槿夏惦念着傅玲珑，不知道自己受伤的时候她怎么样了。

徐嘉澍没有露出其他的表情，只是淡淡地说："她呀说医院睡不惯，昨晚就给送回家里了，现在还在休息呢。"

"她也受伤了吗？"顾槿夏顿时紧张，但听徐嘉澍的口气又觉得玲珑应该是没事的。

果然，徐嘉澍笑着摇摇头说："她没事。倒是担心你，怕你会留下什么后遗症，从那么高的阶梯上摔下来。则清就更加担心了，都没敢来看你。"

从楼梯上摔下来，难怪头一直痛着。顾槿夏点点头："嗯，她没事就好。牵连到她，对不起。徐律师一定吓坏了吧。"

"岂止吓坏了，简直快吓死了。幸好有惊无险。"徐嘉澍也不否认昨晚发生的事情带来的冲击，但他说得很轻松，想来是为了减轻她的负担。

顾槿夏感动地笑了笑，却低头不让对方看清自己眼睛里的愧疚与强烈的不安。

下午又做了个全面的检查之后，医院还是建议顾槿夏留院观察，毕竟磕到了脑袋，还是小心为妙。

但顾槿夏执意要出院，滚个楼梯而已，小时候经常摔，智力还是好好的，甚至还有超群的迹象。于是在她一再坚持下，徐嘉澍只好替她办了出院手续。

结果这事被玲珑知道后，徐嘉澍又挨了不少骂。敢情他这辈子就是被女人踩在脚底下，或者说是拿女人没办法。

"徐律师，你不用送我回去了。"走出住院部之后，顾槿夏拒绝了想要送她回家的徐嘉澍，"我自己当时不省人事，但我确定那个时候玲珑已经没有在下面等我。她或许没受什么伤，但也一定受了不小的惊吓，你回去好好陪陪她吧。"

徐嘉澍有些为难，实际上他确实把玲珑看得比什么都重要，看着玲珑也受到伤害，他都害怕到忍不住发抖。

"我没事的，我打车回去，很快就到家。"顾槿夏为了使徐嘉澍放心，抬脚就奔到医院门口，抬手就拦下一辆出租车，回头冲他笑笑就走了。

徐嘉澍尴尬地挥了挥手，无奈之下只好拨通了祝则清的电话，开口只是缓慢地问了一句："袭击槿夏的人还会出现吗？刚刚我让她一个人回家了，心里好不安。"说完，悠悠地看向槿夏离开的方向，却早已不知踪影。

"就这儿停下吧。"

待车子驶出了两个红绿灯之后，顾槿夏下了车。她站在路边，抬头望去正是那个她和陆修时第一次来的超市。

顾槿吸了吸鼻子，自我安慰道："买点菜回去做做吧。万一修时突然回来了呢。"

这么想的时候，顾槿夏其实非常笃定，那就是陆修时不会因为一顿晚餐而从泥淖中逃脱出来奔向她。

超市一如往常的热闹，大人小孩都在各自所需的货架前踌躇、期待着，他们思考着买什么，取悦自己又能取悦别人。

顾槿夏杵在蔬菜区中，呆呆地望着那些新鲜的果蔬，脑子里尽是陆修时和她讨论的关于蔬菜中的营养问题。其实那个时候她并不能听进去他所有的话，因为她一直在害羞回避着，回避他们两个人之间暧昧的气氛。

现在看来，如果那个时候坦诚点，或许就不会滋生这么多的意外了。可是，这个世上不存在"如果"，一切都是命中注定。

"今晚吃火锅好了，家里还有很多肉丸子。"

"吃火锅会胖，会上火，嘴角会长疮。"

"那你想吃什么？"

"随便。"

旁边的一对男女在讨论晚饭吃什么的问题，女孩子一副"随便"的样子令男孩子很着急，但也丝毫没有流露出不耐烦的神色。

顾槿夏看得出神，注视的目光让那对情侣觉得莫名，忙收起篮子离她远远的。

不被需要就像是戳破幻想之后的绝望。

不被陆修时所需要，将她置于他所有事情之外，这是比受伤还要痛苦的事情。

没有买什么，两手空空的顾槿夏一个人循着夜色，循着夜空布满的星星落寞地走在回去的路上。

走过一个十字街口，顾槿夏停下步伐等着绿灯。身旁三三两两的人却让顾槿夏在某个时刻感到脑门一阵发麻。那种突如其来既熟悉又恐慌的感觉令她紧张万分。

可在感受到这种不能言表的危险之后，顾槿夏当即就回头张望，身后和身旁都是陌生的脸，一张张毫无印象。只有她略微急促的呼吸声惹来周遭人的斜视，但似乎并没有人过分地关注着她。

绿灯，身旁的人一个个走过。顾槿夏还愣在原地，只因为那种奇怪又惊悚的感觉还留在身上，仿佛有双阴森的眼睛一直在盯着她看。从人群中，从树影里，从每双漠视的眼睛里……

顾槿夏震惊不已，慌乱地随着绿灯最后倒数的几秒钟跑过人行横道。到了对面之后，她仍旧一路向前快步地走去。她能感觉到，那阴冷的目光在追寻着她，想要撕碎她。

她走得越快，那种感觉逼迫得更甚。

夜灯下，那些交错在一起的影子悠然自得，它们不管不顾地跟着自己的主人穿梭于夜景下，穿梭于花坛中。它们能窥见彼此的心思，却束手无策。

顾槿夏挑着那些大路走，却依然觉得荒凉，似乎有种错觉，人好像越来越少了。于是，她能听见自己的心跳声以及不属于自己的脚步声。

转过大街后已经没有更加繁华的街道供顾槿夏选择，她只能头皮发麻地进入了一条窄窄的小巷。与此同时，她已经暗暗地伸手进口袋，解锁手机之后，她麻利地摁下了祝则清的号码，就等着万一出了意外随时拨出号码。

可是，没等到她摁出这个号码，巷子的拐角处突然伸出一双手凌厉地将她拖进了黑暗中……

< 2 >

黑暗中，被搂着腰，又被捂住口鼻的顾槿夏已经快吓得瘫软在地。她靠在钳制住她的人的怀里，心脏剧烈跳动着。

不是因为害怕，而是因为身后的人和自己有着相同频率的心跳。

仿佛，黑夜的星星降临在她的身边，让她一时感动无言。

静默几分钟之后，身后的人渐渐地松开了她。

顾槿夏在恢复自由之后义无反顾地回身抱住了他。

良久无言。

"你啊……"最后，那人发出低低的感叹，抬手也回抱住了她，轻抚着她的背。

顾槿夏埋头在他怀中，说不出一句话来，只是觉得那滚烫的泪水此时有点崩溃了。

他也埋首于她的发间，略微弯腰地抱着她，黑暗中谁也看不清他们，就连他们自己也无法看清彼此的样子，但能感受些许日子没见的彼此的变化。

"别哭，脸上还有伤，可别往伤口上撒盐。"他心疼的关怀却有着不同往常的幽默，似是想安抚怀里哭得颤抖的女人。

顾槿夏没觉得疼，她此时觉得这一定是上天对她的赏赐。她带着哭腔缓缓道："修时，你还好吗？"

"疼吗？"他问。

此时那月光出人意料地照射进来，映着他的身影，那若隐若现的脸庞依然有着陆修时该有的精致模样。这会儿在月光下他更显清冷高贵，只是眼里的炙热却只对顾槿夏一人。

顾槿夏望着他，摇摇头。

"那我就很好。"陆修时轻声回应，再一次收拢手将她抱紧。她的气息，她清雅的香气，都令他着迷留恋。

顾槿夏含着泪，没有再说话。一再强调的"等我回来"不就是"你要是好的话，我就会很好"的意思吗？可一个"等"字能消耗的东西太多了，多到无法承受。

"先回家，这里不安全。"陆修时轻轻拍了拍她的背说。

顾槿夏拉着他的手说："你也回家吗？"

陆修时抬手用手背轻触她脸上的伤，目光轻柔："不能再让你受伤了。"

顾槿夏想说什么却终究无法开口，这案子依旧没有结束。跟踪她的人至今不知晓身份，为了救她，不使她再受伤，陆修时已经打乱了自己的计划。

为了一个陪伴，她似乎过于任性。但这世上爱情总是自私的，她尽管明白，可还是觉得自己似乎在面对无辜生命时有些不尊重。

夜色浓重，陆修时和顾槿夏两个人并没有过久停留在外面，小心谨慎地回到家。

家里一切都没有变，只是眼前这个美艳动人的姑娘却有些消瘦。

顾槿夏先在玄关处换了鞋，立马着急地奔向厨房。陆修时站在客厅有些惊讶地听着厨房传来乒乒乓乓的声响。

"那个，冰箱里只有一些鸡蛋，还有少量的蔬菜，你想吃什么，这次我做给你吃。"顾槿夏的神色有些局促，自从住进这个家之后，她就一直依赖着陆修时而活。

有些时候她都忘记自己会做菜这回事，因为陆修时擅长料理。

陆修时微微偏了下头，浅笑着露出一个无奈的表情，缓缓走过去，抬手摸了摸半个身子躲在门后的顾槿夏的头，说："我来吧。"

陆修时说着从她手里接过围裙，娴熟地给自己套上系好。那颀长挺拔的个子搭配着围裙，怎么看怎么不和谐，可他却似乎把围裙穿出了另一种风格。

"你为什么要认罪？"本来想好晚饭期间不谈任何有关于案子的事情的顾槿夏到底还是没有按捺住。毕竟，这个案子要是一直存在，陆修时和她就会得不到安宁。

陆修时打火，给温热的平底锅上倒上油，动作一气呵成。他说："为了确认凶手的意图以及掩人耳目。"

顾槿夏轻轻蹙眉，琢磨之后道："之前我就有些奇怪，不合时宜出现在你办公室的乔乔究竟是什么目的，按理来说那起案子根本和你没关系，她为什么会潜进你的办公室？现在想来，有你指纹的那支笔会不会就是她偷的？"

"嗯。"陆修时将打好的鸡蛋搅匀后倒进了油锅中，麻利地翻炒着。"能帮我切下番茄吗？要留下番茄汁。"

"噢。"顾槿夏忙从冰箱里拿出两个番茄，麻利地切好放进盘子中，顺便递到了陆修时的右手边。

陆修时将炒熟的鸡蛋装到小碟子上，继续炒起了番茄。番茄倒进油锅的刹那，"嗞"的一声油烟四起。

他一边用左手炒菜一边抬起右手将顾槿夏轻轻地推到了身后边的位置，继续着上一个话题说："这一连串的案子是个游戏。凶手想要在这场游戏中摧毁我。"

"所以他选择了你经手出院的精神病人？"顾槿夏对这话也只一知半解，她没有陆修时那么聪明，只能努力地去想各种可能。

陆修时笑了笑："我不是单指眼下这个案子。"

说着，顾槿夏见时间差不多了，默契地将鸡蛋倒进了番茄中。陆修时笑而不语，慢条斯理地将两者融在一起。

"你的意思是还得加上之前乔乔的案子？可是更加奇怪的是，乔乔偷你的笔是属于主动行为还是被动行为？"顾槿夏从厨房柜子里拿出了几个土豆放到了水龙头下冲洗，完了再去皮。"如果是被动的话，那指使她的人会不会就是凶手呢？啧，可这样推理过来那个凶手是拿什么要挟乔乔去做这种事情？哎，你说要不要让祝警官去问问……"

说着说着，顾槿夏忽而闭上了嘴巴，略微惊讶。此时的陆修时听着顾槿夏的分析已然关了火，静静地来到她身后，顺势就将她搂进了怀里。

今天晚上顾槿夏第二次被他从身后抱住。第一次是有了危险，而这次是安慰。

"别想了。尽管很多谜你不能解开，但人只要一开始动脑，就没有什么难题能难得住了。于你而言，知道得越多越危险。更何况，你还未曾了解到什么事实就遭人跟踪袭击。乔乔被威胁的原因我现在还不能肯定，我只是知道你要是再琢磨个二三事出来，凶手就该拿你威胁我了。"

顾槿夏感受到陆修时说话时的气息倾洒在自己的耳边，痒痒的，让她知道他的存在，同时仍旧害羞不已。

"那你能保证自己的安全吗？"顾槿夏一手拿着没削好的土豆，一手拿着削皮器具，一下子没能好好回应这个拥抱。

陆修时微微低头，下巴置于顾槿夏的肩膀上，轻轻蹭了蹭道："不能。"

顾槿夏有些许的生气，她回身盯着陆修时那深邃不易猜透心思的双眸好久，又默然地垂下双眼，轻声道："你知道这世上孤独活着的人为什么会绝望吗？"

陆修时只是看着她。

"孤独的人不被需要，活着就是最残忍的惩罚。"

这话从顾槿夏嘴里出来让陆修时为之动容，他也是孤独的，但他从未绝望过。因为即便是像他这样的人，都有徐嘉澍和祝则清这样不离不弃的朋友。

而槿夏……

"对不起。"他喃喃地弯腰俯身靠近她，就在即将触碰到她略微冰凉剩下少许血色的唇瓣时，她的手机响了。

顾槿夏怔怔，慌忙推开陆修时，拿出手机一看是徐嘉澍的来电。她有些抱歉又有些好笑地看向了陆修时，陆修时自然是一副"找个时候拧了他脖子"的恨恨表情。

"槿夏你到家了吗？"徐嘉澍语气很急，很紧张。

顾槿夏先是回答到家了，后出于女人的直觉追问了一句："是发生什么事了吗？"

徐嘉澍欲言又止，似乎是对情况的不了解，含糊地说了句："是则清，说什么之前案子里的一个女人死了，我也搞不懂。我就打来电话问问你的情况，我的右眼皮老是跳。那你待在家里别出来，要是出了什么事，修时非得把我脖子给拧断了不可。有事千万记得打我电话啊！"

"好。"顾槿夏忧心忡忡地挂了电话，全然没有在意徐嘉澍说的后半句的内容。抬眼看向陆修时，他似乎也在想着什么。于是她只能说，"那个女人……我们去看看吧。"

很明显，上一起案子里的女人就是赵晓娜，但陆修时也只是拿起另外一个削皮器具和顾槿夏一起削起了土豆皮。

"先吃饭。"

陆修时的淡定让顾槿夏很不安，这似乎是巨大风暴来临之前的平静。

但，他是陆修时啊。

到了最后，有关于陆修时在消失的时候住在哪里，睡得好不好，吃得好不好的问题顾槿夏都没有再问。就算问了，陆修时给的回答也不一定是真的。

乔乔的案子加上现在的……几条人命，让这个城市都笼罩在了一种阴暗又人人自危的恐慌中。消息封锁没有被放出，坊间却依然出现了这些案子的各种传闻。

包括陆修时根本没被抓起来，他还在继续作案，他杀的仍旧是精神病人之类的。

看着在自己身边好好的陆修时，顾槿夏真想什么都不去怀疑，什么都安于现状。

可是，她喜欢上陆修时的刹那认定他就是个不平凡的人。

<3>

命案现场一片狼藉，赵晓娜就死在了她和魏奇明生前承包过的鱼塘里，尸首分离。

那狰狞的面孔深陷泥土中，有着难以形容的恐惧。

而这个鱼塘为了打捞之前陈丽的尸体已经抽干了水。因此，赵晓娜的尸体在被发现的瞬间给人的感觉就是"自掘坟墓"。

祝则清到了之后，看到了任队。任队瞄了祝则清一眼似乎有些回避，他心里担心着这案子该不是他私自放跑的陆修时干的吧？那可真的是助纣为虐啊。

不过思前想后，陆医生这么一表人才、玉树临风的翩翩公子是绝对不会用这种手法杀人的。

他不是有洁癖吗？

"想什么呢，哥们？"祝则清上前推了把任队，从怀里掏出一包烟抽了一根递给了他，"我可看见你脸上写了'心里有事儿'几个字。"

任队皮笑肉不笑地接过烟，没有塞嘴巴里而是别在了耳朵上。

"嗬，现在脸上干脆写着'我什么都不知道'了是吧？"祝则清也不是吃素的，在公安的行业里干了这几年什么妖魔鬼怪没见过。

他的读心术在陆修时面前可能作用不大，但在同事面前还是屡试不爽的。

任队"哎"了声，示意他别在这里发难。明知道他想问什么，但受人之托忠人之事，警察要讲信用嘛。

"回头我再问你。"祝则清也作罢，只能先关注眼下的事情。"罗蔓来了吗？"

"罗法医比你早来，她到了之后就跳下去给尸体测了干温。这姑娘，没投胎做男人真是可惜了。"任队摇头又点头，也不知道究竟是觉得可惜还是敬佩。

祝则清点点头，又问："是谁报的案？"

说到这个，任队露出了意味深长的笑容，看向祝则清缓缓道："你猜。"

"我猜你二大爷！"都这节骨眼上了，居然还有心思开玩笑。祝则清忍不住就爆了粗口。

任队丢给他一个"你丫也太不懂幽默了"的眼神，撇撇嘴说："是用陈丽的手机报的案，而且还是女人的声音。"

"陈丽？"祝则清顿时感到寒毛竖起。陈丽不是死了吗？怎么会是她的手机，她的手机是怎么突然出现的？

"匪夷所思吧。所以你这个人就是……虽然我们是共产党员，共产党员的意志是非常坚定、刚硬的。但是我还是觉得你这个人有点邪门，怎么什么倒霉、光怪陆离的事情都发生在你身上呢？好不容易解决了一个案子，结果还没完没了的。我要是有二大爷，我一定让他保佑你。"

任队这话说得语重心长，完了自个向着那个鱼塘旁的小房子走去。里面，灯光明亮。

祝则清愕然，这事情确实有点诡异。这算怎么回事，杀了赵晓娜的人是谁，和之前那六条人命的凶手是同一个吗？可是赵晓娜被杀为什么看起来动机明确，像是仇杀？

复杂的问题接踵而至，祝则清站在水塘岸边望着漆黑的前方陷入了沉默。

几分钟后，手机短信的提示音打破了他的沉默。祝则清拿出来一看，确认无误之后又反复看了几遍。一时间，这种一个人迷茫的状态得到了缓解。

因为，他要回来了。

罗蔓是第二次在这个小房子里检验了，跟着现场勘查的专家们一起。其实乔乔的案子并不算完全结束，因为从鱼塘里打捞上来的肢解的尸体她还在处理。

可却在这个节骨眼上出现了最大的疑点。

不知道是不是上起案子带来的错觉，让罗蔓觉得这像是陈丽的"诅咒"。

"不许唯心主义。"祝则清比任队快了一步和罗蔓搭上话。看着屋里忙碌认真的勘查人员，他把罗蔓拉到了一边，压低声音问道，"之前查出来的东西你一块告诉我吧。"

罗蔓手上还戴着塑胶手套，瞟了眼外面还在工作的同事，同他边说又边往外面走去。

"之前的那五具尸体因为埋在土里，与空气隔绝，尸体的腐烂程度会是正常速度的八分之一。尸检就耗费了一些时间。他们死于不同时期、不同手法，就连致命的凶器也不一样。但重点是，在他们的身上我发现了两种不同的土质成分。"

又重新站在了外面有些泥泞的路面上，鞋底沾着泥土和杂草，祝则清在岸边的一排小草上蹭了蹭，接过了罗蔓的话："也就是说，杀人的第一现场并不在修时空置的家里，而是凶手故意将尸体移至那里，陷害修时。"

罗蔓不经意地松了口气，觉得自己这个发现似乎比顾槿夏的左撇子的说法要来得更加有力。她说："目前为止是这样，再加上顾槿夏的说法如果成立，陆医生的罪名或许能洗清。"

"那也要针对死者的不同死亡时间来推敲陆修时有没有作案的时间。凶器分别是什么？"

这个时候，祝则清给自己点了一支烟。黑夜里，这点点星火就有如卖火柴的小女孩手中的梦。

"说到这个，倒又有了令人惊讶的发现。"罗蔓对这个惊讶并没有表现过多的惊喜，在她看来得出这个结论又会把她之前辛辛苦苦能证明陆修时清白的东西轻易抹去。

祝则清抽着烟，他轻吹了一口气，那袅袅的气体便消散在了空气中。

"聊什么呢，谈情说案哪。"任队不知道什么时候尾随而至，一边勾搭着祝则清的肩，一边搂着罗蔓的肩头，调侃道，"不要一个个都苦大情深似的，案子不是皱着眉头就能解决的。话说，罗法医我觉得你和祝队挺配的，适合过日子。"

罗蔓无语，抬头看向已经有了一个宝贝女儿的任队说："最不能嫁的就是警察。累成狗不说，还总被埋怨，一年到头不着家的，活守寡。"

任队撇撇嘴，心里还是挺赞同这几句话的，所以局里好多小年轻刚进来就说自己有女朋友了，也真是会为将来打算。

"任队别乱牵线了，罗法医心里有人了。"祝则清笑着，将抽了一点的烟给掐断了。

任队好奇不已，撇开祝则清盯着罗蔓问道："是谁这么有福气入了我们大法医的眼，你可得说给我听听。回头我要给你去查查，这个人的品行端不端正。"

罗蔓瞪了偷笑的祝则清一眼，尴尬地看向自己的脚尖说："现在没有了。

大概是不喜欢被法医喜欢上吧。"

　　莫名地，一种伤感情绪蔓延了出来，任队总算是有自知之明，示意祝则清赶忙过来帮他圆一下。他自己则安慰了罗蔓一句："没事，准是那个臭小子配不上你！不要往心里去，还有更好的啊，放心。"说完就冲着自己的弟兄喊，"有找到什么证物没有？"

　　祝则清摇摇头，看了眼罗蔓，脸上并没有什么伤感的情绪。

　　见任队走远，罗蔓一本正经地对他说："凶器是医生会用的工具——手术刀。受害者都是被折磨之后，割喉而死。尸体身上有很多针孔，有些尸体的某些部位呈现黑色或紫色。"停顿了之后，又继续道，"这些东西我太熟悉了。"

　　祝则清愣住了，医生？陆修时可是精神科的医生，一般都是采用药物治疗啊……

　　他怀疑的眼神被罗蔓收入眼底，她肯定又淡定地对祝则清说了句："只要是医生都会。"

　　"是，人体解剖你们都学过。"祝则清也没有继续否定，而是转而问了另外一个问题，"乔乔的案子里，顾槿夏被挟持的时候被注射了麻药，在你们法医室大门外顾槿夏又再次被打了麻药失足摔下楼梯，这里又出现了各种针眼。你觉得这是巧合吗？"

　　提到顾槿夏，罗蔓又想起了别的事来："顾槿夏送来的信封鉴证科的同事已经化验过了，上面除了她的指纹外并没有其他人的指纹。"

　　"那封信到底是什么意思？"祝则清因为没有搞懂那封信的真实来源，也就没有唐突地找顾槿夏要。但事已至此，好像也到了必须问的地步。

　　不远处，一辆车闪着夜灯徐徐停在了警戒线外。祝则清和罗蔓循着声音望了过去，只一看祝则清就知道来者何人了。

　　"哟，祝警官你在哪！"徐嘉澍下了车自然被拦在了警戒线之外，他冲着祝则清喊，"我来接你回家吃饭。"

　　罗蔓好像是头一次见到徐嘉澍，露出了狐疑的神色。这个远看还是文质彬彬的男人，嗓门倒是挺大的。

"嗬，不认识。"祝则清尴尬地对罗蔓笑笑，并不是很想理会外面那个傻不棱登的徐嘉澍。

"我看应该是挺熟的人吧。"罗蔓淡淡地说了声，转身便朝着塘底走去。

这时，祝则清才看见罗蔓裤脚上的污泥。这个女人真是个拼命三娘，天不怕地不怕的，怎么就栽在了陆修时的手里？女人到底有个什么样的审美？

"祝则清，老大喊我们回去吃饭！"这会儿徐嘉澍又提高了嗓门。

无奈之下，祝则清只能远远地举了个"ok"的手势，示意徐嘉澍别再喊了。交代完同事接下来要做的事情之后，祝则清就朝着徐嘉澍走了过去。

"还真是在自己的主场什么都不怕呢。"徐嘉澍冷嘲热讽，随手的一个动作都显示了极度的不耐烦。

祝则清也懒得和他争辩，抬起警戒带就出去同他并肩站着，然后越过他直接开门坐上了副驾驶的座位。徐嘉澍也无趣地耸肩开门上了车。

可一坐到车上，躲开了所有人视线的时候，两个人立马换了副面孔，激动无比地手舞足蹈。

"可把救星给盼回来了！他人现在在哪儿？"祝则清双手捏拳道。

徐嘉澍启动了车子，一脚油门下去，直接掉头往回开，边开边说："还用问吗？肯定和槿夏在一起恩恩爱爱啊！"

"去破坏他们。"

"Yes，sir！"

< 4 >

这个世上，最安全的地方理应是自己的家。你吃饭睡觉、偷懒玩乐、独自高兴、孤独哭泣的地方，有着你所有的弱点的地方，值得好好保护。

顾槿夏第一次跟着陆修时进了书房，在他家里这段自由又非自由的时光里，她好像一直没机会提起楼上那些始终锁着，带着几分神秘又诡异的房间。

书房的门看起来有些厚重，就连锁都是定制的。陆修时拿出的钥匙是一把有着精致图案的复古钥匙，和其他房间的钥匙似乎不在一个次元。

"书房看起来……好普通。"门被打开之后，顾槿夏本来已经准备好惊讶了，结果在看到和图书馆差不多一样造型的书房之后，居然没了感慨的欲望。

陆修时笑笑，回身看她说："如果我说我这几天一直都在这里，你还会觉得它普通吗？"

听到这话的顾槿夏目瞪口呆，她都无法知晓自己当下的心情，因为脑袋一片空白。

"那就不是书房的问题了，而是你太不寻常了。"最后顾槿夏给出了十分现实的回应。

陆修时拉着顾槿夏朝放置在书房中央的沙发走去，两个人坐下之后，顾槿夏才看见面前的茶几上放了很多的资料、书籍以及写满和案情有关的纸张。

那白纸上的字迹干净有力，漂亮又不失阳刚之气。有些时候，光是看着一个人的字都能爱上对方。

"你真的一个人在这里想了这么多事情吗？"顾槿夏总觉得有些匪夷所思。先抛开他什么时候进的家门在楼上书房不声不响地存在着，但仅只是一个人在承受着这些就有些可怕。

陆修时修长的双手将顾槿夏纤细的手覆盖，轻轻摩挲着。他看着顾槿夏说："等这个事情结束，我们就结婚吧。"

"啊？"顾槿夏嘴巴再次张成了"O"形，她空白的脑袋里渐渐地有什么东西在恢复原状。等到她把那句话从嘴巴里说出来，她才明白那玩意是什么。

那原来是她的理智。

"你在给我承诺。"顾槿夏脸上没有明显的欣喜，更多的反而是后怕。

顾槿夏的反应，陆修时心知肚明。这案子没有那么容易结束，太多的疑点他还没有解开。在这沉默期间，顾槿夏却屡次受伤。就在顾槿夏一次次遭受不明伤害的时候，陆修时发现自己变了。

那个处事不惊、临危不乱的他好像变得和一般人一样了。他会因为顾槿夏的伤痛而无法集中精力想案子，他会因为顾槿夏夜晚含着泪入眠而心痛得没法冷静。

他甚至会想，他不是救世主，何不带着顾槿夏到一个不被任何人打扰的地方安安静静地生活？

这样的想法让陆修时在清醒时无比矛盾，可这个矛盾却又被顾槿夏轻易地治愈了。

在他被陷害成凶手时，顾槿夏努力地找出证据想要还他清白。左撇子，这是顾槿夏找到的唯一最接近他的证据。陆修时清楚地知道，早在某一个特定的时刻，他是左撇子的事实就印在了顾槿夏的脑海里，只是那时候没有什么刺激源让她想起这微妙的差别。

"修时，下个月的司考陪我去吧。就这个，答应我就可以。"顾槿夏低低叹了口气后，仰面浅笑着对陆修时说，"你安心查案，我知道你好就什么事都没有了。"

那刻，陆修时心里长久以来坚固的壁垒被顾槿夏轻轻推倒。他才明白，柔软的心也能使人坚强。

不再二话，陆修时拥顾槿夏入怀，轻抚她的背，低声道："就算补考也陪你。"

"呸，才不补考呢。"这段煎熬的时间里，这是顾槿夏第一次露出笑脸。

没过一会儿，祝则清和徐嘉澍就到了。两个人进屋的时候也没有流露出过分的欣喜，一个个都绷着脸上的神经，不敢让自己的表情有些许破绽。

就连见到陆修时，三个人的表情都极其相似。无言，却胜过千言万语。或许，不止顾槿夏一个人在等待，他们也都无时无刻不在等待。

三个人一起又再次进了书房，顾槿夏留在下面给他们泡茶。楼上静悄悄的，听不见他们的说话声。

想起陆修时这几日一直都生活在离自己不远的地方，顾槿夏还是觉得心里微微刺痛。

信任，并不是在对方有了危险的时候才出现的。顾槿夏忽然间有些消极，那种负能量满满的情绪涌上了心头。

她变得有些焦躁，有些生气。顾槿夏的头隐隐作痛，她控制不了情绪的产生，她的双手死死地捏着瓷杯子，指骨分明，苍白可怖。那种神经紧绷的疼痛让她在陡然间恢复清醒，之后却是说不出口的害怕。

"长话短说，你们在我这里也不能停留太长的时间。"陆修时整理了下手中的资料，坐在沙发上，看着对面两个小伙伴认真地说道。

"不先开瓶红酒庆祝下吗？"徐嘉澍对陆修时这一副和往常一样的作风表示不理解。

陆修时睥睨了他一眼，道："庆祝什么？"

"当然是庆祝你劫后余生啊！"

此时祝则清也斜视他道："大哥，拜托你用脑子好好想想。修时现在是'在逃嫌疑人'的身份好吗？什么劫后余生啊，他还没遭到真正的劫难呢！"

陆修时望了眼祝则清，想来他为什么出现在家里的缘由则清应该心知肚明。他也不想解释，紧接着便说道："案子的疑点很多，我一一罗列了出来。"

祝则清低头就看见茶几上有些写满字的凌乱纸张，他伸手去拿了其中的一张。一眼就看见了上面红字的部分写着"你是抓不到我的"，后面打了个问号。

祝则清疑惑地皱起眉头，为什么这句话变成了第一人称？难道是有什么其他的人当着陆修时的面说了这样一句和他之前听到过的相仿的话？

"我排除了下我周遭有可能对我恨之入骨的人……"陆修时开始准备从这个说起。

"你身边还有这样的人？"徐嘉澍一脸不解地打断他。

陆修时自然回他一个冷淡的眼神，道："当然没有。"

祝则清听完，按照警察的办案经验，陆修时说的"没有"并不一定完全正确。他根据自己的思维和想法，对陆修时说："连环杀人案在很大程度上并不能参照正常的逻辑来思考，也不能用一般的犯罪动机来解释。死的这几个人都是被虐杀，罗蔓的尸检结果表明，凶手在作案时有着强烈的个人情绪。我怀疑，这个凶手十分痛恨精神病人。"

"那这事明显冲着你来。分明就是一场你和凶手之间的博弈啊。"徐嘉澍觉得瘆得慌，吞了下口水。

陆修时最不想得到的答案就是这个，但他应该一早就有预料到。他转而问道："罗蔓的尸检结果是什么？"

"凶手在杀人的过程中不断进化，他越来越完美了。以至于后面的尸体所能带给我们的信息也变得更加简单。"祝则清身体略微前倾，似是对这个问题的重视。

陆修时看向他，微眯双眸，语气和之前的稍有些不一样。他说："凶手在受害者身上所表现出来的人格类型是使命型。"

"他专门杀精神病人。"随之，祝则清又补充道。

"凶手专门杀精神病人这个毋庸置疑，但这个世上的精神科医生又不止修时一个人，也不止修时一个人治好了精神病人，干吗只针对他呀？"徐嘉澍对此提出异议。

"确实。"陆修时不否认，但话锋一转，"但自从我参与了则清负责的案子，这事就注定与我有关系。"

"嗯？"祝则清同他对视，不知道他话里的意思。

陆修时准备往下说时，书房外传来了顾槿夏的敲门声。徐嘉澍一听到槿夏来了，立马起身迎接，打开门。

"槿夏，他们讲的故事太可怕了。"徐嘉澍故意吓唬她，却不想她微低着头，对他的"吓唬"不为所动。

徐嘉澍接过顾槿夏手中的茶具与茶壶，狐疑地打量着顾槿夏转身就走的背影。他想要叫住她，却发现她下楼梯时那阴暗的侧脸，像是被一道黑影所笼罩，诡异至极。

关上门，陆修时正看着他。徐嘉澍勉强挤出一个笑脸解释说："估计槿夏不太想听恐怖故事。"

陆修时略微担心地望了眼门口，但又立马收回视线继续之前那个话题。

"乔乔的案子是精心包装过的阴谋。从你开始找我协助破案的那刻起，阴谋就拉开序幕了。"陆修时轻描淡写地说着，好似在讲别人的故事。

祝则清被他冷淡的目光一戳顿感奇怪，他拧着他浓密的眉毛，英俊的脸庞被潜在暗处的真相给震惊到失去了血色。

"我现在不能肯定当时的情况，但两者之间一定有着密不可分的联系。"陆修时盯着祝则清，缓缓道。

< 5 >

冷冷的夜，忽而有狂风大作。屋内的人们甚至都未曾注意到外面的风云变化，只是震惊于听到的事实。

陆修时喝了口微凉的茶，声音低沉："按照现有的线索，凶手很有可能也是医护人员，且就在我左右。但必须弄明白，跟踪槿夏的人和制造连环凶杀案的人是否为同一人。再者，乔乔和赵晓娜分别说过的类似的话是受了谁的指使又或是暗示，而当时那个人离我们同样也很近。还有就是，关于赵晓娜的死，我不确定在凶手眼里，赵晓娜是精神病人还是有着特殊意义的被害者。"

"凶手可真是神通广大。"徐嘉澍没有动脑，但也听得相当疲乏，捏捏鼻梁，靠在了沙发垫上。

祝则清整理了下陆修时记录下来的信息，脑子里也是嗡嗡一片。他沉思了很久才问道："还记不记得我和你说过，乔乔那次袭击我的时候，行为很怪异。"

陆修时放下瓷杯，轻轻地哼了声，那是一种不情愿的应答。

"所以会不会有这样一种情况，当时的乔乔是受了什么蛊惑才会对我下手？"

"蛊惑。"陆修时轻轻地重复了下这两个字，他淡然的眼眸此刻变得冰冷，眼神里是化不开的浓墨。"则清，如果我说其实最开始受到蛊惑的人是你呢？"

"什么？"徐嘉澍哗地坐直身体，摆手道，"不要吓人好吗，陆医生，说点人能听得懂的话。"

祝则清瞳孔放大，瞪着陆修时，惊诧得说不出话来。这种心悸的感觉真实存在，他惊惧于陆修时即将说出的就连他自己也没有察觉到的秘密。

"什么时候？"他极力克制住内心涌动的波澜，声音丝丝颤抖，低哑深沉。

"或许是你发现下水道婴儿尸体的那一晚。一定是有什么让你觉得这案子棘手，从而促使你来找我。"陆修时冷静地讲着，此时他确信了这种可能的存在。"以你的性格，怎么可能在案子刚发现尸体的时候就向我求助？"

一句话，顿时让祝则清觉得五雷轰顶，他没有怀疑过自己在任何时候做出的决定。可偏偏来找陆修时帮助这件事让他习以为常，习惯到不去发现它正不正常。

他双手懊恼地抓着脑袋，竟有些回忆不起当晚的细节。

"那不是蛊惑，准确地说是催眠，或者是强大的心理暗示。"陆修时的指腹轻轻摩挲着瓷杯的杯沿，回忆起这个，他的神情也并不明朗。"有人在掌控着这场游戏，而我是他想毁灭的最后一枚棋子。"

祝则清双眼泛红，低声道："所以现在这案子要连同乔乔的案子从头查起吗？"

"这次我们兵分两路，你就按照自己的思路来查案，有线索再进行汇总。"说到最后，陆修时看了下时间，已经是深夜十点了。

他看向了有些迷糊又被折腾不轻的徐嘉澍道："最近不要来找槿夏，也不要让傅玲珑接触她。她和我一样，暂时成了凶手的笼中鸟了。"

"那你们……"徐嘉澍不放心。

"她有我。"

祝则清半晌后直起身子，似乎是受了不小的打击。他本不该说出这样的话，但事到如今，连"催眠"都出现了，还有什么是不可能的？

"修时，你要多注意槿夏，她可能比你看到的还要复杂很多。"

陆修时抬眼同祝则清对视，三人纷纷陷入了诡异的沉默。

将近十一点，徐嘉澍和祝则清告别了陆修时，离开了他的家。而顾槿夏却在客厅的沙发上蜷曲着睡着了，不知他们的离开，也不知他们聊了什么，更不知祝则清临走时对她报以何种的目光。

她只知道她醒来时，陆修时就陪在她身侧，如阳光驱散她的阴霾。

川流不息的街道上因为深夜的来临陷入了古怪的冷清。今晚，没有月亮，看不见星星。车窗关着都能感受到凉风的侵入，缠绕在脖子周围的阴冷感让人不寒而栗。

"你那时候说的槿夏很复杂是什么意思？"徐嘉澍摸摸脖子，打了个寒噤，随手摘下眼镜，吹了吹上面掉落的尘埃。

祝则清掌控着方向盘，眼睛直视前方，本能地拒绝回答这个问题。他不能完全肯定自己的故事会发生在顾槿夏身上，但那种强烈的熟悉感让他不得不产生怀疑。

"你不会是把槿夏当成……她了吧？"说这话的徐嘉澍在眼镜片的反光作用下显得高深莫测。他语气稍显紧张，因为他也知道那是祝则清没有跨过去的坎。

祝则清握着方向盘的手紧张使劲到发白，但他没有任何越轨的表现，脸上察觉不到任何的异样。

车子一路驶去，那速度好像在发泄一般。

徐嘉澍在死死地扣好安全带后一言不发，任凭祝则清发疯。反正大半夜的被拖进交警队，丢脸的也不是他。

"我查过顾槿夏的资料。"良久，车子的速度缓慢下来，回到正常。祝则清才开口，而在开口之前他叹了口气。

车子放慢，徐嘉澍也松了口气，他理理衣服，拉拉衣襟，扭头看祝则清。

"顾槿夏年纪太轻，她经历了常人无法想象的事情。你可知道在她上高中的时候，她那患有精神病的爸爸把她妈妈的腿给打断了。于是顾槿夏一边继续着学业一边成了家里的顶梁柱。好在她的亲戚们都还算好，帮她承担了照顾妈妈的义务，她这才放心念完了大学。可就在她念大学的时候，她的身体又出现了问题。"

开着车讲着别人的人生经历，这并不是件愉快的事情。因为本身这个人的遭遇就不是幸运的，而是充满了悲剧性。

"很巧合的是她生病动手术所在的医院就是修时刚从国外回来挂职所在的单位。你信吗，修时这样的一个人，怎么可能会在短时间内就义无反顾地喜欢上了她？"

祝则清终于说出了内心最为困惑的一个问题。可他似乎忘了，当初的他也是因为一个"义无反顾"差点酿成了大祸，而替他收拾残局的人正是陆修时。

徐嘉澍惊讶地微张着嘴巴，他感到惊讶的并不是则清所怀疑的事实，而是顾槿夏的遭遇。

"槿夏也太不容易了。这么说来，那次手术耽误了她在学校考司考，以至于只能委曲求全在我的事务所当个助理。"徐嘉澍也似乎理清了什么思路，"就算这样，人家姑娘积极向上，充满正能量，也不会出现你所担心的状况啊。"

这时候，祝则清的脸在路灯的照射下变得有些凝重。他低哑的嗓音充满磁性，但危险十足。

他说："不是我担心，而是状况已经出现了。修时不会不明白，患有精神病的其中一个原因在于遗传。槿夏她……"

话到了这里，车子在经过十字路口时，一辆大卡车闪着远光灯直接朝他们冲撞了过来。

祝则清完全没预料到这样的事情发生，双眼便立即陷入了短暂的失明，在他无法估摸情况的时候，两辆车子就发生了严重的碰撞，车子猛烈一震，几乎被掀了起来，而他的身体在这种碰撞的作用下完全失去控制，紧接着一阵强烈的天旋地转，整个世界随着车上的玻璃全数震碎……

寂静的道路花坛里，变形的车子翻在那里，看不见生机。

有个黑影靠近了那车子，对着里面头破血流受了重伤的两个人轻轻地扯动了下嘴角。

他缓缓蹲下，双手搭在那被撞得扭曲的车门上，只是简单地使了一个力，那车门竟轻而易举地给卸了下来。里面奄奄一息的人便侧身倒了出来，血肉模糊。

"嘀，律师。"他冷哼着一把将重伤昏迷的徐嘉澍拖出了车子，扔在一边，瞥了眼还被禁锢在那里的祝则清，喃喃道，"警察……"

花坛杂草上不知什么时候染上了鲜红色的血液，那副碎裂的眼镜也静静地躺在一边。也不知道过了多久，祝则清从昏迷中醒来，头破血流的他不清楚自己哪里受伤了，亦无法动弹身体的任何部位。

他转动眼珠子看向副驾驶的位置，只一眼，他几乎就用尽了全身仅剩的一点力气低吼了出来：

"嘉澍——"

"陆医生，祝则清他们出事了！"

半夜，陆修时和顾槿夏长久的未见面让两个人都没什么睡意，不聊天就看着彼此也觉得时间飞快。而此时接到罗蔓的电话让陆修时立马有了非常糟糕的预感。

电话里头，罗蔓的声音显得异常紧张，紧张到不自觉地颤抖，这让陆修时十分担心。

"你别急，我这就过来，地址告诉我。"

陆修时此刻心里非常清楚，罗蔓会打他电话说明祝则清已经把自己的事情告诉了她，而会告诉她则证明祝则清确实遇到了不测。

那和他一起回家的嘉澍呢？

想到这个，陆修时利索地穿好衣服准备出门。

"我和你一起去。"顾槿夏也跟着他麻利地穿好衣服，利索地绑起长发，严肃道。

这会儿也没有更好的办法，实际上留顾槿夏一个人在家，陆修时也觉得并非明智之举，但带在身边，又实则危机四伏。

"凶手三番五次伤害我，并没有置我于死地，无非就是想让你出现。按照目前情况来看，祝警官他们在回去的路上出了事情，说明那个人一直在跟踪监视。那么，你安然无恙的事实'他'想必也早就知道了。既然如此，我现在就是安全的。"情急之下，顾槿夏的大脑飞速地运转着，嘴上说出的话倒也在理。

只是，陆修时这会儿望着她的脸庞，仿佛看见了另外一个人的影子。

凌晨，这条道路被封锁，局里的专案人员都在现场勘查。案发现场一片狼藉，肇事的卡车也还留在现场，可祝则清的车子就差被碾碎了。

"这个祝则清！"任队在现场看着车里布满的斑斑血迹就忍不住揪着祝则清的衣服，质问他干什么总是这样三番五次地让自己陷入危险？到底是谁在一次次地捉弄着他们？

"任队！"这边小吴已经快速地取得了这条道路上的监控内容，捧着笔记本来到任队身边说，"这段路上的监控器在事发的时候受到了屏蔽，只记录到了祝队开车经过这里的事实。但是在事发十分钟之后，监控器恢复了正常，没能记录到任何车辆。"

任队脑子都要炸了，那个未知的凶手竟然把他兄弟给伤成那样，他忍不住对小吴发了脾气，吼道："什么都没查出来，你给我看什么玩意啊？事发当时没有记录，事发后没有记录，那你就不知道去查一查事发前的记录吗？！"

小吴被向来温和幽默的任队给吓了一跳，忙合上笔记本转身继续去查。

这深夜，万籁寂静。唯有警车发出了声响，那声响就像是警告，日子没有一天不是在危险中度过的。

只是有人幸运，有人不幸而已。

综合医院，抢救室。

这是祝则清第二次进了抢救室，这次他在被推进去之前连任何人的名字都没有喊，因为他已经失去了意识。

站在急诊室外的罗蔓焦急徘徊，身上还穿着简单的休闲睡衣裤，脚上套了双拖鞋，看起来相当仓促。

"罗法医，祝警官怎么样了？"顾槿夏急匆匆地从门口赶了进来，还没站住脚就朝着罗蔓问道。

而她的身后跟着一个戴着帽子和口罩的"可疑人物",但罗蔓一眼便知是陆修时。那挺拔颀长的身姿走到哪里都是焦点所在,更何况他还欲盖弥彰地做了伪装,不知道的还以为是哪个明星。

见罗蔓的眼睛落在陆修时身上,顾槿夏也略微尴尬地说:"很明显吗?家里没有其他的道具,只能勉强挡脸了。"

"接到任队的电话,他只对我说了'陆修时'三个字。我也只好冒险联系他了。"罗蔓大致解释了下自己会在这里的缘由,继而又看向了陆修时。

他仅有一双眼睛露在外面,那眼睛也被帽子遮去大半。罗蔓却依然能感受到他的目光,锐利且担忧。

"他受的伤重吗?"陆修时问。

罗蔓上前一小步,点头说:"我来的时候已经被送进去抢救了。医生说,不太乐观。"

"徐嘉澍呢?"

"嗯?"罗蔓吃了一惊,反问道,"当时车上不只有祝则清一个人吗?"

果然。

陆修时狠狠地皱了下眉头,看了下顾槿夏,对罗蔓说:"则清和槿夏先拜托你照顾了。"

"修时。"顾槿夏担心地叫住他,却发现叫住他之后,也只能说一句,"小心。"

陆修时点头,背过身去就朝着那孤寂的夜晚走去。这一走,似乎好像把什么也给带走了一样。

顾槿夏心里顿时不安了起来,那个背影似乎正在没入黑暗,最后与黑暗融在了一起。

"别担心,你安全他就会没事。"罗蔓拉过顾槿夏坐在了一边。看着她脸上还有伤,有些话竟不忍质问。但却也告诉了她事实,"上次你让我查的信封上的指纹有结果了。嘀,其实就是没有结果。"

听到这话,顾槿夏没有露出半点的惊讶和失望,她只是轻声说了句"谢谢"。

"你好像知道会是这样的结果。"罗蔓怀疑地看着她。

顾槿夏抬头，同她对视。眼里有说不出的波澜以及害怕，但她只是平静地告诉罗蔓："因为当时那封信并不是给修时的，而是给我的。"

"你说什么？"罗蔓顿感事情的严重性以及事情偏离轨道发展的诡异性，紧张地反问，"这是什么意思？你和凶手打过照面？还是……"

顾槿夏摇摇头，回想起这个她还是有些不寒而栗。那个时候，确实有人进了陆修时的办公室，但她躲在书桌下却是轻而易举就能被发现的。

这点，顾槿夏也觉得自己当时愚蠢至极。她眼睁睁地看着穿着黑色皮鞋的人脚尖朝着她的方向站立，她惊恐地闭上了眼睛，耳朵能捕捉到那人走路的动静。

朝她一步一步地走来，却未曾靠近她半分。

顾槿夏知道，她能感受到那人的气息就近在咫尺，她不敢睁眼，浑身颤抖着，像个孩子一样蜷曲在那里，似是掩耳盗铃般。

"等到我听到关门声，我才敢睁开眼。可事实上，我多怕我睁开眼睛，那个人就近在眼前，张着血盆大口想要吞噬我……"顾槿夏说到这个，几乎恐惧得像是碰到了鬼。

罗蔓也听得倒吸了口凉气，在那种环境下，遇到这种事情，没病都要被吓出心脏病来。

"所以信封里的东西和陆医生无关？"但她还是问出了重点。

罗蔓凝视着顾槿夏，不可否认，她确实长得很漂亮。肤白貌美，眼睛水灵清澈，尤其是她说话的声音柔软细腻恰到好处，让听的人都觉得如沐春风。

"我不知道是不是和修时有关，我只知道那里面的东西是我一直想要的答案。"顾槿夏说着，忽而低头笑了下，又对罗蔓说，"有个不情之请。"

罗蔓看着她，陷入了沉思。

第十一章

WEN LAN SHI XIA

生死较量

<1>

　　勘查完现场，任队让小吴他们先回去，他留在最后看看还有没有什么
发现。

　　直接在大马路上作案，凶手也是够胆大。这样的人是不是根本就不怕
被发现？可如果是不怕被发现，为什么长久以来一直没有留下什么蛛丝马
迹？

　　"要是那陆天才在就好了。"末了，任队自言自语了句。

　　"凶手带走了徐嘉澍。"

　　忽然间，任队背后传来了某人略微低哑的嗓音，差点没把他吓得拔枪了。

　　"我说陆爷，在案发现场你能不能稍微先出个人声？万一我一紧张人
畜不分的，拔枪伤到你了怎么办？"任队回身埋怨道，然后回归了正题，"谁？
你说你们的那个律师朋友被凶手带走了？"

　　陆修时从黑暗处隐现，摘下口罩，蹲在了狼藉一片的现场。勘查结束，
车子却还没有被拖走。那辆卡车留在现场，像是一种挑衅。

　　"这事和那个律师有什么关系？凶手把他带走做什么？"任队表示不
能理解犯罪分子的扭曲思维，尤其是这种找不到什么破绽、阴狠毒辣的犯罪
分子。

　　陆修时明眸清亮，对于这种既是冲着他来，却又不断伤害他周围人性

命的行为感到非常愤怒。

"他杀了精神病患者,带走了受了重伤的律师,留下警察自生自灭。"陆修时对着空气,集中精力思考着这些人之间的关系。

精神病人,律师,警察……他为什么带走了嘉澍而不带走则清?如果是挑衅,那带走警察是再合适不过了,可他却带走了一个律师。

"凶手是个医生。"猛然间,好似有什么浮现在了脑海里。陆修时连忙打电话给了罗蔓,"顾槿夏和傅玲珑受伤那次,你们查到了什么?"

任队在一旁焦急地听着,云里雾里的,怎么突然之间就知道凶手是医生了?他也抱着双臂,冥思苦想着。

律师,病人,警察……

与病人对应的是医生,与警察对应的是罪犯,与律师对应的是委托人,委托人有可能是被告,被提起诉讼的罪犯,病人也有可能是罪犯,而律师也有可能是受被告的委托进行辩护,为其争取减轻刑罚。

那么按照陆医生的推理,那个凶手是医生,他恨精神病人,尤其是恨犯了罪并且免除刑罚的精神病人。那么也就是说,凶手带走徐嘉澍,是为了惩戒那些替犯了罪的精神病人开脱罪名的律师了。

任队想到这里,觉得自己已经猜得八九不离十了,便把自己的想法告诉了陆修时。

陆修时没有否认也没有点头,只是说:"决定性证据在于,槿夏屡次受伤都被注射了麻醉剂。而且,根据罗蔓和鉴证科的调查,槿夏在法医室外摔下楼梯的当天,有人就躲在门口。而那个人不小心留下了证据——一小片塑胶手套的碎片以及凶手一小块的表皮组织。"

"那要是验出 DNA,就大功告成了!"任队喜出望外。

陆修时侧身看着他说:"但徐嘉澍危在旦夕。我需要任队你以最快速度做出排查。凶手是医生,但他不是精神科的医生,很有可能是外科医生。一定有对他来说重要的人遭受精神病人的袭击受到伤害或者死亡。他可能就在我的身边。"

任队在黑夜中,嘴里咬着警用手电筒,手上拿着工作笔记和笔,将陆修时说的重点一一给记了下来。可在他听到陆修时说最后一句话的时候，他停笔不再写了。

他只是问了句："那你会有危险吗？需不需要安排警力在你身边？"

陆修时摇摇头，说："这是案子让我觉得很矛盾的地方。凶手一直默默杀着人，却突然之间嫁祸于我，让案子出现在大家的视野里。这两者之间有着明显的作案心理差异。再加上，他开车撞了祝则清，这贸然的行事风格和杀人时所表现的耐心谨慎截然不同。"

"难道有两个凶手？"

陆修时没有说话，存在两个凶手的可能性不高，但实在难以解释凶手在作案过程中出现的两种风格。

凶手带走徐嘉澍的目的现在还不能肯定，尽管任队分析得很有道理。但是，之前的被害人并没有被起诉请律师辩护的记录，所以应该不存在凶手同样憎恨律师的可能。

那么他为什么要带走徐嘉澍？只是为了制造恐慌，还是另有图谋？

见陆修时沉思着没有回应，任队想了想，当务之急还是得确认凶手身份，不然都不知道对方是谁，怎么救徐嘉澍？

"哦，对了。还有一个非常匪夷所思的事情，我也是今天刚知道的。"任队似是想起了什么，对陆修时说，"法医科的小蔡打电话跟我说，鱼塘里发现的尸体不是陈丽的。"

"嗯？"陆修时着实吃了一惊，盯住任队的眼睛，犹如鹰隼般。

"确切地说，那尸体不是女人的，而是男人的。小蔡他们在检查尸体的时候，到了盆骨的部分，忽然发现不对劲了。我们以为那是陈丽的，其实那并不是。但乔乔的案子已经结了。所以我都搞不清这个到底又是怎么回事了。"

确实，明明就是陈丽的，怎么又变成另一个人了？那么死在那鱼塘里的又是谁？如果不是陈丽，那死在那里的人还是不是魏奇明他们杀的？如果不是陈丽，那么陈丽现在在哪儿？

疑问一股脑地涌了上来，陆修时头疼的恶疾顿时发作。他揾着太阳穴，却依然感受到那突突跳动的血脉。

疼痛越加剧烈。

"两起案子之间到底有什么联系？还有之前赵晓娜的尸体被发现，报警人就是用的陈丽的手机。你说这陈丽会不会根本没死？案子会不会是她做的？"

任队的碎碎念让陆修时的头痛得都快炸了，他揉着太阳穴试图减轻疼痛，但依然无效。

"当初查的时候，陈丽的家庭背景、社会关系有什么疑点吗？"无奈，陆修时为了转移注意力，只能继续想问题。

任队回忆了下，肯定地说："没什么问题。陈丽也是很不幸的，父母在她十二岁的时候就死了。后来又认识了魏奇明这样的人渣，摊上赵晓娜这样的女人，还被自己的朋友坑，按我说陈丽是最可怜的人。"

"是啊。"陆修时没由来地叹了口气，转而眼神笃定地反问，"会不会有人在为可怜的陈丽复仇呢？"

任队惊诧于陆修时得出的假设。如果是复仇，那么整个案子的性质都将发生变化。乔乔已经认罪，承认了魏奇明一家都是她杀的。如果是复仇，那又从何说起？

"陈丽的日记本。"忽而想到这个，陆修时立马闭眼冥思了起来。那些他匆匆瞥过的内容里一定藏着什么秘密，这个秘密一定很隐晦，隐晦到能蒙骗所有人。

陈丽的字很乖巧，像是小学生一般的字体。记录的方式也和一般日记体一样，有着日期、天气、篇幅很短的内容。

在这些一眼就能看出意思的内容里，每个字是什么意思，是怎么断句的，标点符号又是怎么样的？

陆修时陷入了记忆迷宫里，短时间内，他几乎能回想起他看到过的篇幅内容。

"我昨晚梦见爸爸妈妈了，说让我们回去看看。"

陡然间，一句话跃出了陆修时的脑海。他抓住这句话，掉头就走向任队的车子,打开副驾驶室的门,边坐进去边说:"去找则清,日记本在他那里。"

任队后脚就跟上坐进了车子里,启动车子,华丽地转动方向盘,也没来得及问什么,刺溜一下驶出了这条街道。

< 2 >

医院里,抢救室的灯依然亮着。

徐嘉澍的彻夜未归,让在家的傅玲珑急个半死。电话怎么也打不通,万般无奈之下拨通了顾槿夏的电话。

结果,傅玲珑几乎梨花带雨地出现在了医院,不管不顾地就想往抢救室里冲。

"玲珑,别这样!"顾槿夏和罗蔓一把将她抱住往回拉,边拉边说,"徐律师不在这里!"

傅玲珑精致的脸妆被她哭得一塌糊涂,她抓着顾槿夏的手不停地质问:"你不是说一起出车祸了吗?那嘉澍呢,嘉澍怎么可能不在抢救室?难道,他已经死了,他在太平间?"

"……"罗蔓顿感无语。

顾槿夏忙抱住她,拍着她的背,安抚道:"玲珑,你先冷静下来,不要哭。等修时回来,好吗?"

"我只想知道徐嘉澍在哪儿,我不要等陆修时,他不会带来好消息的!"傅玲珑似乎也预感到了顾槿夏话里的潜在危险。她变得更加激动,不停地扯着顾槿夏的手臂。

顾槿夏一时间无言,她看着傅玲珑,看到了她眼睛里的自己,忽而怔住,惶恐不安。

忽然间,一双有力的手掐住了傅玲珑的手腕,声音冷峻又有丝担忧:"傅玲珑,你是公众人物,注意形象。"

傅玲珑一把甩开及时出现的陆修时的手,带着哭腔反问道:"嘉澍要是出事了,我还要形象干什么?你说啊,嘉澍在哪里?"

陆修时回头看了眼顾槿夏,见她低垂着眉眼,忧愁显而易见。她看似不经意间搓了搓自己的手臂，一言不发。

"我一定把他带回来。"陆修时郑重地承诺，然后劝她说，"听话，先回家休息。我保证你好好睡一觉，徐嘉澍就回来了。"

抢救室门口，罗蔓扶着几近瘫软的傅玲珑，她泪光闪烁，完美的容颜也在这刻伤心欲绝的情况下失去光彩。

顾槿夏深知这是缓兵之计，凶手既然带走了徐嘉澍就一定有着深层次的含义，这要怎么在短时间内就锁定方向？

想到这个，她担心地看了眼挡在自己身前的陆修时。他看起来还是无懈可击的模样，即便被凶手带走的是自己最好的朋友。这样的人，到底是冷静还是冷酷呢？

与此同时，陆修时转过脸，注视着她。还掩饰着身份的他依旧只露出了一双深邃的眼睛，那眼眸里映着顾槿夏，一个好看此时却带着疏远的目光同他对视的女人。

只是一个刹那，陆修时想到了祝则清那有些荒唐却是事实的话。

"你能找到他吗？"顾槿夏轻声问，用只有她和陆修时能听见的声音。

陆修时微敛双眸，握住了她垂在裤缝边的手，忽而展颜。这淡淡的笑意令顾槿夏有丝错乱，虽然看不见他的表情，但他的眼睛确实是在笑着。

"看来让你相信我比让你喜欢上我还不容易。"

顾槿夏怔忡，原来他是在笑这个。可这话，淡淡的却似一条巨大的裂缝横亘在他们中间。不知道为什么，此刻她似乎感受不到陆修时的温度，即使他们握着手。

后来为了方便照顾，陆修时将顾槿夏也一起送到了傅玲珑的家，让她陪着傅玲珑。

也因为徐嘉澍的家离公安局很近，离医院也很近。

"好像自从我认识你之后，你身边就发生了很多麻烦事。我在想，我会不会天生就自带霉运。我的妈妈，我的爸爸……"说到这里，顾槿夏自嘲地笑了下打住，看向陆修时说，"我不想成为累赘，也不想给任何人带来厄运。"

"我知道。"陆修时轻轻地搂她入怀，宽慰道，"每个人都是上天给人间的礼物，你也不例外。这世上，活着的人大多有使命，而你的使命是协助我破案，伸张正义。"

"嗝！"顾槿夏笑出了声，轻轻地打了下陆修时的手臂质问道，"然后呢？"

"然后，你不是说要给我生猴子吗？"

陆修时忽然间一本正经地提起这个对于顾槿夏而言是糗事的事情，惹得她一脸的尴尬加脸红。她没想到陆修时将"生猴子"这件事情记得如此清楚。

那是发生在她右手断了的某个"苦日子"里。那天，天气很好，陆修时难得答应带她出去走走。

其实陆修时主要是想阻止她一天到晚埋头在司考厚厚的书籍里，认真复习的顾槿夏眼里只有那些题目，没有他，这让他超级受不了。

于是，带她出去散步简直是一箭双雕。

阳光灿烂，暖暖的光线倾洒在顾槿夏的身上。大自然的光线是最好的白板，这会儿的顾槿夏看起来清新脱俗，不可方物。

陆修时这会儿懊恼自己没有带相机出来，一双眼睛无法将她的美丽保存下来，更为重要的是他根本看不够。

"别乱跑，注意车，过马路看着点！"

身后的声音打断了陆修时的遐想，一个胖嘟嘟的小孩跑过来撞到了陆修时的小腿，他正准备努力地冲向马路对面。

于是乎，陆修时皱了下眉头，顺手就抱起了这个无大人陪同擅自过马路的小朋友。

陆修时的这个举动瞬间俘获了顾槿夏的少女心，她觉得此时的陆修时比任何时候都要英俊帅气。

"啊，真想给你生……"情不自禁地差点脱口而出的顾槿夏戛然而止。

陆修时偏头："嗯？"

顾槿夏看了眼他手里的孩子，不喊也不叫。再看看陆修时，她吞吞口水道："有没有人说你长得很帅，想要给你生猴子？"

陆修时目不转睛地盯着她，忽而明白过来，嘴角向上翘起，悠悠道："你说完就有了。"

太阳的光线，让顾槿夏的脸更红了。

"陆医生……"

罗蔓的声音让小两口的回忆停留在了那朦胧的光线中。见到两个人拥抱在一起的和谐画面，罗蔓并没有觉得别扭，反而觉得美好。

这世上，所有美好的事物都有一个共同点，那就是无论怎么组合都是好上加好。

陆修时意犹未尽，但还是自然地松开了顾槿夏，转身对着罗蔓说："走吧。"

顾槿夏抓住陆修时的衣袖，反问："去哪儿？会有危险吗？"

"放心。"陆修时回答，摁住顾槿夏的肩保证道，"一定毫发无损地回来。"

顾槿夏不再说什么，只是松了手。在这些动荡不安的日子里，能给的保证就是"回来"，想要得到的保证不过就是能平安回来。或许，人为制造的危险只属于少数人，但其实每个人从出生开始就活在命中注定的危险中。

谁都会死，但没人会冲着"死"而"死"。

罗蔓离开前，微微转头看了下顾槿夏，发现顾槿夏笑着迎着她的目光。

"有个不情之请。"她说。

罗蔓本能地想要拒绝顾槿夏的"不情之请"，因为直觉告诉她，这并不是什么好的事情。

"我不知道修时对我的情况了解到什么程度。但如果有朝一日我崩溃了，还恳请罗法医能帮我个忙，将我送到没人认识我的地方……"

说这话的顾槿夏面不改色，似乎一点也不畏惧她自己所说的"崩溃"。但罗蔓能知道她指的是什么，也能明白她做出这样决定的原因。

"如果连你自己都感觉到了，你觉得陆医生会不知道吗？"罗蔓反问。她不能擅自答应这样的请求，不管她多么能够体谅顾槿夏。

顾槿夏捏着自己的手指，神情淡然，语气轻轻，笑了下却似无奈："祝则清大概是知道的。只是我现在还能不肯定他有没有和修时说过。毕竟，连我自己也搞不清我的状况是暂时的，还是潜在的。"

罗蔓不是陆修时，她不能很好地分析这其中的原因，只是宽慰道："别过于担心。你可能是近期遭遇了太多的事情，压力太大所致，放轻松点。"

对此，顾槿夏也只是笑笑。

关上门，罗蔓对着黎明即将到来的泛白天空叹了口气，看着身边的陆修时，问："顾槿夏对你而言有多重要？"

陆修时偏头看着她，只是说："不知道。"

"嗯？"

"重要这种事情光用嘴巴说是无法表达出重要性的。每个人生命有限，我不知道自己会活多久，我也不能用自己短暂的生命来衡量顾槿夏于我而言的意义。但，我可以很肯定地告诉你，就算天灾人祸置我们于死地，我也会拼了命地让她存活下去。"

这一番话，陆修时在这之前从未思考过，但此刻说出口却仿佛早已在心中酝酿已久。

"她一个人活着有意义吗？"

"意义是人为设定的意识性的东西，所以只要她活着意义就会存在。"

此时，泛白的天际渐渐有了朝阳的痕迹，天边的一抹红让清冷的气氛回了暖。

只是不知道此时，徐嘉澍在哪儿，安不安全。

< 3 >

车祸现场的分析报告已经出来，但是毫无收获。陆修时深知这种可能性，一开始便也没有抱希望，只是任队就急得直接在大会上摔了这些没用的报告。

"查到卡车了结果是丢失车辆，一天到晚的那些丢失车辆的案子到底是谁在负责的，啊？"

大会上的人包括局长都保持沉默不说话，只是为难地看了眼发脾气的任队。

"那个时间段来往的车辆不多，但是我在事发前的半个小时发现了一辆警车，并且事发之后十五分钟，这辆警车又出现在了南区。"这个时候，小吴壮着胆子低声说了下自己的发现。

结果局长差点无语地翻了个白眼。

小吴有点坐立难安，但他还是硬着头皮说了自己的看法："那个时间段，我查了下，五个辖区范围内并没有任何警情发生。为什么会在那么晚的时候出现一辆警车，又刚好在案发之后经过了案发现场所必须经过的那条路，难道不奇怪吗？"

警车？任队皱着眉头，手中拿着的一支笔的笔头在不停地敲击着桌面。陆医生不是分析凶手有可能是医护人员吗？出现一辆警车是把怀疑的对象指向了自己人，这可真是……

"你这话是什么意思？你怀疑我们自己人？"同时坐着的同事们都出现了不满，不满嘲笑的眼神直指小吴。

小吴赶忙澄清，解释道："我不是怀疑自己人，而是觉得奇怪。在那个时间段，除了特殊任务或者警情需要，警车怎么可能在凌晨出现？而且，那辆警车的牌号不是我们局里在编的牌号。这事我找过内勤，很明确说不是。"

任队依旧愁眉不展，这事是不是牵扯到了什么别的事情？如果是，岂不是真的很棘手？

"查过这车牌号了吗？"任队问。

小吴点头，却面露难色，到底是牵扯到了自家人，难免有些难以启齿。

"有话就说，真相面前，人人平等。如果知法犯法，那就罪加一等！"任队这话是鼓励小吴，同时也在给他接下来要说的话铺个台阶。

小吴舔了下干燥的嘴唇，翻了一页手中的信息，看了眼一直表情严肃的局长，一字一句慢慢地说道："那辆车不是我们公安系统的车辆，而是司法系统的。"

"什么？"

任队和局长异口同声，之后两个人面面相觑。局长一脸的"任旭飞，这案子你自己搞定"，之后就别过脸。

任队此刻的神情可以用两个字概括，那就是"我操"。

会议解散之后，任队避开众人打拨通了陆修时的电话，语气里是十足的无奈和困惑。

"我是越来越看不懂这案子了，好端端的怎么还和司法系统的人杠上了。"任队扶着额，脑袋都快炸了。

陆修时一直待在罗蔓的法医室，和罗蔓分析讨论之前的案子。

"司法系统？你确定他们和案子有关系吗？"陆修时看了眼罗蔓，也露出了一副震惊的神色。

"太巧合的事情总是疑点重重。但是按照你之前所说的可能是医生，我觉得十有八九是监狱的。只是狱警和这事有什么关系，能有什么关系？实在是想不通啊！"

陆修时刚想到什么准备说，却听见手机传来了短消息的声音，便对任队说了句："等会儿回你电话。"

挂了任队电话之后，陆修时打开短信内容，竟是一条视频短信。

视频里是伤痕累累、奄奄一息的徐嘉澍。

陆修时看到徐嘉澍出现在画面里的瞬间，瞳孔放大。那画面昏暗，只能看见徐嘉澍此刻正躺在一张单人床上，身边其他的都看不清轮廓。

"罗蔓你过来看。"

陆修时将视频暂停掉，唤罗蔓上前。两个人仔细地看着定格在视频里的徐嘉澍。

"他的伤口被处理过。"罗蔓吃惊于这种不可思议的发现，她赶忙再仔细确认了下说，"确实被处理过。"

"嘉澍被剃了头发。"但是，陆修时的重点却集中在了徐嘉澍的头发上。

罗蔓狐疑地凑近，发现画面动了起来。有声音传了出来，刺刺啦啦的，表面上听起来没有其他的声音，只有徐嘉澍的声音。

"他在说什么？"罗蔓问。

陆修时没说话，一直到短短三分钟的视频结束，除了徐嘉澍再没有任何值得注意的地方。

看完一遍之后，陆修时又重新看了三四遍，直到确定了一件事实。

"打电话给任队，告诉他嫌疑人是狱警，且是个原本从事医生后考入司法系统的人。"陆修时说完，便起身要走。

罗蔓叫住他："陆医生你去哪儿？"

"去把徐嘉澍接回来。"

说完，他就连基本的乔装也放弃了。

罗蔓看着离开的陆修时的背影，深吸了一口气。

第一次听见他叫自己的名字，居然到了这种时刻，也隐约心动着。

"任队，有发现。"

罗蔓自嘲，算了吧，安心地做自己的法医吧。

陆修时出了法医室直接开着车奔向目的地。当时视频里传出来的声音是徐嘉澍的，他在说一个事实，那就是告诉了陆修时凶手的身份。

因为他一直在试图叫祝则清的名字，叫完之后又说不是。很明显，他在说凶手是个和祝则清一样身份但又不完全一样的人。

除此之外，还有一个画面外的声音在告诉他徐嘉澍被囚禁的所在地。

现在想起来，那确实是个容易被遗忘的地方。

白天，光天化日之下，似乎什么都能昭然若揭。陆修时驱车前往那个祝则清被乔乔捅伤的地方。

过去某个时刻，他差点被水泼湿衣裳的地方，那个阿姨的声音还回荡在耳边。

只是，徐嘉澍才失踪不到二十四小时，为什么凶手会发来影像资料？

他想干什么？

基于这样的想法，陆修时心底涌上来了一种不便明说的预感，他前去的地方或许是个陷阱。

但，已经停不下来了。

一路顺畅地来到那个地方，陆修时下车。站在那条狭窄小巷的入口，这不过是两幢房子间的空隙。狭长的通道里有轻微的风吹了出来，那是冰凉的。

陆修时再次走了进去，这次目的明确。

"不要乱跑，自己的东西收拾好。大伯说了晚上就来接我们，要快点啊。"

不远处，有女人的声音传来。是啊，就是这个声音，这个嗓门大却又带着抱歉的女人的声音。

陆修时往前走，脚步有些急切起来。

"哎哟！"一个孩子匆匆跑来同陆修时撞在了一起，孩子有些吃痛地抬头，在看到陆修时的脸时，他却怔住不知所措。

后面的阿姨赶来，一把拉过自家的孩子，忙道歉："对不起，小孩子总是到处乱跑。"

随后，阿姨也一个抬头见来人是一张熟脸，也微怔。这么显眼的男人，想忘记都难啊。

"你知道上次那个奇怪女人住了一晚上的房子是哪幢吗？就是戴着棒球帽，鞋子脏脏的女人。"

陆修时的开门见山让阿姨恍然大悟，她也没问什么，立马伸手指向了前方拐角处。陆修时朝她点点头后又看了眼躲在阿姨身后的孩子，径直往前走去。

"都说了让你不要乱跑。"阿姨责备道。

男孩从母亲身后出来，望着陆修时的身影，不知道是对自己说还是对母亲说："是那个姐姐的……"

陆修时顺着阿姨指的方向走去，很快他就发现了这个他从一开始就有注意到可从未踏进去半步的地方。

这楼也是陈旧破败，拉闸门已经生了锈，不能灵活拉动，现在也是半开着。

陆修时忽而敛起脸上神色，小心谨慎地踏上了通往第二层的阶梯。

楼梯狭窄、昏暗，橘黄色的灯光早已不亮，扶手布满灰尘，楼道里多了一些垃圾。

陆修时观察着这一切，继续上了楼。在到达二楼时，不长的走廊里，飘浮着颗粒，气味难闻。

在这废弃准备拆迁的楼层里，这儿只有一个房间。陆修时越过堆积在这里的木块垃圾，静静地走向那虚掩着的木门。

手抬起，悬浮周围的尘埃随处飘动。他侧着身子，轻轻推开了那扇门。

门被缓缓推开，发出了嘎吱嘎吱的响声。不知为什么，此时周围没有任何声音。

寂静，死一般的寂静，这是一种无生命的存在。陆修时内心虽忐忑不安，但他总以为迎接他的会是真相。

可房门彻底打开之后，那一张空荡荡的床，那空荡荡的房间只验证了他唯一的想法——

陷阱。

"任队，你现在在哪儿？"

"噢，在去第四监狱的路上。小吴说那辆车是第四监狱的，罗法医也打电话告诉我说可能是监狱系统的人。我得过去看看。怎么了？"

陆修时眼神锐利，站在房间最前方，盯着昏暗的一切，预感总是这么邪恶。

"回头说。"陆修时挂了电话，边走边拨通了罗蔓的电话，"我现在马上过来。"

哪知，罗蔓那边声音更加紧张，甚至有些发抖："顾槿夏不见了！"

陆修时立马停住脚步站在楼梯口，感觉天地刹那间倒转，脚底下是虚空的。这个时候，顾槿夏的消失就如同节外生枝。

"陆医生，或许我现在说这是个好消息你可能不高兴。但，他们找到徐嘉澍了。"

槿夏消失，嘉澍却回来了。这样子的巧合让陆修时瞬间明白了凶手带走徐嘉澍却不伤他分毫的原因。

凶手并不想对徐嘉澍做什么，他真正要带走的是槿夏。可这样一来，凶手制造的谋杀就真的是冲着他来的了。

< 4 >

任队并未接到任何有关于顾槿夏失踪的电话，但是徐嘉澍被找到一事他却是知晓的。到达第四监狱之后，虽然大家都是警察，但为人民服务的项目有别，得知他的来意之后，同行也是露出了为难的神色。

任队大致解释了案件的严重性，但是未曾透露细节，只是告诉他们查案中，希望配合调查。

"嗯，那天是我出差回来，葛周接的我。"办公室里，狱警张华明接待了任队，给他泡了茶，坐在了他的对面，"不过葛周这几天休假。"

休假？任队心生疑虑，随手拿出手机，把葛周的名字发给了还在局里的小吴，让他调查，面上只是说："当天来接你的原本就是葛周吗？"

"本来说好是司机顺道来接我的，后来葛周打电话来说司机有事请假了，他刚好下班，于是就他来接的我。"张华明说得很诚恳，不像是撒谎。

任队心里自然有数。一个司机请假，张华明就算奇怪也不会特意去找司机质问。这个葛周看来很有问题。

"那在回来的路上，葛周有什么奇怪的地方吗？或者说是你有遇到什么不太平常的事情？"

张华明皱皱眉，同为警察他自然知道任队在怀疑什么。但是当天真的什么事都没有发生，他一觉醒来就已经到了家门口，葛周也是面善亲和，并没有奇怪的地方。

"等一下。"任队忽然叫停，因为他所认为的"奇怪"已经出现了，"你说你睡了一觉就到家门口了。也就是说，在行驶途中，你并不知道发生了什么。"

被这么一问，张华明倒是愣住了。这很奇怪吗？他出差回来除了坐车还是坐车，自然是累得要命，一上车就睡了很正常啊。所以，这个任队是在怀疑葛周？

"不可能。如果你怀疑葛周先用一辆大卡车撞了一辆轿车，还把受了重伤的人带走了。这里面需要的时间太长，变数太多。我醒来看过时间，那点路程所花费的时间就是那么点，没有差得离谱。"张华明语气笃定，也有些不满。就算睡过去，也不代表就睡死啊。有动静怎么可能没反应呢？

时间和变数。任队在心里笑，这个有点意思。

"长途跋涉的一定很辛苦，你大老远出差回来，上车后葛周没有给你什么作为慰问吗？"任队最后抛出问题。

张华明先是坚定地摇了摇头，后又忽而瞳孔放大望向任队道："不是上车后，是上车前。"

"什么？"

"上车前，葛周在车站等我时就随手给了我一瓶饮料。我几乎是一口气喝完的。"

"饮料瓶呢？"任队抓到线索一下子站了起来。果然，这小子会用麻醉针三番五次作用在顾槿夏身上，那么就一定会继续使用。也就是说，张华明根本不知道自己经过哪条道，因为他全程都在睡觉。

张华明被任队一吼，也赶紧起身想着那个饮料瓶的下落。可是他居然只记得喝完之后他把瓶盖拧上的片段，除此之外完全没有印象。

"给我赶紧想。"任队紧张之余，又想到了什么，忙问，"来接你的那辆警车现在在哪儿？"

医院的监护病房里，祝则清躺在那里。好不容易被抢救过来，恢复了意识他就嚷着要去救徐嘉澍。

结果……

"哥们，我还活着。"结果，徐嘉澍就安置在了他身边的那张病床上，看起来身体总体无恙，虽然身上这里是伤那里也是伤的。

祝则清震惊地看着躺在自己旁边床上的徐嘉澍恍如隔世，还纳闷着，难道徐嘉澍被凶手带走是他的错觉？

"怎么回事？"他立马质问，然后看了眼他的平头又问了句，"头发怎么回事?"

徐嘉澍耸耸肩,表示他醒来自己已经在医院了。对于车祸之后的事情全然无知,因为那时他也受了伤陷入昏迷,只不过伤势没有祝则清严重。

祝则清深感这事情的诡异,怎么可能带走徐嘉澍之后又毫发无损地给放了出来?

"是修时救了你吗?"祝则清不甘心,继续问,想要了解到对案子有利的细节。

徐嘉澍听到陆修时的名字就来气,摔了手中的报纸道:"那家伙有没有来救我,我根本不知道。他是不是现在只要顾槿夏就可以了?"

祝则清莫名地觉得不安,事情不会这么简单。

"哦对了,当时虽然昏迷有点记不起来,但是我隐约觉得带我走的是个警察。"

"警察?你这话什么意思?"

"我也不知道。"徐嘉澍也是一脸莫名,犹豫了下说,"我是该说我是被警察救了还是说被一个可能是警察的罪犯给带走了?"

祝则清急了,恨不能下床揪起他的领口让他说清楚点,无奈,手脚都受伤,只能躺着不动耐着性子嚷:"你不是三寸不烂之舌吗?你不是百战不殆的律师吗?你怎么连件事情都说不清楚?"

"我就是搞不清楚啊。我觉得穿警服的都是好人啊。"徐嘉澍叫嚷着冤枉,顿了顿后又说,"迷糊中,那个人好像还给我录了影。我当时在的那个地方气味特别重,就是灰尘很多多到窒息的那种。"

祝则清闭上眼睛深吸了一口气,理了理目前的状况,但还没来得及理清什么,就看见傅玲珑"哐"地推门进来,看见浑身上下都缠着绷带的徐嘉澍"哇"的一声就哭了。

"宝贝别哭,我这不是还活着呢嘛。"徐嘉澍安抚着扑到被子上来哭的傅玲珑,心里还是很甜蜜的。

傅玲珑带着哭腔,愧疚地喊道:"谁管你死活啊!我把顾槿夏弄丢了,怎么办,她好像失踪了。陆修时回来要是杀了我怎么办?老公,你能不能替我去死啊？"说完，又呜呜哭个不停。

徐嘉澍顿感后背一阵阴冷，转头看向祝则清，两个人都不约而同露出了"糟糕"的神色。

顾槿夏怎么又出事了？

这在祝则清的职业思维里，这个凶手似乎一开始就冲着陆修时和顾槿夏而来。所以，顾槿夏屡次受伤。

但是，很奇怪，真的很奇怪。

"徐太太你先别哭，你告诉我顾槿夏是怎么失踪的？"祝则清立马伸手拿起了柜子上的工作笔记，开始了工作。

傅玲珑抽泣着，擦了把眼泪，起身坐到床沿，哭红的双眼特别惹人怜。

她说："当晚，陆修时担心我一个人，便让槿夏陪着我。第二天清晨，槿夏接了个电话说是要出去一趟。结果，过了很久都没有回来，电话也没有再打通过。我实在是太害怕了，于是又开车找到那个法医，然后那个法医居然告诉我，你回来了，没死。"

"老婆，你这话转折得好像巴不得我死似的。"徐嘉澍一脸无奈地安慰道，同时又扔了一个"这下怎么办"的眼神给祝则清。

"知道打电话给顾槿夏的人是谁吗？"祝则清问。

傅玲珑摇摇头："看槿夏的表情，接到那个电话好像特别忌讳，不希望别人听到。我当时在二楼，她是去一楼接的这个电话。"

祝则清来不及细想，这事情要是在病床上就能想明白，那又何苦拖到了现在。似有万般无奈，他也只能拿起手机拨通了小吴的电话。

"查一下顾槿夏的手机，把她的通话记录和短信记录给我调出来。马上给我查。"在与小吴通话的过程中，祝则清又得知了另外一件事情，"你说什么？嫌疑人已经确定了？是谁？"

一旁的徐嘉澍和傅玲珑也关心地盯住这个话题，锁定了嫌疑人也就是说案件快告破了？

祝则清挂断电话之后，又接到了罗蔓的来电。和小吴不同的是，罗蔓总是能带来各种各样的坏消息，但是这个坏消息里却总能发现一些有用的线索。

"啊，你是说本来应该是陈丽的那具尸体经过身份确认是一位名叫'顾江东'的人？这是怎么回事？"祝则清简直是一头雾水，好端端的尸体怎么说变性就变性了。

但之后罗蔓说的话令祝则清更加大惊失色。

"我现在终于明白为什么你之前对顾槿夏如此怀疑，那是出于一种警察的敏锐。你是不是在她身上嗅到了危险的气味？"罗蔓虽在调侃，可语气却是充满担忧。

祝则清身体还未恢复，听到这个答案的时候整个人都像是被掏空了一般。这样子的情节似乎在很久以前发生过，复杂程度相当，却令他再度惊恐。

"具体的情况我来医院告诉你吧。"罗蔓很是贴心，知道祝则清一定不会就此罢手好好休养，便主动提出要来和他探讨案情。

"哦，对了。陆医生也会一起过来。"

最后听到这话的祝则清有种如释重负的感觉，或许是时候和陆修时好好聊聊这个顾槿夏了。

"怎么了？罗法医说什么？"傅玲珑紧张地问，"看你的表情好像不是什么好事。"

祝则清转头，看的是徐嘉澍。他似笑非笑的样子令徐嘉澍寒毛直竖。

他说："他们找到的是顾槿夏爸爸的尸体。"

< 5 >

越接近真相的时候越慌张，因为你并不知道真相的程度，是你承受得了或是承受不了的。

迫切寻找，如果换来崩溃，何不一开始就假装什么都看不见，什么都听不见。

张华明目睹了自己所坐的那辆警车的后备厢居然被验出了血迹，证实是属于徐嘉澍的。在科学的帮助下显现的罪行，让张华明觉得自己实在有够蠢的。尤其是在家里找到那饮料瓶时，残留的饮料里也被验出了有安眠药的成分，这让他简直没办法直视自己。

"你也别自责。我们大家都是兄弟，怀疑自家人是万万做不到的事情，更何况你进了他设的局，你在局中自然也无法看清事实。"

任队这么安慰着，但面对来之不易的线索他已经够兴奋的了。葛周，只要抓到这个葛周，一切就都结束了！

"小吴，怎么样？发现葛周了没有？"一接到小吴电话，任队更加兴致高昂。

但随之他的表情却与他的兴致背道而驰。

"葛周根本没有回家？也查不到他的任何出行记录？你干什么吃的？一个人怎么可能没有半点痕迹，给我查！"

过分的欣喜有时候就会变成一盆冷水，无情地浇下来，让你怒火中烧又失望透顶。

张华明对这个案件，对嫌疑人是葛周的事实感到疑惑。葛周这个人向来是工作勤恳、认真负责，平时也丝毫没有流露出对这个社会对身边的人有半点厌恶之心。

老实说，任队所说的杀人犯和他认识的葛周完全画不上等号。这里面，是不是有什么误会？可真要有误会，葛周为什么要给自己下安眠药，还把出了车祸的人给放到了后备厢？这一系列举动好像有哪里不对劲。

张华明看着急红脸的任队，犹豫许久才说："任队，你们查案子的事情我们虽然不能插手，但毕竟牵扯到了我们内部人员。葛周虽然有重大嫌疑，但他确实不会是做出伤天害理的事情的人。你知道，他当上狱警的时候说了什么，他说他相信每个人心地善良，所有人都有再来一次的机会。这样的人，怎么可能杀人，怎么可能扼杀有第二次生命的人？"

任队放下手机，上前与他对峙。他自然是知道犯了错的人好多都有着迫不得已的理由，但是唯有杀人这一项是他永远都无法原谅的行为。

"看过《死亡实验》这部电影吗？监狱是什么样的你应该最清楚，罪犯之间存在的不可避免的交叉感染，这会让罪犯进化。这世上没有绝对的人，没有绝对的好也没有绝对的坏。"任队说着搭上了张华明的肩，语气坚定，"葛周是什么样的人我亲自见过才会知道，而张警官则应该帮助我们找到他，如果他确实如你所说的那般善良正直。"

时间一分一秒地过去，张华明深知口头上的话无法令人信服，轻叹了口气放弃了说服。

小吴继续寻找葛周的下落，而任队却在张华明的嘴里知道了一些不可思议的话。

医院里，祝则清不管自己身上的伤势，硬是要换上自己的衣服。这行为在陆修时出现之后得到了制止。

"顾槿夏在这案子里到底是什么样的存在？"没等祝则清发问，徐嘉澍就抢先问出了口，"我可不相信什么凶手抓她只是为了报复你。"

祝则清的外套还只是披在肩上，他坐在病床上，看着笔直站立在床边的陆修时，想问的事情太多，但几乎每个问题都无法给出唯一的答案。

陆修时从罗蔓手里拿过尸检报告，递给了祝则清，说："报告明确写着顾江东的死亡时间是三年前，三年前正好是他精神鉴定通过可以出院的日子。"

祝则清震惊于陆修时对于时间的准确记忆，忍不住同他对视，眼里写满了困惑。

"三年前，"陆修时低头苦涩一笑，"那也是我第一次遇见顾槿夏的日子。"

听到这话的徐嘉澍和罗蔓都蒙了，唯有祝则清似恍然大悟。三年前，刚好是顾槿夏生病住院动手术的时期，而他曾经查过，她进行手术的那个医院刚好是陆修时挂职时期所在的医院。

这样一来，很多事情都解释得通了。

"我参与诊断过的那几个精神病人出院后都被杀死了。显然，凶手偷走了资料库里的档案。这也是为什么乔乔会潜进我办公室的原因，问题就在于是谁指使乔乔这么做的。这点任队那边发现是一名叫葛周的狱警和这件事有关系，撞了你们又带走嘉澍的就是他。但目前他属于失踪状态。"

陆修时其实非常着急紧张，他知道顾槿夏凶多吉少。可偏偏到了这个时候，他突然觉得自己冷静异常。这样子的冷静，难怪当时顾槿夏无法对他产生信赖。

　　因为她看不出那时那刻的他究竟是什么样的心情。

　　祝则清翻完了尸检报告，总的来说顾江东的死因和前面几起案子并没有差别，唯一不同的是凶手并没有虐待顾江东，而是让他很快就死去了。

　　可为什么要把顾江东扔进魏奇明生前所承包的鱼塘里呢？难道只是为了混淆视听，或者说是在暗示什么？

　　"那陈丽呢？"祝则清合上文件夹，对着陆修时发问。

　　陆修时的脑子从案子开始起就没有停下来过，他头疼得厉害，甚至脸色都有些惨白，但他丝毫没有让那跳动的太阳穴干扰他的思维。

　　"还记得我交给你的那本陈丽的日记本吗？那上面清清楚楚写着，在这个世上陈丽还有亲人。一开始，关于陈丽的人际关系非常简单，几乎没有任何漏洞。但是，一查到陈丽父母的死这事就有些蹊跷了。"

　　徐嘉澍握着傅玲珑的手，感觉到诡异扑面而来，便低声对傅玲珑说："宝贝，出去给我们哥几个买几瓶水。"

　　傅玲珑也不太愿意听这些阴暗的事情，便应答着悄声对徐嘉澍说："关于顾槿夏的事情，你给我听着点。我可不想她出半点意外，她可是个好姑娘。"

　　徐嘉澍郑重地点头。

　　傅玲珑出去之后，罗蔓还看了她一眼。毕竟，最后见到顾槿夏的人是她，按理应该再问问当时的情况。

　　不过，细想这个傅家大小姐应该也没有额外的本事了。

　　祝则清听出了陆修时话里有话，乔乔的案子已经结束了，那么陈丽的呢？葛周的呢？顾槿夏的呢？

　　这些人之间的关联就在那里，可却模糊不清。

　　"当年，陈丽父母双双被杀，凶手一直没有抓到。"

　　陆修时说的时候，一边的罗蔓充当了助手的身份，拿出手机打开了图片库，也递给了祝则清。

　　"陈丽的父母全身上下都被捅了十几刀，刀子甚至还被卡在了肋骨中，造成肋骨上有划痕。陈丽的妈妈死在了卧室，陈丽的爸爸则死在了卧室门口。"罗蔓简单地说明了下现场当时的情况，"凶手应该是先杀的父亲，再杀的母亲。"

　　陆修时不轻不重地"嗯"了声，对罗蔓说："陈丽母亲死时身体的朝向是卧室门口，在生命受到威胁时人会本能地朝着求生的出口跑。但是你看下地上的血迹，从刀尖滴落的血迹是从卧室内延伸到室外的。陈丽父亲死在卧室门口是因为他先逃了出来。"

　　一直没怎么吭声的徐嘉澍这会儿闲不住了，惊讶地张大嘴巴，苛责道："那这陈丽爸爸也太不男人了！自己女人被杀，他怎么还先跑了呢？"

　　祝则清闷闷地说了句："这案子的重点在于，家。"

　　"啊？"徐嘉澍费解。

　　陆修时眼眸暗沉，却依旧笔直站立，好像明知这事情沉重到不是他一个人能承担的，他也一意孤行，只为了解救那个陷入深渊的顾槿夏。

　　"凶手进入了这个家，还和他们一起用了晚餐。"祝则清声音清冷，微微嘶哑，"但洗碗槽里只有三个吃饭的碗，三双筷子。针对当时陈丽没有被杀的情况，吃晚饭时要么陈丽不在家要么凶手就是陈丽。但一个十二三岁的女孩还不足够有这样的能力杀死母亲再杀死父亲。"

　　都是些什么玩意啊？徐嘉澍表示有些听不下去了，虽然当律师这么久，什么鬼话都听到过了。唯独有些真相没办法听，更没办法接受了。

　　事实上，关于陈丽当时的去向已经得到证明。上初中的她那个时候还在学校上晚自习，这点毋庸置疑。所以，按理陈丽对于父母被杀一事是不知道的，但她是否知道自己还有个亲人就另当别论了，但她的父母一定是心知肚明。

　　"那你所说的陈丽另外的亲人是指谁？"祝则清非常清楚地知道案子的关键点在哪里。会被陈丽父母如此相待的人，又拥有力气足够杀死年长的长辈，那么如果还有亲人，必然是兄长。

　　陆修时摇头说："我还不能肯定，只知道陈丽的父母在陈丽出生之前确实还有个孩子，但是据说出生没多久就夭折了。现在看来，那个孩子可能并没有死。"

　　"葛周？"祝则清提出了这个尚不知行踪，甚至还未打过照面的嫌疑人。

罗蔓则说："不可能是葛周。我同期的有个学长自小和他长大，从未听说过他还有个妹妹。他也绝对不可能是领养的，陈丽父母双亡的那天，葛周还在念大学。他没有作案时间，也没有动机。"

陆修时低沉道："这案子里一定有个未知数。不找到这个未知数，我也永远找不到顾槿夏。"

"有关于顾槿夏上次在你办公室遭遇的事情我已经叫人查清楚了。"沉默半晌，祝则清缓缓说道。

这话是对陆修时说的。陆修时不动声色，对于结果他根本不在意，因为他其实早就知道。

"根本没人进过你的办公室，是顾槿夏自己拿着信封放在了你的桌子上，而后躲进了办公桌下。"

祝则清说完，徐嘉澍冷不丁地哆嗦了一下。这样的话就像是阴冷的风蹿上了脊梁骨，让人不寒而栗。莫名的沉默让徐嘉澍倒吸一口冷气，他实在不想再在这里待下去了。但无奈，身体还未恢复，心里却祈祷着傅玲珑赶紧拎着好吃好喝的进来，转移下他越来越悲情的心情。

而罗蔓则望着陆修时，一言不发。她不知道是多少次这样注视着近在眼前的这个男人，尽管他从未正视过自己。但他的表情她都能读懂，此刻他并无半点意外。

他冷静如常、沉着从容，唯有眼里的担心从始至终没有变化过，倘若顾槿夏知道陆修时对她珍视到了这样的地步，还会一意孤行地去冒险吗？

假若换作她是顾槿夏，她会这样做吗？答案或许是肯定的，她没法猜透陆修时的想法，但身为女人，她一定能明白顾槿夏的彷徨与无助。

这个女人害怕这件事情会造成无法挽回的结局，还拜托自己帮助她离开。

所有人都不懂，可顾槿夏却是最懂自己的人。

再看看陆修时，他微微仰头，似是无力地呵了口气，低声说了句让大家都大惊失色的话。

他说："凶手会选中顾槿夏的理由我现在知道了。"

第 十 二 章
W E N   L A N   S H I   X I A
碎片重组

<1>

"遗传？"

其余的人注视着陆修时异口同声道。

陆修时说完那句话的时候整个人像是被掏空了一般，恍惚到自己刚刚好像只是讲了个故事，那并不是真的。可与此同时，他又无比肯定自己说出那些话的意义。

祝则清不知道自己现在是什么样的心情，长久以来的怀疑总算是得到了证实，可却令人感到压抑。

"那槿夏会有危险吗？"推门而进的傅玲珑手里拎着水果和点心，难以置信地看着陆修时问。

危险？是啊，自从他接近顾槿夏，满足自己内心的渴望之后，顾槿夏就随时处在了危险中。陆修时一开始并不知道，顾江东就是顾槿夏的爸爸，也不知道顾江东出院的那天刚好是顾槿夏动手术的日子，更不知道顾槿夏到底还是承受不了现实带来的残酷，一步步地重蹈覆辙。

"找到陈丽的哥哥或者找到葛周，案件就会有转机。"陆修时并没有就着傅玲珑的问题给出回应，他并不想回应，也不想承认这十足的危险。

洁白单调的病房，几个人拥挤在一起，空气变得凝重。两位躺着的伤员面对着站立着的三人，他们脸上的神情各异，眼神里却都流露出了担心。

陆修时只是站在那里，手心里却渗出了冷汗。他在等任队的消息，如果没有一点嫌疑人的线索，他只能坐以待毙，等着那个或许会联系他的凶手。

正这么想着的时候，任队打来了电话。电话内容不可思议，让接听的罗蔓都产生了严重的怀疑。

"几年前，葛周曾经经历了人生的一件大事。他的同事张华明说有段时间他经常情绪失控，甚至有时候胡言乱语……"

任队接下来的叙述听起来荒谬却让陆修时隐约间好似明白了什么。

"总之，找到葛周是当务之急，可是这小子也不知道躲哪里去了，一点都不见踪影。"任队在电话那头很是着急，大家甚至能想象他焦灼地在原地徘徊的样子。

"葛周到后来性情大变的时间刚好是乔乔的案子开始的时候，这两者之间会不会有什么联系？"

听到祝则清的疑问，陆修时抬眼，坚定地说："葛周、乔乔以及赵晓娜，他们身上都有一个共同点。"

"嗯？"众人不解。

"他们都有过'奇怪'的某一个时刻。包括乔乔对你说的话，以及赵晓娜对我说的话。"陆修时又回想起那句"他永远也找不到我"的话，这个局是说这句话的人设的。

抓不到他，为什么永远也抓不到他？

忽然间，陆修时意识到自己忽视掉的一个重要信息，忙拿过罗蔓的手机重新打给了任队，一接通就说："任队，你还在监狱吗？赶紧去查下葛周接触过的犯人。对，所有犯人，不包括刑满释放以及监外执行的。我要他们当中所有人的资料，要快！"

祝则清听他所说，立即明白过来，道："你怀疑凶手是在押犯人？"

"除此之外，我找不到任何更有力的结论了。永远也抓不到他，要么他已经死了，要么他已经被抓了。一个在监狱里的犯人，他没有自由，可他一定有足够的时间来策划这一切，在脑子里完成这一切，然后把罪名推到葛周身上。"

　　罗蔓对于陆修时给出的分析提出质疑："一个犯人在不出高墙的情况下要怎么做才能让外面的事情发展成和他脑子里想的一样？这不可能。"

　　"他可以。"陆修时肯定地说，"如果他会催眠术。"

　　这个答案惊悚得令祝则清深深吸了一口气，想起陆修时曾经对他提出过的"蛊惑"一说。最早开始，受到暗示的人是他。在处理孩子死亡案件的时候，那个恶魔就在他的身边，给予他心理暗示，让他不管不顾就找了陆修时帮忙。

　　乔乔行为的古怪性，赵晓娜最后一刻的崩溃，葛周记忆的混乱，这一切都是"未知"的那个人造成的。

　　"这样，我们仔细想想最先开始的案子。一点点来分析，所有罪恶一定要追本溯源，那么最初的案子才是我们现在所应该关注的重点。"

　　说罢，陆修时拉过一旁的小桌，拖到祝则清的床边，拿起白纸，从胸前的口袋里拿出那支原本属于顾槿夏的钢笔，在白纸上最先写下来的是"陈丽"。

　　"陈丽？最先的案子不是乔乔的案子吗？"徐嘉澍躺床上勉强地移动了下，插了话。

　　祝则清摇头说："时间上来说，陈丽的失踪案先于乔乔的杀人案。"

　　罗蔓看了眼在白纸上罗列着案子疑点的陆修时，感叹或许她当时喜欢上的就是大脑一直在转动无人能及的陆医生，可这样的陆修时也会累，会想静一静。

　　所以那个人才不会是自己，永远不会是。

　　"我先回法医室，再去检查下还有什么发现。"罗蔓说完，就先一个人离开了医院。

　　病房里只剩下傅玲珑一个女人了，虽然这几个男人她都很熟悉，但是在办正经事的时候，傅玲珑还是觉得回避比较好。于是，和徐嘉澍交代了几句之后也不舍地先回了家。

　　待病房里唯有他们三个的时候，那张白纸上的内容也多了起来。

　　首先，在整个故事中，陈丽一直是核心。如果没有陈丽的失踪，就不会牵扯出乔乔丈夫的死，继而也不会出现乔乔杀人的事情。

"活要见人死要见尸，陈丽这人也没有，尸体也没有找到，这是第一个问题。"祝则清看着陆修时写下来的内容，算是复述给了一边的徐嘉澍听。

尽管徐嘉澍并不能完全听懂。

陆修时再接着讲到第二个问题："撇开陈丽生死不说，乔乔如果是中了催眠术才袭击你，那么给她施催眠术的人是谁？凶手杀死那些康复出院的精神病患者，将他们埋在我闲置房子的后院，这说明凶手对我有一定的了解。"

"等一下。"祝则清听到这里打断了陆修时的分析，"可你身边并没有这样的人。一个既了解你而又被关押在监狱的罪犯。"

陆修时忽然停下手中欲写字的笔，他抬头和祝则清对视，眼里闪烁着光亮。那是一个被遗忘的故事，一个很久很久以前就存在的细节。

"有。"忽然间，祝则清好像也被自己的话唤醒了沉睡的记忆，"你曾经见过这样一个人。"

那是陆修时还在实习阶段，和导师陆博士进行的一项同犯罪人谈话的实习内容。而他们当时的谈话对象就是一个高智商的反社会型人格的罪犯。他并不在意这世上活着的人怎么样，他只追求自己内心渴望的东西，那就是杀戮。

可他们第一次见面的时候，那个罪犯一眼就看透了陆修时，甚至能说出陆修时小时候意外跌倒，右手受伤的事实。

这让当时经验尚浅的陆修时感到不安，幸亏当时导师在身边，不然这课题他恐怕永远无法顺利结束。

想到这个，他和陆修时相看无言，只有徐嘉澍一头雾水听着两个人虎头蛇尾的对话。

"任队。"暂且抛开过去的阴影，陆修时及时拨通了电话，"我现在必须过来一趟。"

他起身走到房门口，刚劲有力的手刚握住门把手，就听那边任队说："已经查到了。小吴将数据对比了下，发现葛周所监管的犯人里有个叫吕志安的犯人，葛周曾经给这位犯人带过书，据说有人曾听见葛周私下喊他老师。"

　　吕志安。陆修时在心里念着这个名字。是啊，这名字毫不陌生，他甚至对其有深入骨髓的记忆。

　　"他现在在哪儿？"陆修时急着确认。

　　可这时，任队却遗憾地告诉他说："吕志安已经死了，服刑的第八个年头就患癌症去世了。"

　　听到这个消息，陆修时顿感震惊。和葛周有过接触的吕志安已经死了，在他服刑的第八年……

　　"任队，我等一下打你电话。"陆修时匆匆挂断电话，又转而打给了罗蔓，一接通便问，"顾江东的死亡时间。"

　　罗蔓先是愣了下，继而在办公室翻到了顾江东的尸检报告，告诉他说："三年前。"

　　她刚说完，陆修时就挂断了电话。想来，他应该是发现了什么吧。

　　陆修时这才明白，葛周并不是什么替身，而是实实在在的恶魔。他的恶行开始于吕志安死的那一刻。

　　而那一刻，他就成了第二个吕志安。

　　如果葛周成了吕志安，那么他会怎么对待顾槿夏，想要从她身上得到什么呢？

　　"则清，打电话给小吴，让他查查葛周的家庭背景。"

　　陆修时交代完，就拉开病房大门出去了，留下的祝则清在病床上继续研究案件，而徐嘉澍则在回忆自己在被抓走后的情景。

　　< 2 >

　　外面的天气如常，微风和煦，阳光灿烂。这和看不见的暗涌形成了强烈的反差。

　　陆修时驱车前往第四监狱与任队会合，整个案子已经在他的大脑中结束了。

　　只不过，葛周手里还有顾槿夏，还有一个他最后的筹码。陆修时想，当时自己初次见到吕志安时，为什么吕志安对他的事情会了如指掌？

如果换作是今天，换作是今天初次见面，他还会被吕志安的把戏给唬住吗？

带着这样的疑问，陆修时到了第四监狱，见到了焦头烂额的任队。

旁边还站着那个一脸凝重的张华明。

"我要看下吕志安的遗物。"陆修时见到他们两个的时候，开门见山地说。

张华明深以为来的是公安部门里的大人物，结果比起大人物，似乎这样的人更为神秘。

三个人一同前往放置吕志安遗物的地方，路上任队担心且谨慎地问道："你女朋友不会有事吧？罗法医都告诉我了，你说你怎么能让自己的女人陷入危险呢？你早告诉我，我早派人保护她了。"

每每提到顾槿夏，陆修时的心都能微微一颤。不管在什么样的情况下，他这颗心都能感受到初见顾槿夏时的悸动。

"这世上没有安全的地方。"末了，陆修时只是轻描淡写地回答了一句似是而非的话。

任队能感受到陆修时语气里的动摇，但他选择不揭穿。换成他，如果自己的老婆被这样一个疯子绑架，生命随时都会受到威胁，恐怕他也早就疯了。

而陆修时，似乎在难受的同时，控制着自己，不想让"担心"这样无用的情感扰乱他的思维，错过搭救顾槿夏的最好时机。

陪同的张华明忽然间停下脚步，望着离自己一步远的陆修时惊诧地问："你……你是那个精神科医生陆修时？"

陆修时停住，回头打量着他，缓缓道："我是。"

"葛周提起过你，只是当时大家在吃饭，我并没有在意他说了什么。不过他好像有段时间很喜欢翻看有你报道的杂志或者书。"

张华明不经意间说出的话又成了陆修时证明自己论点的证据。这个葛周在秘密调查自己，他会喊吕志安为老师，这说明吕志安很有可能教会了他催眠术。

葛周是在完成吕志安的遗愿。

用钥匙打开了放置吕志安遗物的柜子，里面的东西很少。张华明拿出来，就是简单的几本书。

他抖落了几下交到了陆修时的手上，那些书都是有关精神方面的专业书籍。陆修时翻了翻，里面居然飘落了下来一张泛黄的照片。

陆修时将其捡起，看到了照片中的一男一女。任队凑上前，看了看，顿时惊讶地叫出声来。

"这女的不是陈丽吗？"

张华明不知陈丽是谁，还困惑地问："怎么这个吕志安还有女朋友吗？好像没什么人来看过他。"

"不是他女朋友，这是他妹妹。"陆修时道，后又问，"你刚刚说没什么人来看过他，言外之意就是还是有人曾经来看过吕志安是吗？"

张华明"啊"了声，犹豫地点了点头说："我还是拿登记本给你看看吧。"

任队看着张华明转身，拉过陆修时问："怎么多出来一个妹妹？吕志安的妹妹是失踪了的陈丽？这什么意思？"

陆修时没有回答，只是冷冷地望着吕志安生前阅读的书籍。这个人，被迫停止了杀戮，却无法控制自己的大脑。

"喏，你翻翻吧。"张华明拿来一个几年前的登记本，放在一边的桌子上。"探望吕志安的人真不多。我记得好几年前有学生和老师来过，说是研究什么课题。其余的我隐约记得有个女人来过。"

"女人？难道是陈丽？陈丽来探望自己的兄长，告诉了他自己的遭遇，而后知道一切的吕志安就给她复仇了？"任队立马在大脑里形成了故事的前因后果，推理了起来。而后想了想，又推翻，"不对不对，当时陈丽还活着呢，吕志安要给她复什么仇啊？"

"乔乔。"这时候，陆修时指着那一栏，将看到的名字说了出来。

听到这个名字比听到陈丽的名字还要令人震惊。但看到乔乔至少说明逻辑上没有错，一切的前因后果就是在陈丽失踪之后开始的，在乔乔来看吕志安时开始的。

陈丽失踪，乔乔得知内幕，来找吕志安。身为陈丽最后的亲人，吕志安必然是怒火中烧。

那么接下去的故事不用说，也能猜到了。

陆修时将桌面上的照片放回书本里，却在拿起来的时候发现了照片背面的字：

Find comfort in pain.

陆修时在顾槿夏失踪到现在一直保持着绝对的冷静，直到看到这句英文。

"这写的什么？"任队问，并未注意到陆修时渐渐变苍白的脸。

陆修时指骨分明的手指捏着那张照片，好似只要轻轻一下那照片就会不复存在。

葛周，这就是你和吕志安玩的把戏吧。

"陆医生你怎么了？脸色看起来很差哦。"任队不明所以，还半开着玩笑。

陆修时将那张照片交给他说："上面的意思是'苦中作乐'。"

"所以呢？"

"那是我第一次见到顾槿夏时，她唱的一首英文歌的歌词。"

陆修时眼眸深邃，这事放在任何时候回忆都是美好的。可偏偏是在监狱，偏偏是在这样一个危急关头。

< 3 >

三年前。

陆修时从国外学成归来，在一家综合医院挂职锻炼。面对那些教科书上出现过的病例，他处理得游刃有余，即便是一些奇葩的病因，他也能随时保持冷静。

直到某一天，他参与的一例忧郁症患者的案子，他前脚刚给那个患者诊断完，那名患者后脚就从医院天台跳了下来自杀了。

那场面血腥十足，更多的是伴随着悲伤。

医院经过调查，证明这并不是一项医疗事故，陆修时的病例报告没有问题。但面对来势汹汹的家属时，陆修时还是受了点轻微的伤。

他的额头被伤心欲绝又气急败坏的家属用手里的手机给砸伤了，医院受到了损失。

每年，这样的医闹事件都不会少。医者仁心，医生都能懂，但看惯了生死，也就难以表现出悲情。而家属则认为那是无法宽恕的行为，他们难过，或许是在难过他们自己无法给重要的人施与保护吧。

医院领导对陆修时很是重视，所以也没有责难他，只不过是在会议上决定让他回家休息了几天。但这对于陆修时而言，就是最大的惩罚了。

他的冷静自持在决定下来的那一刻也有些动摇，他想自己到底也是凡人，他心情失落。

决定一出，他下午就直接可以不上班了。于是一个人在面对众多窃窃私语与外人非议的时候，竟然也无处可去，晃晃悠悠地来到了医院外面的一条河边。

天气灿烂无常，就连吹来的风都是暖暖的。这会儿，陆修时却觉得有了秋天的凉意，他靠着护栏，微仰头，想要尽量释放自己的负能量。

尽管他现在根本没有在想任何事。

How I wish I could surrender my soul

Shed the clothes that become my skin

See the liar that burns within my needing

……

忽然间，吹过耳朵的风带来了一首淡淡轻轻的歌，旋律淡然、平静。那不是动听的感觉，那是如故事一样吸引人的声音。

陆修时循着歌声望了过去，身子的右侧不远处有个长发姑娘，穿着宽大的不合身的病号服，但白皙美丽的脸庞却和这病号服格格不入。

一首歌，她并没有唱完，唱到一半就停了下来。她做了个吞咽的动作后，表情渐渐被阴霾笼罩，似是心中有什么难言之隐，之后便陷入了沉默。

"这是什么歌?"陆修时没有上前半步,只是站在原地,用两个人能听见的声音问道。

女生微微睁眼,竟也没有朝他看,只是含笑回答:"James Blunt 的《Tears and Rain》,一首……我很喜欢的歌。"

陆修时盯着她,没有再说话。因为这个女生脸上带着绝望和无助,这个时候她一个人在这个地方,足以说明问题。

"你唱得很好听。"陆修时道,尽管他想说的是其他的事情。比如,她脸上的表情;比如,她的病因。但此刻,他是个陌生人,无法插嘴别人的人生。

女生淡然一笑,眼波流转,盯着那泛起涟漪的河面,轻描淡写了一句:"我恐怕以后都不能唱歌了。"

陆修时微微惊讶,她的声音令人印象深刻,就和那首歌一样有着令人安静的力量。

"即便只有百分之一的机会那也是希望。"陆修时凝视着她。

可她一直回避着与这个陌生人的对视。

"谢谢。"她说。

陆修时的心情平复不少,只因为这意外而来的歌声与这个漂亮的姑娘,即便只看到她的侧颜。他忽而自嘲地笑笑,自己是个害了一条人命的人,居然还有闲工夫欣赏一个女人的外貌与歌声。

他抬脚,准备离开。

身后却传来那个女生清清如水的声音。她问:"那么,医生你呢?偶尔也要学会笑一笑啊。"

陆修时回头,仍旧没有看到她完整的面容。他和她从未相识过,一面之缘而已,却听到她这样连朋友都不曾劝说过的话。

没有回答,他默默地回去。

或许他今后还会面对更多的"失误",但每次都要更小心谨慎才对。人心不是那么易懂的东西,或者说根本没人懂,虽然它是因为人的存在而存在。

河水在微微荡漾，姑娘姣好的面容在这蓝天绿水间更像是一幅画。她静静驻立在河边，嘴角带笑，眼睛却在流泪。

……

回忆的故事太短，只是一声鸣笛就让陆修时回到了现实。他不明白吕志安是如何知道那首歌的，或者是葛周布下的圈套。

无论如何，这次就算是深渊，他也要跳进去。因为那个唱着歌，却无比绝望的顾槿夏此刻就在深渊里。

"那我们现在去哪里找葛周？"任队边开车边问，"小吴还在继续调查着葛周的情况。"

陆修时在思考，如果葛周现在已经成了吕志安，那么他会把槿夏带到哪里？

"陆医生，你的电话在响。"

陆修时绞尽脑汁在想葛周会将顾槿夏带往何处，就连身上的手机铃声都没有听见，这首 Tears and rain。

陆修时本以为是小吴或者祝则清带来的一点点线索，可拿出来才发现是一个未知归属地的来电。

"停车。"陆修时对任队急切说道，自己则立马接通了电话。

视频通话开始，一开始是黑乎乎的一片，隐约能听见艰难的喘息声。

陆修时能预感，那是顾槿夏发出的，于是焦灼又无比紧张的心瞬间被提了到嗓子眼。他看不见里面的任何物体，不知道顾槿夏现在状况如何。

但那喘息声就像是酷刑之后的呻吟。

"陆医生。"画面依然漆黑一片，却传出了嘶哑疲乏的声音。

后座的张华明听到这声音立马反应过来说："这就是葛周的声音！"

任队惊讶地瞥了眼后座："声音哑成这样你也能听出来啊？你确定？"

张华明很肯定地点头说："当初在警校军训喊口号，嗓子喊哑是常事，葛周就是这声。"

得到了张华明的保证，任队担心地看了眼陆修时，并没有作声。老实说，这个时候也不知道这算是个好消息还是坏消息了，但愿等会儿看见的顾槿夏是完好无损的。

"槿夏在哪儿？"陆修时问。

"她就在这里。"视频那头只闻其声不见其人，葛周有意不让顾槿夏出现。他冷笑了声，"不要紧张，她还没死。不过我想你也不忍心见到她现在这副样子。"

听到这话的瞬间，陆修时捏着手机的双手青筋暴跳，关节发白，好像就差那么一秒，他就能硬生生地把手机掰断。

"是不是所有人在面对心爱人的时候都容易成为一个笨蛋呢？陆医生，你怎么也变得如此愚笨？这样的……一个女人。你该和我一样，改变这个社会。"

陆修时神情冷冽，盯着这个黑漆漆的画面，一言不发。旁边的任队只是惊觉这个葛周已经成了疯子。而张华明则震惊地张大了嘴巴，一个始终觉得人性本善的警察，最后却不知何时开始憎恨并且屠杀起了制造"罪恶"的人，这样的葛周连同那些残存人性的罪犯一并泯灭了。

"他们不值得被拯救。可你，却让他们再一次成了人类的灾难。"

"陈丽呢？"陆修时隐忍着内心的愤怒，压抑着可能会失去顾槿夏不安的心，他几乎是咬着牙说出了这几个字。

那边忽而停顿，似讥笑道："她很好。我想他们都很好。"

陆修时蹙起眉头。

"陆医生，你该找个更好的女人。"

陆修时没有接过他的话，而是问："吕志安的父母，你知道是怎么死的吗？"陆修时话锋一转，又转到了吕志安的身上。

葛周不说话，似是在等着他说。

"吕志安杀死了自己的父母，只为了和妹妹独自在一起，他对自己的妹妹怀有畸形的感情。迟迟抓不到凶手，是因为吕志安没多久就因为肇事逃逸致人死亡而被抓进了监狱。那么你呢？"

陆修时话音一落，任队就觉得自己浑身起了鸡皮疙瘩，那是被陆修时这番话给吓的。

太惊悚了！

果然，视频那边出现了磕磕碰碰细碎的声响，竟然还隐约传来顾槿夏努力发出的声音，那声音很轻很轻，可还是能被陆修时捕捉到。

"这个世上比黎明先到达的永远是黑暗，在最黑暗的那天，我会清理你所有的障碍。"

说完，葛周那边掐断了电话。

陆修时在打电话的过程中就已经打开了录音模式，下载下来立马传给了局里的技术人员。

而后对任队说："陈丽已经死了，葛周很有可能将陈丽的尸体同吕志安放在一起。我救顾槿夏的时间不多了。"

他接着说："查葛周父母名下所有的房产包括葛周的，不管是隐秘的还是公开的，全部挖出来。我已经把刚刚的录音发送给了你们技术人员，分离出顾槿夏的声音。"

对于陆修时的这番话，任队表示震惊。后座的张华明则颓废地叹了口气，瘫坐在那里。

"先去葛周家看看。"陆修时重新系上安全带，催促任队开车。

他不能让葛周得逞，他要救下顾槿夏，他要许诺她未来。所有的一切，不能在这刻停止。

< 4 >

似乎只是睡了一觉的工夫，顾槿夏已然不知道白天或者黑夜，分不清春夏或是秋冬。

全身剧烈的疼痛，那没停止过的殴打让她的皮肤几乎没有一块是完整的。顾槿夏不明白这世上为什么会存在如此穷凶极恶的人，她以为一切都只是梦境。

可当她再次从昏迷中苏醒，她依然只看见这黑漆漆的矮房，她躺在这冰冷得如罗法医那里的解剖台上，旁边放置着各类精细的刀具，心惊胆战。

她太过于疲乏，起初面对殴打的惊恐，连连的叫喊声都足够让她体力透支，更何况是一刻不停的虐待。到了现在连身体上的疼痛感都有些不真实，尽管她的余光甚至还能看见自己肩头皮开肉绽，流着鲜血。

她答应拿自己换回徐嘉澍，这个决定不会错。因为，她坚信陆修时会找到她，他一定会。

"你的眼睛是最令我讨厌的地方，还有你的声音。"那个嘶哑的嗓音渐渐靠近，如同黑暗山林中的魑魅。

这个人的身影逐渐压制在了她的身上，光亮全部被吞没。

"你的眼睛里写满着不屈服，可其实你却比任何人都软弱。你的声音甜美柔软，却像是毒蛇的毒液，让人游离于你的控制中。像你这样的人，最应该去死。"

顾槿夏并不知道他是谁，听着他的话，给不出任何的回应，却仍旧害怕紧张地流泪。这泪水是屈辱的，她怕他，非常怕，却正中他的下怀。

他右手拿着剪刀，微微弯腰，左手抚上了她的面颊。红肿的面颊已经没有当初红润的感觉，他的右手还留有掌掴她时的震颤感。

是啊，把所有罪恶的人都扔进地狱是件多么开心的事情。可惜啊，吕志安做不到的事情就由我来做好了，我想我会比他做得更好。

"我当时真该让陆医生看看你的样子，或许他会发了疯地求我放了你。"他靠在她的耳边，咬着她的耳垂缓缓说道，"不过就算是他求我，我也不可能放过你。"

顾槿夏努力地挣扎着，想要别过脸，可她却连这样一个简单的动作都做不到。脸颊被他死死地掐着，他恶狠狠的嘴脸近在眼前，布满血丝的双眼愤懑地盯着她。

那是想要一个人死的决心。

"为什么？为什么要杀了他们？"顾槿夏发出的声音清晰却无力，她的眼泪不停地流，不仅因为害怕更因为悲愤。

他听到这话，狠狠地甩开她的脸，继而顺势抓着她的头发，迫使她的脑袋往后仰。他咬牙切齿道："为什么？你居然还问为什么？那些人才是这个社会的刽子手！他们害得别人家破人亡、妻离子散，你居然问为什么！

你的爸爸不就是这样的吗？啊！"

爸爸。顾槿夏心底的凄凉一刹那将她吞没。她想知道的真相就在这里，可她畏惧。关于爸爸后来的事情，她想知道，可如今怕是猜也猜得到了。

被送入精神病院的爸爸之后再无消息。医院说他已经能够正常生活出院了。可出院后就石沉大海，那么大的一个人说不见就不见，唯一能解释的就是被人给杀了。

"看你瞪我的样子怕是知道了什么。"他由之前的暴戾突然转而低低地笑了，手里的剪刀游走于她的全身。那锋利冰凉的触感让她惊颤，让她毛骨悚然。

"陆医生当年因为一起非医疗事故而被医院责罚回家休息。那天，他签了字批准你爸爸出院。同时在那天，他见到了正准备动手术前的你。可惜的是，你和你爸爸就这样错过了。不过你明知道你爸爸就在同一个医院，可你也不曾想到要去看他，光是这点，你其实也是个刽子手……"

"别说了……"顾槿夏喃喃着拒绝再听下去，泪水更加汹涌。

她不是不想去看爸爸，而是当时的她真的没有勇气。一个患了病的自己要怎么笑着去见自己的爸爸？她的悲惨似乎根深蒂固，她并不是个美好的人。

妈妈和爸爸对她的期望，希望她快快乐乐，美好如朝阳。她都辜负了，全部都辜负了啊。

"顾江东被杀的时候，他还哭着求我放过他一命，他说他想去见他女儿，只是一面就好。我打断了他的腿，他痛着嚷着求我放过他，你说腿都断了他要怎么来找你，于是我打断了他的另一条腿，顺便也折断了他的手。我在替你妈妈报仇呢，你妈妈不是被他给打断腿了吗？"

"别说了！别说了！"顾槿夏终于承受不住，大声哭了出来。脸上的血渍被眼泪冲刷，整张脸凄惨又绝望。她哭着摇头，努力地想要避开，想要遗忘，哪知真相如此不堪负重，令她几近崩溃。

"他从这个世上彻底消失了，你妈妈才能获得新生活不是吗？你为什么不谢我？"他的态度突然急转而下。他愤怒地再次扯着她的头发，拼命往下拉，"啊，对了。起初我根本不知道他是你爸爸，直到你自己亲自将爸爸的照片放到了陆医生的办公室，我才明白我杀的人都是这个社会不需要的人。而你也是一样的，你和你爸爸一样，你们这些神经病都是这个社会的败类！你明明知道！"

在这些荒唐的话中，顾槿夏似乎听到了什么令她惊悚到无法回应的话。但此刻她的头皮似乎快要被撕裂，她咬着牙低喊着："至少我和你不一样！我不会做任何危害社会和个人的行为！可你是杀人凶手！精神病人或许会做出一些伤害别人的事情，但那并不是他们的本意！"

这番话是顾槿夏遭折磨以来说得最多的话了，直到现在她才意识到，她原来是这么想要活着。

"啊，本意？哈哈哈……"葛周忽而放肆地笑了起来，这笑声回荡在不大的空间里，更显诡异。他声音低沉阴暗，刺入骨髓，"思思有什么错？她有什么错？你们凭什么杀了她，为什么要杀了她？你告诉我，你们这些人活在这世上到底有什么意义！"

猛然间，他一把将顾槿夏的头发扯直，拿起剪刀疯狂地剪去了她的长发。

那一刻，顾槿夏除了颤抖地尖叫，一直尖叫外，再也没有任何念头了。

可尖叫却让这个丧失了心智的人更加疯狂，他大力地剪着她的头发，伤到了她的头皮，鲜血一下子将发根浸湿，一会儿就凝固在了一起。

他看不见，只觉得这样的自己很享受，长久以来待在监狱看犯人的压抑感得到了释放，曾经的那个自己离现在相去甚远。

人之初，性本善。他懂，但这世上有些恶人打从生下来就是恶的，他没办法去鉴别这种潜伏的"恶"，于是他开始杀掉这些显露"恶性"的人。

世界会因此得到净化，他相信。

深夜，无人知晓的地方。

黑漆漆的地上，有老鼠，有蟑螂，有掉落一地的恐怖碎发。老鼠和蟑螂穿梭其中，发出窸窸窣窣的声响。

这里是个仓库，却阴暗潮湿。

一切都静悄悄的，没人来过，只有那些知道真相的小动物。它们不会说话，各自留在这里，等待黎明，再继续隐入黑暗。

< 5 >

"陆医生，你刚刚说什么能拯救顾槿夏的时间不多了？"

几个人开着车以最短的时间内赶到了葛周的家，在直接撞开葛周家房门的瞬间，冲在最前面的任队转头问道。

陆修时一边直接进入卧室，一边回答他说："最黑暗的日子也就是黑色星期五。就是明天。"

葛周这个小小的单身公寓里，所有东西几乎一目了然。任队在检查葛周的笔记本时，赫然发现他有搜索"黑色星期五"的记录。

张华明虽然不是第一次来到葛周的公寓，但他对眼前这一切完全陌生。这里的一切显示他完全是一个不热爱生活，没有生活的人。可明明工作中的葛周是那么热情，和他的关系是那么友好。

有些唏嘘，却又为了使葛周回到正途,他也只能同任队他们找起了线索。

两室一厅，格局不大，三个人一下子就把这范围搜索完毕了。陆修时则在葛周的书桌上发现了一张合照，他拍下来发给了小吴。

"这好像是他的女朋友。"张华明看见后说，"但也只是听他提起过。"

"死了？"任队的直觉，因为照片摆放的位置是一个随时都能看到的视野范围。

张华明摇头，表示不知道实情，但陆修时的想法和任队一致，只是有待查实。

"这里有一幅油画。"任队单膝跪在地上，撩起床单，看见了床底下积攒了很多灰尘的四方形加框的油画。他趴下去有些吃力地将画拿出来，手上就已经积满了灰尘。他吹了一口气，画的内容稍稍清晰了起来。

"嗯，这是山水画吗？"

陆修时上前，盯着那幅画，这画的内容过于详细，好像不单单是山水画那么简单。一幅山水画而已，为什么连旁边的木屋上贴着的小广告都画得这么仔细？

　　"这画都裱起来了，为什么又藏在床底下？"任队也警觉起来，看了眼陆修时，交换了下眼神，便也将画拍了下来发给了小吴。

　　"这说明，当时这个人在创作这幅画的时候就在这个地方。你看这个。"陆修时说着再次把那张合照递给任队他们看，"他们拍照的地方就是画室，女生手上还留有未洗掉的颜料。葛周的女朋友应该是个美术学院的学生。"

　　张华明低头看了下照片上的拍摄时间，居然是三年前。怎么刚刚好都凑到了三年前？

　　陆修时也注意到了这点，他怀疑引起葛周真正心理变化的可能是因为他女朋友的遭遇。一段美好的爱情，为什么会戛然而止，葛周闭口不谈的原因又是什么？

　　几个人在这一览无余的地方待得几乎有点压抑，陆修时在他卧室里的时候明显有一种不断被回忆拉进地狱的感觉。

　　桌子上的合照，床底下女友画的油画，以及房间摆放的个人生活所需物品。

　　无疑都是双数。

　　至此，陆修时确信，葛周在想象着他和女友一起生活的一切，他把所有东西都买成双数，他想象着女友还在他身边，同他一起吃饭，一起睡觉。

　　"葛周在这样的环境下可能产生了幻觉。"陆修时冷不丁地说，"而幻觉会促使他杀人，会使他不受控制。"

　　任队是万万没想到案子查到现在居然会得出这样的结论，但他不明白的是那葛周出现幻觉到底是在吕志安死之前还是之后呢？

　　"可是吕志安妹妹的案子怎么解释？那也是幻觉吗？"任队问。这案子单看都挺简单的，怎么放在一起剪不断理还乱？

　　陆修时将照片放回原处，眉头紧锁，眼睛清亮，低沉道："这事要从乔乔说起。乔乔确实是被虐待，身为朋友的陈丽只是想要帮助乔乔摆脱现状。于是她找到了魏奇明，希望魏奇明教训下乔乔的男人罗家清，好让罗家清对乔乔好一点。可魏奇明不知轻重，竟将罗家清活活打死。陈丽得知，和魏奇明一起藏起了尸体，也就是藏在了她家的厨房内。但魏奇明却抓着陈丽的把

252 温 澜 时 夏

柄威胁她同自己发生了关系，一来二往，得寸进尺，这事又被魏奇明的妻子赵晓娜知道了。

"前半部分，任队你应该能明白。赵晓娜后来带着硫酸找到了陈丽，一开始我们以为陈丽被毁容了。实际上陈丽只是手被烧坏了，在她家中找到的手套能够给出充分的说明。毁了双手的陈丽在这样的日子下悲痛欲绝，她大概不知道自己已经怀孕的事实，以至于坏情绪最终让她流了产。陈丽是有良知的，她不想这事再折磨她，于是她写了信一方面寄给了乔乔，另一方面她去找了魏奇明，希望他和自己自首。"

说到这里的时候，陆修时停顿了下，望向任队。因为接下来的事情，想必任队也应该能推理出来。

任队摸着下巴想了想，这之后找上门的陈丽应该是被杀了。不然，魏奇明和赵晓娜也不会最后被人谋杀。

"陈丽寄出的信乔乔一定收到了。乔乔一边震惊于陈丽道出的事实，一边又焦灼地等待着陈丽的消息。一直到确认陈丽的失踪，乔乔才明白过来，于是她去找了陈丽的哥哥，吕志安。"

任队接话："所以实际上是吕志安帮助乔乔策划了这起杀人惨案。难怪我和祝则清总是奇怪，一个女人怎么会有这样的能力，让自己可以全身而退。"

陆修时点头："吕志安深知心理学和催眠术，他很有可能在乔乔的自述中明白乔乔是斯德哥尔摩综合征患者。他或许利用了乔乔这一点，让她成了杀人犯，并同时替自己妹妹报了仇。"

"那陈丽的尸体呢？"

"有关于陈丽的尸体我也仔细想了，我会以为陈丽的尸体就在那鱼塘底，是被当下的信息所误导。鱼塘附近的那小屋具备杀人的条件，更何况那里面也的确验出了陈丽的血迹。尸体我相信也确实曾经被扔到塘底，但打捞尸体这种活并不是乔乔会去做的。所以，当乔乔在进行复仇计划的同时，葛周那头一边寻找着陈丽的下落，一边进行着自己的杀戮，并帮着乔乔收尾。"

"也就是说吕志安同时说服了两个人替他妹妹报仇？"任队寻思着这

心理学的力量也太强大了，分分钟成功地帮人洗脑。

陆修时没有接过任队的话，只是说："但葛周开始杀人的时间应该是在三年前，他一直在跟踪监视我。"

"那他这个行为到底是有意识的还是无意识的？"任队追问，毕竟一个产生幻觉的人，本身行为和大脑的意识已经不受控制了，很难说得清事实。

陆修时刚想说，手机却响了起来。这个时候，接通电话的小吴比谁都要精神。

"陆医生，我查了，照片上的那个女人叫王思思，毕业于美术学院。三年前被一个精神病患者割喉推到湖里，最终抢救无效死亡。当时这件事情还挺轰动，上了报纸呢。我等下把报纸内容发给你看看，还有几段当时群众发的视频。"小吴说着又想到什么似的，"哎，事故发生的地方就是任队发来的油画上的地方。"

"把地址发给我。"陆修时道。

而后小吴又说："我顺便查了下画上的那座小木屋，放大看了之后那木屋上面贴的是租赁出售的广告。这木屋在当年出事之后就被人买下了。房屋买卖合同上的名字是……王思思？这……这怎么回事？"

陆修时听到这话时和任队相互看了一眼，简单说了句把地址发过来。挂了电话之后，任队和陆修时急忙赶去了在远郊的湖边小木屋。

而张华明则听从了任队的建议，急忙地回到单位，向上级领导报告这件事情。

这一整天，他们似乎一直都在东奔西跑。陆修时脑子里几乎没敢想任何关于顾槿夏的遭遇，神经紧绷的他没有一刻停歇。

任队开着车子，想着案件或许下一秒就会结束，他内心还是觉得兴奋。但他真的没想到这样的一个案子居然会牵连出这么多的事情来。

"葛周一定是在和患了癌症的吕志安接触时，被吕志安知道了内心的秘密。进而，吕志安抓着葛周的女友是被精神病人害死的这点不断地引导他，将他的注意力转移到了我身上。吕志安是个很自负的人，他杀死父母的案子成了悬案，所以我推测，他将葛周的注意力引到我身上是为了让我去发现他之前所犯下的案子的真相。毕竟，像他这样的人，每做一次案就是在制造一件艺术品，他不能忍受世人对他艺术的无视。或许，葛周也是这么想的吧。每个连环杀手的心理各异，他们或许想要停手，但苦于没人发现阻止。"顿了顿之后，陆修时声音降低，"这个世上，人性就是人最大的弱点。"

"放心，顾槿夏一定会没事的。"似乎是知道陆修时在担心什么，任队也给出了男人似的安慰。

从葛周的公寓到湖边僻静的小木屋，行程是一个半小时。在此期间，陆修时不断地看着手机，试图找到一条更加快捷的道路。

就在此时，他再次接到了小吴的电话。但这通电话，小吴似乎有所顾忌，他欲言又止，矛盾得很。

"你说。"陆修时极力克制住内心的波澜，压低声音道。

小吴在那边长长地吐了口气，似乎是对自己查出来的事实感到无措，最后还是咬了咬牙说："声音已经分离出来了，确实有顾槿夏的声音，但是她说的是……"

"快说！"陆修时激动得全身一震，不自觉地捏紧了手。

"她说：'不要管我。'"

听到这话的瞬间，陆修时脑袋一片空白，像是遭受了巨大的打击，丧失了说话的能力。

任队见状，对着扩了音的手机喊道："小吴，你有没有听错啊？这姑娘怎么可能说这种话？"

小吴也很为难，但分离出来之后顾槿夏的声音确实清晰明了。她说的就是那几个字，尽管不知道用意是什么。

陆修时望着车外，想起他和顾槿夏之间发生的事情。现在想来，似乎什么都没有发生。

他从来没有真正地帮助过她，就连她想要搬出去住这点小事他都未曾答应。硬把她强留下来之后，他没有得到他想要的答案，她竟然告诉他这件事没有答案。

不要去救她，到底为什么？

"陆医生，你不要想太多。姑娘家可能是不想你为她冒险，又或者这姑娘聪明能为自己找到逃离的法子。总之，我们现在先赶过去，一切等到了那里再做打算。"

任队也搞不清女人的想法，但在他看来，主动放弃被救，要么是没希望，要么是能安然无恙。

这两者，他选择相信后者。

在距离目的地还有半个多小时，罗蔓也打通了任队的电话。在电话里强调了葛周就是三番五次用麻醉针伤害顾槿夏的元凶，因为她对比了葛周的DNA和凶手遗留在钉子上的表皮组织的DNA，确认无误。

"漂亮！这下子非得抓到那小子让他认罪不可！"任队猛地拍了下方向盘，不小心摁响了喇叭。

副驾驶位置上的陆修时依然沉默不语，脸色铁青，看不出一点已经做好面对结果的准备。

但，结局这种事每天都应该随时做好心理准备。

第 十 三 章
WEN LAN SHI XIA
她消失了

<1>

紧赶慢赶，天色还是渐渐地暗了下来。陆修时在颠簸的车上看完了当时湖边发生的整个事情。镜头里那个无辜的王思思不小心被受了刺激的精神病患者逮住，被他一把抓住头发东拉西扯，他手里那把水果刀明晃晃地游离在她的周身。不巧路过的人也有被他的刀割伤到，因此谁都不敢上前。

王思思绝望地大喊救命，但最终还是无助地被那个人割了喉，推入湖中。水面上还能清晰地看见那洇开来的血迹，那么鲜艳。

这一段视频的画面到这里就停止了。

陆修时在想，当时是王思思只身一人来到这里，还是葛周陪同前来的。因为画面里并没有捕捉到葛周的身影，如果当时葛周也在场，那么他去了哪里？

带着这种疑问，陆修时看遍了所有的视频，终于在一段只有三分钟的视频的最后两秒钟里找到了葛周。那时的葛周手里拿着两个甜筒，直愣愣地望着事发的方向。

没有更多的内容，但葛周亲眼目睹了女朋友的惨象，无法救回自己的爱人，眼睁睁地看着她被死神的镰刀带走。站在原地的他，那时候是什么样的感受？

或许对于他来说那会是个无法治愈的伤痛，而且这伤会一直疼，一直疼，一直到他死。

想到这个，陆修时倒吸了一口冷气。那种非常坏的感觉侵袭了他的五脏六腑，他不想承认，想努力摆脱，但都无果。

直到天黑，他终于来到了这湖边的小木屋。路边仅有的一盏灯散发的光将他们的影子拉长，湖面微微漾着波纹，但那近在眼前的真相让他几乎不能呼吸。

"陆医生，我来。"

任队和陆修时站在那木屋外，任队阻止了他想要伸手去推门的动作。

在这地方，肉眼能看见的几乎都无害，可躲在那些"无害物"后面的呢？又会是什么？

这时，陆修时头疼的顽疾发作了起来。不可抑制的疼痛让他忍不住弯下腰去，扶住了门框。

这里太安静了。

正当任队拔出枪，做好准备要撞门的瞬间被陆修时一把拉住。

"干什么呢？你要吓死我啊！干吗总在我端着枪的时候吓人？会出事的好吗！"任队压着声音不爽地说道。

陆修时的表情似乎与平常无异，但眼神里却透露着显而易见的危险。他的声音低沉轻缓，却重重地砸在了任队的心口上。

他说："过分的安静一定有问题。"

任队深吸一口气道："都到了这儿，龙潭虎穴也要闯。不管什么问题，不打开这扇门，我们永远不知道。"

语毕，任队使了个眼色给陆修时，让他稍微让开靠后点，自己则手握枪，抬脚就将门给端开了。

黑漆漆的枪口对着黑漆漆的房子。里面阴暗一片，唯有木门打开时漏进来的月光，屋里的尘埃悬浮在月光下，星星点点，飘忽不定。

空气里扑面而来的味道是清冷、冰凉的，同时还有那已经快要散去的血腥味。

任队依然小心翼翼地举枪前进，但这个小木屋一览无余的状况告诉他，这里没有人。

陆修时站在门口，眼睛直直地盯着最里面靠墙的那铺着白色小瓷砖的长方形水槽，它独立成型，就像是罗蔓法医室里的尸检台。隔着距离，他甚至能看到那上面与白色瓷砖色度相差很远的污点。

"嗯？"任队此时也靠近了那个水槽，感受到脚底下奇怪的触感，他慢慢地向下看去。手电筒不经意间照到的东西，着实让他吓了一跳。

于是他蹲下来，仔细分辨了下那不明物才惊觉这是散落一地的头发。这没有生命力的头发此刻却狰狞到令人觉得惊悚。那杂乱的碎发，有几撮上还凝结着干掉的血迹。

"陆医生，我想我们要打电话给罗蔓了。"任队慢慢起身，他很是不愿将这句话告诉陆修时。但眼下，顾槿夏或许真的凶多吉少了。

这里没有葛周，没有顾槿夏，只有顾槿夏的头发和少量的血迹。

他们在这里做了什么，现在又消失去了哪里？

陆修时在任队站起身子之后，缓缓上前，看着水槽上分布的斑斑血迹，想到顾槿夏在这里承受的种种折磨，他又闭上了眼睛。而地上，他曾经抚摸过的顾槿夏的秀发柔软不再，就像是来自地狱的召唤。

"这点血迹不会造成顾槿夏的死亡，他们一定还在某个地方。"末了，陆修时轻声道。

说这话时，他感受到来自内心强烈的恐惧感，以及伴随着恐惧感的眩晕。

因为，水槽旁边是葛周扔下的他折磨人时的工具，那明晃晃扎眼的手术用具让陆修时的面部肌肉都抽搐了起来。

"陆医生你现在在这里等我，我去周围看看。"任队打完相关人员电话之后，叮嘱陆修时说。他自己依旧保持着职业素养，走出小木屋往周围查看。

这会儿安静的小木屋就只有陆修时一个人的呼吸声，他静静地驻立在水槽前，无法克制地想着顾槿夏躺在这里时的场景，每想一次就几近崩溃。

她为什么当时要说那样的话，是知道自己能够脱身还是知道自己已经没有活着的可能？直到那样一个时刻，她也仍旧没有开口寻求他的帮助。

再过几个小时，就是黑色星期五了。槿夏，我还能再见到你，把你救出来吗？

不知道从什么时候开始，陆修时心中的信念产生了动摇，无边的黑暗，似乎也已经波及了他的内心。

突然，陆修时好像意识到被自己忽略的一个细节。他立马夺门而出，着急地环顾四周找寻任队。

"附近没有任何可以藏身的地方，也没有发现任何人出现过的踪迹。"任队回来，已然收回了枪，在看到陆修时一脸紧张的表情，问道，"怎么了？"

"黑色星期五，那不是他要准备杀死顾槿夏的预告日。"陆修时轻轻喘着气说，"那是他要自杀的时间。"

"啊？"任队一下子也没理解，后来才反应过来，拍拍脑子说，"对啊，传闻那些听了那首歌的人都是以自杀的方式离开人间的。那这么说，顾槿夏应该是安全的。"

陆修时想了想，还是拨通了小吴的电话："快查查安葬王思思的墓地在哪里。"

电话那头的小吴愣了一会儿说："顾槿夏的手机在半个小时前开过机，一直在移动中。但是没过多久又关机了，查不到信号。但是就在两分钟前，定位到她的手机就在一个郊外的墓地里。"

小吴还想说为什么是墓地，这会不会是个巧合？但陆修时听到答案后就急切地挂了电话。他叹了口气，连日的工作让他疲惫不堪，盯着电脑屏幕的眼睛都有点花了。

"我说祝队，你身体吃得消吗？"小吴脑袋后仰，身后站着身体还未痊愈、靠着墙都有些费劲的祝则清。

祝则清听到了小吴对陆修时说的话，第一反应是这是葛周的陷阱。不管是不是陷阱，他也要帮自己兄弟一把，或者是帮自己一把。

"祝队你别乱来！"小吴一看祝则清转身有些不稳地往外走去，立马摘下套在耳朵上的耳机，追了上去。

< 2 >

"快点开！"祝队坐在副驾驶上拼命催着小吴，让小吴连打个哈欠的时间都没有。

小吴只能一直应和着说："在开呢！祝队你别急，急坏了身子可怎么办啊？"

"说什么废话啊你！"祝则清这么着急是有道理的，因为从定位到顾槿夏手机的时间到现在，已经过去半个多小时了。而且，开车到郊外墓地需要一个小时。

这样的时间是怎么算都有些来不及。祝则清怀疑自己能否抓住最后的一线生机，他知道他会比陆修时更早一步看见真相，他要做的就是替陆修时承受真相。

时间一分一秒地过去，夜越来越深，属于他们的时间也越来越少。

郊区的墓地里安息着已逝之人。这世上不可能存在什么灵魂，但来悼念他们的人一定相信，所爱之人的灵魂不曾消灭，他们就在身边，好似活着一样，因为习惯存在，所以从未觉得他们已经死去。

照片里的王思思清纯漂亮，有着艺术生的气质，恬静优雅。她嘴角微微翘起，似乎她的人生在她的笑容中应该明媚永远。可她的人生戛然而止，惹人疼惜的笑容定格在了这小小相框内。

那一年，本该是她准备出国深造的日子。她特别开心，两个人相约郊外的湖边，虽然出国深造要相隔两年才能见面，但为了更好的将来，他们愿意等。不仅如此，他们还约好在她回国的第一年就结婚。

可这一切，破碎得太快，都还来不及遐想未来的种种。

如今，约定的日子已经到来。

却独剩了他一人。

思思的墓前放着新鲜的鲜花，那花儿素雅清丽，很适合她。送给她的人也这么想，思思，你值得任何美好的事物。

哪怕世间再险恶，哪怕世人再无情。思思，我都会陪着你，陪着你到天涯海角。

时至今日，这天终于来临了。

等到祝则清和小吴赶到的时候，发现了停在停车场唯一的那辆车，那车顶上面竟然已经积起了些落叶。

"在医院躺了这么久，人都快废了！今天晚上我一定要雪耻！"祝则清拔出枪发誓。

小吴则是一脸的担心，走在了祝则清的前面，说："祝队你还是伤员，身上的伤口随时都会裂开，到时候拖累我怎么办？"

"你要再敢废话一句，我就一个人去了！"祝则清截下他的话，不满地回应。

没办法，小吴就只能一边留心周围的情况，一边注意着祝则清的身体，心里懊悔着，当时真应该叫上一组人。

两个人小心翼翼地走上高高的台阶，台阶周围冷清一片，就连自己走动时空气流动所产生的风都是阴冷刺骨的。

两个人一步一步朝上，很快看见了一点点的亮光。那是左手边的方向，小吴和祝则清更加谨慎地朝那边查看。

点点星光摇曳在这寂静的地方，这本该全然黑暗却有了星光的地方。

"等一下！"小吴在前面略微猫着腰停下了脚步，他费解地盯着有亮光处的地面，那里似乎有什么东西在动。

祝则清也举着枪随着他的目光往地面上看去，那是潺潺而动的液体，一直沿着地砖的缝隙流动。

祝则清顿感不妙，居然收起了枪，不管不顾地往前跑了过去。小吴在身后想叫住他都来不及，也只能"哎"了声忙跟了上去。

才跑了没几步，祝则清就喘着气站在了那不明液体的跟前。那液体还在流动，减缓了速度，到达了祝则清的脚尖。

"怎么了？"小吴上前，却被祝则清伸手制止，不再前进一步。因为再上前一步，他就会踩到——血。

小吴见祝则清不说话，脸上还流露着不理解与一丝丝的悲悯。小吴慢慢地转头，看见王思思的照片在一根小蜡烛后摇摆不定，那清冽的笑容此刻看起来异常诡异。

视线顺着照片渐渐往下，小吴看见了从警一年半以来最为惨烈的景象——葛周用枪自杀了。

那黑洞洞的枪眼还留在他的太阳穴上，半个脑袋就这样被轰炸掉了，血溅在了后面的照片上。葛周整个人歪倒在地上，身上穿的那件衣服小吴还记得。那是三年前他女朋友遇害时他穿的那件衣服，旧旧的，但很干净。

祝则清蹲下身子，看着葛周，许久不语，后来才说："他死之前一直在和王思思说话，脸上还有泪痕。"

"那……那葛周死了，顾槿夏呢？"

小吴刚诧异完，就听见不远处传来脚步声，由远及近，很快就到了身边。

"这……"赶到的任队和陆修时也一眼就看到了葛周惨死的景象，任队竟一下子不知道该说什么，偏过脑袋又看到了和自己差不多表情的陆修时，欲言又止。

几个人都默不作声地望着陆修时。祝则清从死去的葛周身上摸索了下，发现了顾槿夏的手机。

他慢慢起身，将手机递给陆修时说："她不在这儿。"

陆修时接过手机，神情黯然。他并没有打开手机，没有检查里面的任何一条内容，而是转身走了。

任队、祝则清还有小吴望着陆修时的背影，那是他们第一次看见绝望的陆修时，绝望到令人不寒而栗。

"现在，怎么办？"小吴小心翼翼地提问。

可得到的却是两位队长的沉默，任队和祝则清对视一眼，各自垂头看着倒在血泊中的葛周。

他杀了那么多人，可他现在解脱了。而他们这几个人拼命追寻的真相不过是别人的故事，因为活在过去，活在痛苦里，如同行尸走肉。

最后他们就真的归于死亡了。

那被绑架的人呢？知道顾槿夏下落的人只有他，可他现在死了。顾槿夏是死是活，或许就会这样成了谜。

郊外的阴森、僻静却在此时有了人声。人们正常的声音，那不是地狱的呐喊与哭泣，那是说话的声音。

警车停在了墓地外的台阶下，罗蔓从湖边取完证又立马赶到了这边。

这些年，见惯了尸体，对那刺激感官的浓稠血液和惨不忍睹的死相她都有了免疫。但，每次她都希望这些事情不曾发生，未曾有过。

看着被抬走的尸体，罗蔓唏嘘不已。这一地的鲜血或许很快就会被今后的一切覆盖，人们会忘记很多事情，有时候唯独苦痛忘不了。

罗蔓很明白顾槿夏在生死关头说出的那句话的原因，就好像那天无可奈何地拜托她帮忙一样。顾槿夏深知自己身上的问题越来越严重，她已经产生了幻觉。

正是因为如此，她放弃了能够回到陆修时身边的机会。关于爱情，懂的人有多少？罗蔓不知道，但她肯定顾槿夏懂，所以顾槿夏不想成为陆修时的累赘。

如果真的是这样，就算不再回来，也请好好活着。

罗蔓叹气，微微抬头，天边已然泛白。

天亮了。

< 3 >

案子顺利告破，虽然凶手已死，但至少给了惶惶不安的老百姓一个满意的答案。

大街小巷都在播报着这个案子，报纸杂志、电视节目，无一例外。电视里的警察局长和负责此案的任旭飞以及负伤的祝则清都在接受媒体的访问。

整个案子其实是由五个案件组成，分别是吕志安谋杀父母案、罗家清被杀案、陈丽失踪案、乔乔杀人案以及葛周所犯下的连环杀人案。

表面上看似毫无关联的案子却在逐渐发展的过程中变成了一个案子。但在这暗涌中，吕志安其实是这所有案子里唯一都存在的人。

他杀了自己的父母，教唆乔乔行凶，催眠引导葛周成为杀人犯。或许，人性就是脆弱的，走不出阴影，自己也就成了阴影下的恶魔。

之后所有的人都知道一个因女朋友被精神病患者杀死而对精神病人产生恨意的人制造了轰动一时的命案并嫁祸给了很有声望的陆修时陆医生。只是人们不知道这案子中吕志安的存在直接导致葛周成了凶手，也不知道凶手为什么要栽赃嫁祸给陆修时。

但一切都结束了，过程似乎也变得不再重要。

一个月过后。

陆修时又回到医院上班，闹了一阵子的杀人犯事件也随着案子的结束而结束。那些对他有过怀疑的人转而又捧起了他，说杀人犯是谁都不会是陆医生，陆医生可是医院之光啊。

这些话，陆修时置若罔闻。

他唯一在意的是妇产科郝医生碰见他时问的一句话："陆医生，听说你有女朋友了？"

他愣住，居然答不上来。"听说"这个词太奇怪了，为什么会是听说？好像那个女人不曾出现过一样，只是存在于人们的嘴里。

陆修时低头，看到了胸口的那支笔，笔上清晰地刻着一个"夏"字。

日子忽然间又恢复了常态，任谁都查不到顾槿夏的下落，他曾经疯了一般跳到那湖里试图找到她的"尸体"，狼狈不堪，一无所获。

陆修时晚上翻来覆去，一次又一次地以为她睡在自己旁边，一转头就能看见她酣睡的样子。甚至，一度出现了幻听。

她的声音近在咫尺，可只要一寻找就再无踪迹。

时间一长，陆修时觉得自己可能会因此而成为第二个葛周。他不再寻找，只是怀有期待。

这是葛周留给他的最后难题。一个找不到的人，是活着还是死了，全凭自己的一念之间。

但人们正因为有执念，不肯放下，才会成为怪物。

葛周即便是死了，也不肯放过他。在王思思死的第三个年头的当天，以死的名义给他留下了最后的惩罚。

但陆修时总是相信，顾槿夏会在某个阳光灿烂的日子里出现，告诉他，她还活着。

嗯，他深信不疑。

可也有人认为顾槿夏已经死了，至少祝则清是这么认为的。他没有证据证明顾槿夏死了，但他宁愿她已经死了。

至少这样，陆修时还能继续正常生活。一个人抱着缥缈的希望活在人世，倘若某一天消息到来，发现并不存在什么"希望"，那么活着的人还能好好活着吗？

"唉，你们真的就一点也找不到一个大活人吗？"在只有徐嘉澍和祝则清的约会上，徐嘉澍不相信地问，"一个人怎么会突然音讯全无，这不科学！"

面对徐嘉澍的不满和质问，祝则清不语。只是想起当时自己私下拜托小吴查过顾槿夏手机里的内容。

可小吴给的答复是："手机里没有可疑的东西，但奇怪的是只剩下一张她自己的照片，只有一张照片。怎么看怎么都像是删掉了其他，故意留下了照片。"

祝则清摸不透准备自杀的葛周为什么要带走顾槿夏的手机，让人找到。这个行为看起来更像是为了掩护顾槿夏的消声匿迹而实行的。

可是为什么？

而且，最让人捉摸不透的是顾槿夏的手机。里面本应该有的内容是被谁删掉了呢？是葛周，还是最后碰过手机的陆修时？如果是陆修时，他是不是通过顾槿夏的手机知道了什么？

"想什么呢？"徐嘉澍伸出手在他眼前摆了摆，仍旧不好的语气，"我家玲珑现在一听到顾槿夏的名字就会难过好一会儿，都说是自己害的她。唉，所以快点找到她吧。"

最后这一句请求的话在祝则清听起来尤为刺耳，他不是没有去找，相反的是，他天天都在找。在看到陆修时疯了一般跳入湖中找顾槿夏，以为顾槿夏被葛周推到湖里了，还不断地在家里找寻顾槿夏存在的痕迹。

这些事情，祝则清都看在眼里。他能明白陆修时的感受，曾经的他何尝不是如此？

"修时他，可能并不想找到顾槿夏。"祝则清突兀地说了这样的一句话。

徐嘉澍听了惊诧不已，眼里写满了"你小子疯了吧"。他盯着祝则清的脸，却发现祝则清沉郁、严肃。

"如果。我是说如果。"祝则清换了一种表达方式，"他明知道顾槿夏死了。但正因为找不到尸体，所以他一直抱有期待。那么，与其接受她死的事实，不如幻想她仍旧活着。"

听完这番话，徐嘉澍怔怔地望着对面坐着的祝则清。对于这样的结论，他不想去反驳。

因为，换作谁都会抱着希望活一辈子。

于是，徐嘉澍不再说话，坐在咖啡店，却望着外面喧闹的街道，人来人往，就像海洋。

而顾槿夏就像是掉入海里的一根针。

< 4 >

上完夜班，回到家的陆修时也没有睡觉，而是打扫起了房间。拉开了所有的窗帘，这是案子结束后第一次让阳光进入了他的房间。

这个家里，除了卧室没有灰尘外，其他地方都沾染了肉眼看得见的灰尘，厚厚的一层。

陆修时戴着口罩，整理着床铺。他抖了抖被子，想要抱到阳台上去晒一晒。他小心翼翼地整理着顾槿夏睡过的床单，整理着她的枕头，却在拿起枕头的瞬间看到了她放在枕头下的一本小册子。

他拾起那本小册子，摘掉口罩坐在了床沿。斜斜的阳光落在地板上，落在他的脚边。

这是顾槿夏记些琐碎的或者是重要事情的小册子，她并不是每一天都有事情要记录。有时候隔了三天才写下一句"最近有些忙"这样的话，不知道是对着谁说。

陆修时一页一页地翻看，那属于顾槿夏隽秀的字体让他着迷。尽管她写在上面的话，他从未听见她讲过，很新鲜又好像很熟悉。

"认识石晓晓真好。"

"人生的意义在于永远有事做。"

"糟糕的一天，手机被碾碎了。"

他笑，原来那天是她糟糕的一天。小册子里永远是这样三两句的话，但他似乎没怎么出现过在她的字里行间。

翻到三分之二的时候，出现的一页中多了很多字数。那就像是一篇日记，记录了完整的一件事情。

修时不在，自己烧鱼吃。但吃到一半被鱼刺卡住了喉咙，什么方法都试了，吐得稀里哗啦，鱼刺还是扎在肉里。于是在饭点的这个时间，我去了诊所，说自己被鱼刺卡住了，还挺不好意思。好在医生一下子就给拔出来了。庆幸。想想小时候，我爸爸总是剔鱼肉给我吃，爸爸剔的鱼肉都没有鱼刺。我爸爸可真厉害（笑）。果然，酸菜鱼这种菜还是等修时回来一起吃好了。

漂亮的字体，干净的纸张，冷不丁滴上了一滴泪水。泪水落在"修时"上，将这两个字洇开来。

纸张渐渐起皱。

而小册子的最后一页写着"9月20日，司考"。

9月20日。

一早，各个考场外都聚集了很多考生，手里依然拿着复习资料，在进场前坐在花坛周围拼命地记着法律知识。

在这么多人中，唯有一个人例外。他既不复习，也不玩手机，只是拿着打印出来的准考证，一瞬不瞬地盯着看。

"同学，你也是来考试的还是来陪考的啊？"有些好奇的女同学在众多姿色平平的考生当中发现了陆修时，随意借着当下的话题同他聊天。

陆修时微笑着抬手将手中的准考证展示给她看，说："陪未婚妻来考试。"

女生一见到准考证上的漂亮女生照片后，尴尬地笑着点头说："哦，陪考的啊。"

陆修时不再理会她，只是继续看着那张准考证，嘴角漾着笑意。槿夏，真是个无论怎么拍照都好看的人。

离开的女生和别的同伴一起看着陆修时窃窃私语。是啊，从一开始就没有和照片上一样的女生接近过那个男的，他一直一个人坐在那里，只是看着准考证发呆。

他真的是陪考的吗，还是说纯粹是个神经病？长这么帅的不应该吧？她们笑。

进场的讯号已经发出，拿着密封试卷进场的监考老师们挂着牌子，一丝不苟地按照考试的程序安排着。

考生纷纷入场，外面等候着的人一下子都不见了。就好像课间休息十分钟之后，上课铃声一打响，同学们都利落地走进了教室。

操场上空无一人，这样的安静挺讨厌的。

"你也该进去考试了。"陆修时对着顾槿夏的证件照喃喃自语，"我就在外面等你考完。"

于是，他就坐在花坛边，静心地听着这里的一切。

然而那个聒噪的徐嘉澍总是隔三岔五地打他电话，似乎有意在确认他的生活现状。

陆修时接起电话，心情格外好。

"在哪儿呢？"

"在青芹路这边。"

徐嘉澍纳闷："你去那边干什么？那边不是有个大学吗？怎么，去学校授课？"

"陪槿夏考试。"

电话那边的徐嘉澍沉默半天，突然紧张兮兮地问："修时，要不去喝酒？你这样下去我真的很担心啊……"

鸡同鸭讲。陆修时这么想的时候，就随手掐断了通话。他仰起头，看着树影斑驳。

原来，这就是活着的气息。

"出事了，则清！"徐嘉澍急急忙忙地又打电话给了祝则清，他在办公室来回晃荡，"修时病得不轻啊！"

"我看是你病得不轻吧？"祝则清冷冷地说。

徐嘉澍着急地换了只手接电话，咬着牙强调："是修时！他竟然跟我说他在陪槿夏考试！陪槿夏考试！我的天，我简直不敢想象堂堂陆医生失心疯的样子。"

听到这话，还在局里写着案件报告的祝则清停下了噼里啪啦敲着键盘的手，转了个身从椅子上起来，走到窗边，又瞄了眼电脑屏幕下方的日期，长叹了口气。

"叹什么气啊？修时没救了？"徐嘉澍担心万分。

祝则清无奈地说："今天是司考的日子。你作为律师不应该不知道吧？"

司法考试？徐嘉澍这才想起来，顾槿夏报名了司法考试，在手受伤的日子里一直担心着自己能否赶上这场她在大学里错过的考试。

然而，如期而至的考试，顾槿夏依然没有等到。

"那么修时是……"徐嘉澍的一颗心也顿时沉了下来，就像突然的一场暴雨。

祝则清望着窗外，那出警的车子开出去又开进来，楼下总是吵吵闹闹，每天都发生着糟心的事情。

但天气，该晴的时候就晴，该阴的时候就阴，完全不受人心情的影响。

"嗯，他在完成自己应该做的事情。"

"我说则清，他会好起来吗？"

"会的。他是谁，他可是陆修时啊。"

挂了电话，徐嘉澍笑。

祝则清放下电话，想了想后发了条信息给石晓晓——"晚上请你吃饭。如果有时间，再想想顾槿夏会去的地方。"

发完后，他又重新坐回电脑前，写着上一起的案件报告。这样的短信，他不知道发了多少次。每次面对石晓晓的时候他也发现了这姑娘的变化，那大大咧咧的性格改了不少，竟有些像某个时候的顾槿夏。

她很阳光，却总是带着忧郁。

然而，祝则清和徐嘉澍两个人，一个嘴巴上说不知道生死，留个念想也好，实际上一直没停止过利用各种资源找寻顾槿夏；一个看似不正经，却一直帮助陆修时恢复心情。

这样的心意，想必即便沉浸在痛苦中的陆修时也能感应到。

三天的考试时间里，总有那么两三个人发现陆修时的身影。每次他都说是陪未婚妻来考试，却始终未见到他的未婚妻。

引人侧目的同时，又是各种无所谓的情绪。

第三天最后一门考试结束，考生们不再关心任何人，埋头在手机上搜索着接下来应该去哪里享受美食。

下午的阳光还是很猛烈，陆修时回身望着这教学楼。已经人去楼空，他知道顾槿夏的考场在哪儿，座位在哪儿，于是他往回走，和人群流动的方向正好相反，显得突兀，不协调。

三楼，左手边第二个教室，从右至左数过来第五个位置。陆修时走了进去，找到那个位置后，轻轻地抚着右上角贴着的顾槿夏的名字、座位号的字条。

然后，他轻轻地把准考证放在了桌面上，抚平。

渐渐向西的阳光透过玻璃窗投射在了桌面上，背过身去的陆修时慢慢地消失在光圈中。

他一转身，那转考证便轻飘飘地落到了地上……

这世上，并不是所有的正义都能换来圆满的结局。

第 十 四 章

W E N L A N S H I X I A

尾声.夏天

医院里，照样人来人往，行色匆匆。只是在这样的人群中，有个小个子男孩特别显眼。他跨蹰地站在精神科的大门口，犹豫很久才踏了进来。

可他并没有往任何病房、任何医生的办公室走去，而是辗转于那贴着各个医生照片的墙面前，仔细地搜索着。

眼珠子转悠搜索了许久，黑幽幽的眼眸才有了一丝欣喜。

"陆医生，说好要请你吃饭的，择日不如撞日，就今晚吧。来我家吃，我老婆做的菜可是天下第一！"廖医生夸海口，请陆修时吃饭几乎请了好几个月，现在终于想到要兑现。

陆修时一身白大褂，清冽寡淡。看似什么都没变，清清冷冷的，就连眼眸都是冷淡没有感情。

"嗯。"出人意料的是，他居然答应了。脸上依旧冷冰冰，看不出高兴，也看不出不高兴。

眼里的那一波春水似乎化成了死水，再无波澜。

廖医生听着他答应了，却一下不敢回应。这一句"嗯"来得太简单，让他有点不知如何接话。

正惆怅着呢，走过来一小孩，拉着陆修时就说："我找你有事。"

听闻这话，旁人都惊讶不已，一个小屁孩找陆医生有什么事？陆修时几乎是低头同那个小孩对视，隐约中好像在哪里见过这张有些脏兮兮的脸。

"小朋友你先去洗个手，不然陆医生洁癖发作会疯哦。"刚从另外一个办公室出来的杨医生笑呵呵地试图拉过小男孩的手，却被对方直接挣脱。

小男孩并不理会其他人的戏笑，干脆抬头瞪着陆修时问："你结婚了吗？"

众人更是惊诧，童言无忌惹得大家发笑。但唯有陆修时一本正经地看着这小孩，眼神坚毅。

"没有。"然后他平静地回答了这个孩子的问题。

"那你有女朋友了吗？"这孩子还穷追不舍了起来。

陆修时听着这几个问题竟想起自己当初和顾槿夏见面时的场景，他隐约觉得这孩子似乎是想为他带来什么消息。

"陆医生有女朋友啦，是不是想把你家姐姐介绍给他啊？"廖医生也开起了玩笑，这一群大人被一个孩子耍着玩实在是有些说不过去。

一听到陆修时有了女朋友，小男孩竟转身就走。那个转身有些决绝，更像是气愤。

而这时，陆修时想起了这张脏兮兮的脸。他放下手中的病人资料，望着那小小的背影，陷入短暂的沉思。

这个天医院还有蚊子，这些蚊子都特别毒，叮出来的包可以痒上一个星期，红肿都不消退。

小男孩坐在医院的那条回廊上，撩起裤腿，不停地抓着小腿上的红包，有几个小红包都挠破皮了，可就还是一个劲地痒着。

这时候，小男孩怀里忽然多了一小盒东西。他没去拿，抬起头还是那样恨恨的眼神。

"抹一下就不痒了。"还是清冷的声音，只是在面对小孩的时候多了一份少见的温柔。

"我不用你的东西。"小男孩强硬地拒绝，手还是不停地挠痒，眼睛忍不住往那盒药膏上瞟。

陆修时没说什么，只是顺势坐在了他的旁边。从他怀里拿起那盒药膏，旋开，沾了点药膏在食指上，往他小腿腹上抹。

小男孩没有拒绝，还是怀有恶意地瞪着他，半晌后才故作成人样质问道："你真的有女朋友了吗？"

陆修时抬眼，眼里有着对孩子提出这问题的无视。但他认真地说："顾槿夏，我女朋友的名字。"

小男孩忽而愣住了，他眼神里有不解，但他也没问出口。扭捏了很久，他发现小腿上的包真的不再痒了。

"那夏天也是她的名字吗？"小男孩轻声问。

这小小的声音，却伴随着隐约雷鸣，夏天的焦躁好像一道闪电，来得快去得也快。

车轮子在被雨水浸湿的地上奔驰着，泥泞的小路也没有片刻的犹豫，它碾过被风雨侵袭的街道，只为快速到达彩虹的尽头。

那个远离城镇的小乡村，就在一座山脚下。绿水青山，像极了陶渊明的世外桃源，可这个地方离他居然是那样近。

村里有个集中的小小的停车场，陆修时将车停下，那剧烈的心跳让他无法平息下来。

整个车厢都能听见他的心跳声，此刻的小男孩更像是缩在了副驾驶位置上，望着这位面色冷峻到极致的人有些后怕。

"她真的在这里吗？"陆修时问，声音却在颤抖。

小男孩点点头，而后又问了句："你要带走她吗？"

陆修时没有回答。

他有多久没见过她了，竟有些不确定自己能否将她带走。可他此行的目的，不就是为了亲眼看到她还活着吗？

"夏天姐姐受了很多伤，你会好好照顾她吗？"小男孩似乎确定陆修时必然会带走她，有些不舍又郑重其事道。

陆修时深吸一口气，受了很多伤，那她还好吗？

不安的情绪一下子涌了上来，陆修时觉得自己双眼酸涩，疼痛不已。

"走吧。"他解开小男孩的安全带，一起下车。

小男孩上前拉住他的衣袖，叮嘱道："你不要吓到姐姐，好吗？"

陆修时点头。

两个人，一高一矮，慢慢地往前方走。

小乡村很干净，很整齐，住户不多，自然少了很多嘈杂。

停车场离小男孩家不远，绕过一排房子之后转过身就到了。那是一幢朝阳的小房子，只有两层，门口拴着一只大黄狗，毛很有光泽，看来这一家人待它很好。

"你先在这里等。"小男孩特别小心翼翼，生怕自己带回来的人会伤害到他姐姐。

陆修时拉住他细小的手臂，问："为什么现在才来找我？为什么现在才想到来找我？"

这两个问题在小孩子听来没有区别，他只是眨着清澈的眼睛，认真地回答说："因为姐姐她很想你，她不敢来找你。她说她变难看了，可我觉得姐姐是最漂亮的。"

陆修时松了手，望着门口那只一直对着他吠的大黄狗竟感动到无言。

"姐姐姐姐，你看谁来了！"小男孩兴奋地跑回家里，语调欢快。

陆修时等候的时间忽而变得煎熬，他双手不安地插入裤袋，仿若在办公室第一次等待顾槿夏的到来。

"谁？"清脆悦耳的声音立马传了出来，那声音轻轻，丝毫没有变化。

大黄狗停止了喊叫，转而发出了亲昵的呜咽声。一个身材高挑、清瘦的女孩子走了出来。

相貌清丽，只是她的头发……

"喏，就是他。"小男孩拉着她的手，甩了甩，示意她看向右手边。

女孩带着奇怪的眼神看过来，嘴角却始终带笑。在视线逐渐和陆修时交合时，她的笑容瞬间消失，整个人僵硬在那里。她不再笑，眼泪不断往下掉。

"姐姐？"小男孩吓了一跳，看着瞬间哭成泪人的顾槿夏，他把目光投向了陆修时。

"槿夏。"他轻声地唤着她的名字，克制住自己可能下一秒就会冲过去将她抱在怀里的冲动。他就站在那里望着她，昔日的长头发已被剪短，稍微长了点依然还能看出此前的头发遭遇过什么样的摧残。

他不敢上前，他害怕她逃跑。可是，就这样在离她三步远的地方站着，于他而言更是可怕。

"修时？"她带着哭腔低声叫出了他的名字，不安不确定不相信，似乎出现在这里的这个人是假的，是梦境，是她每晚每晚做的噩梦中出现的唯一光芒。

在听见她叫自己的名字之后，陆修时再也无法原地停留了，一个上前就将她紧紧拥进怀里。

"是我，槿夏。"他肯定了她的不确定，语气轻轻。

怀里的人不说话，僵硬的身体渐渐地颤抖起来。那地狱般的噩梦结束了吗，不然她为什么在这个怀抱里感受到了希望？是修时吧，是他吧？

"没事了，真的没事了。"陆修时扶着她的头，轻声安慰，"我们回家好吗？"

"可是我……"顾槿夏闷闷的声音传了出来，她依旧埋头在陆修时的怀中，泪水已经将他胸前的衣服打湿。她咬咬唇，艰涩地吐出几个字，"我已经不是从前的我了，修时，我不是个正常人，我没办法……"

"姐姐你是啊，你和我一样，你跟我说过，要坚强，一切都会好的。"小男孩听见了顾槿夏的声音，忙站出来替她说话。

陆修时轻抚着她的背，突然问："槿夏，你还喜欢我吗？"

一旁的小朋友听到这话，居然害羞地捂住了眼睛。埋首的槿夏无言。

"从三年前第一次见你到现在，从始至终。于我而言，生活中只有喜欢你这件事是正常的。如果非要做选择，那么只剩下喜欢你这件事就可以了。"

听着陆修时的表白，顾槿夏觉得暖心的同时又愧疚不已。她的喜欢少了很多信任，她平白无故地让很多事情变复杂。

"你不担心我哪天就进了你们医院，成了你的病人吗？"顾槿夏最担心的恐怕就是发生这种情况吧。

然而陆修时却低低笑了，他说："所以你要和我回家，天天和我在一起，吃我做的饭，睡我定制的双人床，每天都不准离开我，如果这样你还有时间生病，那我真的是只能辞职在家给你当全职先生了。"

"咦，不害臊！"小男孩最后捂着耳朵跑回了里屋。

顾槿夏也被逗笑了，转而展开手也回抱住了陆修时。有时候，只需要一个瞬间，就能抚平内心所有的害怕。

就比如此刻，她好像真的可以忘记她生病的这件事。被陆修时爱惜着，是时候要好好回报这份爱了。

那么，顾槿夏，相信他吧，相信自己。

于是，在小男孩的依依不舍下，顾槿夏告别了这个帮她远离纷扰的"家"。

顾槿夏或许不知道，自己出于本能的一个小举动会让她得到十倍甚至百倍的关照。

人啊，不管何时都要保有一颗善良的心，坚守信念。世界上所有的能量都是相互的，付出和得到成正比。

"唉……"坐上车的顾槿夏叹了口气。

陆修时握着方向盘，车子稳稳地开在大道上，听到顾槿夏叹气，温和地笑着说："以后可以常回来看看。"

"嗯。"顾槿夏点头，随后又面向他，郑重地说，"谢谢。"

陆修时也笑，其实按照现在的情况，他大可以问她那个时候究竟发生了什么，同葛周说了什么，她是怎么逃出来的。但是，现在的她好好的，过去的还有什么可问的？

"你猜看到你回来，嘉澍则清他们会是什么反应。"陆修时换了个话题问。

顾槿夏笑着坐正身子，摩擦着双手，轻声说："还能是什么反应啊，就那样吧。"

"嘉澍一定会哭。"

"骗人。"

"和你打个赌，嘉澍见到你的时候一定会哭着喊着说：'槿夏啊，可把你盼回来了！你不在的日子里，我们家修时茶不思饭不想都快瘦成闪电了。'"

"太夸张了，不过你学得好像。"

"赌吗？"他问。

"赌什么？"

"要是我赢了，带上所有能证明你身份的证件和我去民政局；要是你赢了，我躺床上随你处置。怎么样？"

"成交。"

顾槿夏这么爽快倒是让陆修时有些惊讶，他还没来得及接受这受宠若惊的承诺，顾槿夏马上补充了一句："能等到我司法考试通过之后再兑现吗？"

"……槿夏，讨价还价要不得。"

她笑，头一歪靠在他的肩头。

车外，雨已经停了，前方的道路也变得明朗开阔。

那深埋于顾槿夏心底的黑暗，在最无边无际的时刻遇到了陆修时。她曾经害怕自己的黑暗遮挡住了陆修时的光芒，可此时她才发现，这世上唯有陆修时的光芒才能驱散她无边的黑暗。

回家的这一路，未来的每一步，顾槿夏都希望是她和陆修时最值得期待的美好。

她闭着眼睛微笑着，抬手轻轻地挽住了他的胳膊，终于可以好好地睡一觉了。

时夏夫妇日常

日常一

无所事事的周末，又正巧遇上身边的女人都有事。百无聊赖之下，徐嘉澍提出去动物园，重拾儿时的记忆。高冷的陆医生听到提议的瞬间是果断拒绝的，可是……没有可是，因为祝则清居然答应了！

于是三个大男人手插口袋就进了动物园，却从头到尾保持着一个表情，那就是——大写的无聊。

逛到猴子山的时候，祝则清觉得是时候活跃下气氛了。不然他有预感，下一秒陆修时就会让他们生无可恋。

祝则清不假思索地指着一只吧唧吧唧吃东西的猕猴对徐嘉澍说："嘉澍，快看，你祖宗。"

徐嘉澍听到后，二话不说就直接反击："你祖宗！"

"我祖宗是祝融。"祝则清微微一笑，轻松拆招。

徐嘉澍托了托自己的金丝框眼镜，急忙拉拢起了身边的陆爷："修时，替我说句话啊！"

本来就忍耐到极限的陆修时，吐了口气，面向祝则清，仍旧是一副面无表情的样子说："则清你这样是不对的。"

徐嘉澍立马腰杆子挺直："听到没？我陆爷给我撑腰了！"

"嘉澍的祖宗怎么会是猕猴呢？明明是倭黑猩猩。"

徐嘉澍："……"

日常二

一到夏季，警情都多了起来，祝则清一如既往忙得不可开交。

顾槿夏好奇地问："为什么一到夏天事儿都多起来了，是因为温度太高了吗？"

正问着，祝则清就接到了同事的电话，没来得及解释就说："不仅事儿多起来了，就连精神病都出来串门了。那个我先撤了。还有，不懂的你问修时就行。"

送走祝则清，顾槿夏只能转而咨询起了优哉游哉看报纸的陆修时："所以夏季纠纷变多也有专业解释？"

陆修时抬眼看了看她，放下手中的报纸说："有一种现象叫'情绪中暑'，又叫夏季情感障碍综合征。当气温超过 35℃，日照超过 12 小时，湿度高于 80% 时，气象条件对人体下丘脑的情绪调节中枢的影响就会增强，人容易情绪失控，频繁发生摩擦或争执的现象。"

还真的有专业解释，顾槿夏望着他目瞪口呆。

陆修时亲昵地拉过她的手，问："怎么了？"

顾槿夏有些不可思议，挨着他坐了过去："你怎么什么都知道？"

陆修时笑："谁知道呢？可能是主角光环太耀眼吧。"

顾槿夏："……"

智商碾轧什么的最没人道了。

日常三

顾槿夏花了一百六从同事家里买了只纯正的黑色小贵宾，取名叫嘭嘭。
这天，她欣喜地给陆修时介绍这位新成员。

顾槿夏抱着它，兴奋地说："它还有英文名哦。"

陆修时盯着那只肥肥的小动物，挑眉道："Pig？"

"是 Bang！"

陆修时轻笑："你在我们家按了个定时炸弹。"说完，就伸手去逗狗，
结果狗狗冲着他奶声奶气地叫唤着，不让他靠近。

陆修时顿时皱眉，反问："公的？"

顾槿夏高兴地抱起嘭嘭："是啊。同事家只剩下公的小狗了。是不是呀，
小嘭嘭？"

小狗高兴地要舔顾槿夏的脸，和她亲热得很。

陆修时忽然就看不下去了，一把拎过小狗关在了卧室门外，转而回身
抱住顾槿夏，蹭着她的脖子说："你是我的。"

日常四

某天，顾槿夏突发奇想开玩笑般群发了一则"自己很穷，急需赞助"
的短信，结果微信里头收到了很多平常都没什么联系的朋友的红包。

顾槿夏受宠若惊，忙冲陆修时看："他们居然给我汇钱！"

陆修时不以为然："交浅不深还给你汇钱，你不觉得哪里不妥吗？"

顾槿夏摇头说："那是他们善良，友爱互助。"

陆修时笑："他们见你过得不好，于是怜悯你、同情你，以此来证明
他们过得比你好，有实力帮助你，想博得社会认同感。不然，你看下你的好

闺密石小姐回复了你什么。"

顾槿夏不服气地点开了石晓晓的回复，瞳孔都放大了。

"她说：'没钱找我借啊，咱俩这关系都不带算利息的，但是得写借条。'"

陆修时笑而不语。

顾槿夏无语地收起手机，碎碎念："简直和你没得聊。"

陆修时浅笑着搂过她的腰，让她和自己坐在沙发上。

"只是戳破人性的伪善罢了，习惯就好。"

顾槿夏不满："你这是毁了我对人生的期待。"

陆修时云淡风轻："有我就够了，要什么多余的期待。"

顾槿夏叹气："来生我还是愿意做个愚钝的人。"

陆修时忽而凑过去蜻蜓点水似的亲了下顾槿夏，眼神深情，说的话却依旧是不饶人："那来生我追你就应该容易多了。愚钝的人比较好骗。"

顾槿夏："陆医生，你在干什么？"

"亲你啊。"

"脖子痒……"

"那你就别说话了。"

"……"